Bestsellers

ALBERTO BEVILACQUA

IL CURIOSO DELLE DONNE

ARNOLDO MONDADORI EDITORE

I edizione Scrittori italiani e stranieri gennaio 1983
I edizione Bestsellers Oscar Mondadori maggio 1987
II ristampa Bestsellers Oscar Mondadori gennaio 1990

ISBN 88-04-30198-8

Il Curioso delle donne

Capitolo primo

1.

La *Dama dell'ermellino*, attribuita a El Greco, mi ha attratto per anni. Non mi interessava risolvere l'enigma del dipinto. Al contrario. Desideravo che quella donna, dagli occhi e le labbra atteggiati al sarcasmo e alla sensualità, conservasse anche in me il suo mistero.

Chi fu? L'ebrea Jerónima de las Cuevas, l'amante del pittore, la madre di suo figlio Jorge Manuel? A conferma dell'ipotesi, Waterhouse lesse, nell'anello che essa porta, la lettera iniziale del nome. Ma quel segno non è che una lumeggiatura. Si è pensato anche, poco attendibilmente, alla principessa Catalina Micaela, figlia di Filippo II, o a una dama di famiglia reale. L'attrazione che provavo, tuttavia, andava ben oltre le congetture biografiche; nasceva dai molti volti spirituali che il segreto della visione mi suggeriva.

Mi recai più volte a Toledo, nella casa dove si presume che El Greco abbia vissuto con la sconosciuta, costruita nella Calle dedicata a Samuel Levi, tesoriere del re Pietro il Crudele. Percorrevo le stanze, soffermandomi di fronte al bastidor, il telaio di legno, o al letto del pittore. La coperta rossa arrivava fino a terra e, sulla testiera, un'icona bizantina mostrava la *Madonna del perpetuo soccorso*. Il letto non aveva spazio che per un solo corpo.

Dove dormiva la *Dama dell'ermellino*, se era davvero Jerónima de las Cuevas?

Dalle finestre, il sole tagliava discretamente l'ombra di cui El Greco amava circondarsi, sostenendo che mentre la luce del giorno impediva la sua concentrazione, essa consolava, in lui e nelle cose, lo sgomento di essere senza infinito. Benché non ne apparisse traccia, ad eccezione del bastidor, era appunto nella penombra che la presenza della sconosciuta sembrava prendere corpo: dalle pareti, dagli specchi, soprattutto dal nulla. E come se, dal fondo dei corridoi, avanzassero i musici che il pittore stipendiava affinché stimolassero il suo lavoro, ecco che un suono ne evocava l'ambiguità e la bellezza.

Rimanevo in ascolto. Più venivo turbato dalla suggestione del vuoto, più fissavo con intensità di fronte a me: allora, lo sguardo misterioso cercava il mio, il sorriso acquistava malizia e le dita affusolate stringevano il collo d'ermellino con un'ansia di contatto.

Mi chiedevo: "Cosa sto cercando di capire?".

Con la stessa domanda senza risposta, mi aggiravo per Toledo. Esploravo la zona del Tránsito, dove sorge la Sinagoga, la Puerta del Sol e le Mura Moresche. Ora, il volto lo avvistavo in alto e, a terra, un uomo teneva il capo della funicella con cui regolava, quasi fosse un aquilone, il volo del dipinto sulle strade scoscese tra le torri. L'uomo, che mi precedeva nel biancore della città, indossando un mantello dal bavero alzato, era El Greco.

Cosa provavo per la visione che, se nella casa dell'artista mi teneva soggiogato, fuori mi trascinava negli itinerari del suo capriccio?

Un giorno capii. Io mi immedesimavo nel desiderio stesso che aveva condotto la mano del Greco a dipingere la sconosciuta; il desiderio – intendo – che la figura continuasse, nel tempo, a sollecitare la curiosità di chi, senza esito, cercava di identificarla. La *Dama dell'ermellino* rappresentava un emblema della Curiosità. Dopo averla esaudita per sé, e intensamente vissuta amando la donna, chiunque essa fosse, il pittore l'aveva fissata sulla tela in modo che nessun altro potesse soddisfarla se non con suggestioni e ipotesi.

Poche volte un curioso è riuscito a tanto; ossia a lasciare nei secoli, chiusa in un enigma, la propria arte di risolvere enigmi.

Era dunque la curiosità del Greco che si materializzava, ai miei occhi, nella casa di Calle Levi. Da essa erano nate le *caricaturas tan absurdas* che, nel 1881, uno dei dirigenti del Prado, Federico de Madrazo, si rammaricava di non poter togliere dalle sale del Museo. Volti di potenti e di derelitti che si lasciavano soggiogare, come me, da un artista convinto che "la curiosità è l'arte di cercare vita dietro la vita", dal suo potere di attrarre modelli per catturarne, febbrilmente, la giovinezza e la decadenza, la burla e la perversione. Autoritratti, anche, per i quali El Greco si servì del suo specchio veneziano; ma nessuno di essi è il suo vero ritratto: tutto, di un sublime curioso, resta apocrifo. Infatti, per quanta cura il pittore abbia messo nel descriversi, egli stesso si mantiene un mistero, non meno della sua *Dama*. Ma questo dono di esprimere ciò che è umano meglio di ciò che è divino, pur legando sempre ciò che è divino a ciò che è umano, fu scambiato per allucinazione o – peggio – sadico piacere.

"Ladro di anime" dissero di lui "Sciacallo di persone vive".

Prima di lasciare la casa, mi giravo un'ultima volta. Pensavo al Greco tra le vesti d'oro che spargeva ovunque per sollecitare i ricordi di Venezia e dell'Oriente, con la testa assorta e che qualcuno definì plasmata da un pollice maligno, nella quale si leggeva il rimorso di essere nato che lo perseguitò fino alla fine, spingendolo alle blasfeme simbologie sessuali (il *San Sebastiano*, dal forte corpo di femmina, che invoca la bestialità dell'amplesso a cui si dispone il *Laocoonte*; l'androginia del Cristo nella *Resurrezione*). Ne immaginavo il gesto di quando, garantendo certe verità della sua esistenza, in realtà si divertiva a mentire: la mano tenuta come dal *Cavaliere del giuramento*, aperta, solenne, che sembra mettere il petto lealmente in gioco mentre, al contrario, lo mette al riparo dalla menzogna...

Questo libro è dedicato a lui, e a tutte le donne della mia vita che hanno saputo provocarmi, raffigurandola, la stessa curiosità della *Dama dell'ermellino*.

2.

La prima è Marianne Boglich.

È nata a Vienna da padre dalmata e madre italiana. In Austria ha trascorso l'infanzia e l'adolescenza. Poi si è trasferita a Roma, dove l'ho conosciuta, a casa di un'amica comune, anch'essa austriaca: Sybille Weiser. Marianne è stata mia moglie per sei anni; da tre, è sposata con un altro che io chiamo il *mediatore*. Ne ha avuto un figlio, Simone. Resta la donna che più mi ha attratto e che, forse, meno ho capito.

Succede a chiunque, almeno una volta nella vita, di lasciarsi suggestionare da quelle che passano per donne dai molti volti; esattamente come accadde a me il giorno che mi trovai di fronte al dipinto del Greco. È un luogo comune dell'idealizzazione. Il piacere che si prova, un po' infantile, è quello del sortilegio.

Fu proprio Marianne, nell'ultimo colloquio prima della rottura, a parlarmene con lucidità. Troppa lucidità, a dire il vero.

« Nessun sortilegio. I sortilegi lasciali alle tue dame dell'ermellino. »

Non era ironica, né dispiaciuta. Aveva un tono neutro.

« La realtà è assai più semplice. »

« Io non conosco realtà semplici, Marianne. Per me, resta tutto così maledettamente complicato. »

« Perciò è impossibile continuare. »

« E quale sarebbe, questa realtà semplice? »

« Ci sono donne educate, da altri o da se stesse, a vedere

nelle cose o il bianco o il nero. Diciamo, alla rigidità delle concezioni. È comodo, certo. Ma può essere anche una forma di onestà. L'onestà non è sempre una maniera di semplificare il proprio comportamento? »

Parlava come se volesse convincersi.

« Torniamo alle donne mutevoli. »

« Identificano i vari momenti della loro vita coi ruoli che decidono di assumere. Una volta deciso un nuovo ruolo, sociale, sentimentale, qualunque esso sia, non hanno più incertezze e pentimenti. Non si voltano mai indietro... Vivono la loro funzione e cercano di farlo nel migliore dei modi. »

« Di una semplicità sconcertante » convenni.

« È perché non ti accontenti mai. Tu vuoi vivere tutto, contemporaneamente. Passato, presente, futuro. »

« Stiamo facendo soltanto un mucchio di chiacchiere. La verità è... »

Non me la lasciò dire.

« Per questa ragione » continuò « ti pare di avere conosciuto in me tante Marianne diverse. Non è così? »

Era vero. Sarei rimasto con questa idea.

Fu lei stessa ad elencarle:

« La giornalista alle prime armi, destinata a fallire. Troppa solerzia professionale. Spregiudicatezza improvvisata. Poche ambizioni e disgusto per i compromessi. »

Mi sorrise, ma distrattamente, quando passò alla fase della sua vita che si era appena lasciata alle spalle, forse già archiviata.

« La moglie prima convinta. Poi prevenuta e ostile. Anche moralista e pedante, lo riconosco. Che comunque ha creduto nel matrimonio con te fino a quando... »

Era inutile ridiscutere delle mie "curiosità" (le poneva lei, tra virgolette) che aveva condannato come nevrosi, deviazioni dalla norma.

« E ora? »

« E ora » disse con indifferenza « eccomi quella che credi

l'amante di un uomo che è il tuo opposto, soddisfatta del suo benessere economico, certa di una nuova e invidiabile esistenza. Credilo pure, se vuoi. »

« Perché, non è esatto? »

Nessuna risposta.

« Mi lasci con uno schema. Te ne rendi conto? »

« E allora? »

« Mi sembra il modo peggiore di chiudere. »

« Lo è. Ma io voglio così. Si cambia. Poi si finisce di cambiare. Ora capisco che non cambierò più. Mi risposerò. Avrò dei figli. Andrà tutto bene. »

« Un altro schema. Dopo il passato, il futuro. »

« In realtà, ti lascio con il tuo interesse morboso per chi non è mai uguale a se stesso. »

« Anche tu l'avevi, una volta » le ricordai. « Quando ti ho conosciuta, anche tu eri curiosa di ciò che muta in continuazione. »

Finì qui. Tutto rapido, deciso, banale anche. Una delle tante vite in comune a cui si crede di partecipare, intensamente, finché l'altra parte non le sconfessa nel modo peggiore, riducendole appunto a schema e staccandole da noi come un ramo secco, un foglio con poche righe.

Poi, l'episodio di un mese fa.

Stavo nella mia automobile, tra un'infinità di auto che, lungo un'intasata Via Flaminia, procedevano al passo nell'ora di punta. Una macchina mi si è affiancata. Il volto di Marianne è apparso accanto al mio e ci siamo fissati attraverso i finestrini chiusi. In questi tre anni, quando ci capitava di incontrarci, sempre per caso, lei fingeva indifferenza; un saluto distratto, spesso nemmeno quello.

D'impulso – l'ho capito – avrebbe voluto distogliere gli occhi. Ma non l'ha fatto. Ha messo a fuoco il mio sguardo risolvendo, in una frazione di secondi, un conflitto con se stessa che doveva durare da tempo; con la precisa intenzione di comunicarmi qualcosa. Conosco bene l'occhiata di quel tipo. La uso da sempre. È la curiosità che, afferrando un dettaglio della vita da cui rimango impressionato per un'oscura ragione, cerca di impadronirsene.

Ho riflettuto con la stessa rapidità di Marianne.

Mi sono ricordato che mai, nel passato, lei mi aveva guardato con curiosità. Nemmeno la prima volta. Questa forma del desiderio le era sconosciuta. Ora, invece, diventava una forza che non riusciva a dominare e che la ipnotizzava, come stava ipnotizzando me. Sui suoi occhi verdi, le palpebre sembravano bloccate. Vi ho letto, in successione, emozioni contrastanti che io solo, con la mia esperienza di situazioni del genere, potevo riconoscere: stupore, felicità di incontrarmi, amarezza, speranza. Soprattutto – mi è parso – un'invocazione di aiuto.

Marianne è ancora notevolmente bella. Ma l'ho vista di un pallore mortale.

Ero allibito. Spaventato per lei.

Quello sguardo ha resistito al frastuono dei clacson che da ogni parte ci assalivano. Poi è precipitato nel vuoto. È assurdo – ho pensato – per una donna che, a dispetto dei mutamenti, ha sempre conosciuto il bene di tenere i piedi per terra. Ho fatto per abbassare il finestrino. Ma, incalzata dall'auto mobile che la seguiva, Marianne ha accelerato ed è scomparsa.

Continuo a riflettere sull'incontro con Marianne e sulla sua invocazione di aiuto. Mi faccio molte domande. Quando la vita mi riserva sorprese, mi dico che piacerebbe anche a me scrivere profezie e seppellirle in un rifugio corazzato affinché qualcuno possa trovarle tra mille anni.

3.

Non ho mai dato particolare importanza ai sogni. Forse è vero che, attraverso di essi, si penetra nella vita mentale e sul loro modello si formano i sintomi nevrotici. Ma ho sempre sofferto di insonnie feroci; ho dormito poco e sognato ancor meno.

Resta il fatto che, da quello che chiamo *il giorno di Marianne rivisitata*, un sogno si ripete. Ne ignoro il significato e non ho intenzione di attribuirgliene alcuno; mi limito a raccontarlo perché, quando finisce, mi lascia la sensazione che accadrà qualcos'altro di inatteso e mi spinge a un'animazione, ironica e un po' folle, che da tempo non conoscevo.

Vedo arrivare le donne della mia vita, passata e presente: le amanti, le amiche e le nemiche. Mi fanno auguri, mi portano regali. È una mia festa? Non capisco quale. I loro vestiti mi confermano che, sì, è una festa importante. Qualcuna, che non distinguo, mi suggerisce all'orecchio che si tratta di un'affinità, qualcosa di simile alla *nuova pubertà* che rallegrava Goethe; cerco, allora, di ricordare pagine che mi furono care, benché non più di tante altre. Il poeta, dominato da Christiane Vulpius, provava periodicamente il desiderio di innamorarsi di nuovo (questa periodicità, secondo Svoboda, sarebbe di sette anni; ogni sette anni, sessualità e produttività spirituale raggiungerebbero l'acme).

Ma che c'entro, io, con queste citazioni?

Comunque sia, la scena si svolge nel mio appartamento: un attico da cui si abbraccia Roma, dall'aeroporto dell'Urbe fino a San Pietro e al Gasometro. È un giorno di nessun mese, nessun anno; anche la luce c'è e non c'è. Il primo dato piacevole è che il tempo non sia più tanto sicuro della sua supremazia; ne resta, appunto, l'atmosfera: quei tempi inferiori, minimi, in cui registro la grazia musicale delle voci e dei gesti.

Il campanello squilla in continuazione. Mi abbracciano, mi baciano. Queste donne hanno il potere di convincermi che solo la felicità ci ha unito; ogni ombra svanisce da rapporti, avventure, tempeste amorose, per lasciar posto alla voluttà spiritosa con cui le cose ricominciano. Nella realtà, ho poche predilette; nel sogno, moltissime. Le chiamo, stendhalianamente, le *sanseverine*; sono le intelligenti, le leali, le pazienti, le grandi amanti. Anche i loro corpi sono oggi di una prodigalità esemplare e mi danno la certezza che il mio futuro vivrà, a meraviglia, nel divertimento sensuale dello spirito. Il riconoscermi schiavo della loro sensualità, del loro odore di femmina che si aggira con me, tranquillizza la coscienza del sogno.

In breve, tutte sono presenti. Dalle mie attrici celebri alle ragazze di cui rammento a malapena il nome. E poi le crudeli, le fanatiche, le cannibali, le oscene, le mitomani, le ninfomani, le violente. Senonché, il sogno le libera dalla volgarità con cui il mondo le schematizza in categorie: qui non si giudica, non si condanna. Sono se stesse, come meglio credono, e ciascuna ritrova l'età che preferisce, la libertà che le è vietata.

Dicono un gran bene di me bevendo, fumando e scambiandosi pettegolezzi dove ascolto deliziosi aneddoti della mia vita, a me sconosciuti. Le gelose e le invidiose abbracciano le rivali. Le chiacchierone tacciono. Cappelli di ogni foggia animano l'aria come le ruote delle ali cangianti con cui i galli cedroni salutano la stagione degli amori. Molti i regali di pregio; altri innominabili. Le avare non fanno eccezione. Mani solerti disseminano nei vasi una quantità di fiori e i mazzi non hanno le tinte naturali, bensì quelle che io amo inventare: ci sono gigli lilla, iris neri, garofani azzurri, e persino fiori volanti. Una è arrivata con una pianta mai vista, annunciandola come la cerva-fiore; ne tocco il gambo carnoso, le spighe terminali di un azzurro violetto, ma poi la parte centrale mi acceca.

Quella che chiamo la *donna degli animali* oggi è più conciliante: non ambisce alla resurrezione dei bisonti preistorici. S'intrufola, sui suoi passi, una processione di gatti, e poi ecco una nube di rondinotti; è come se l'appartamento si coprisse di muschio, con lucertole che entrano ed escono dalle fessure.

Quella che da anni pretende di leggermi la mano, mi distende il palmo per decifrarvi i miei scarti dalla norma; d'abitudine è severa, stavolta ha invece un'aria euforica nell'annunciarmi che sono più anormale del solito e destinato a un cambiamento radicale.

Insomma, ciascuna opera secondo la propria vocazione. E nel chiamarle, mi scopro un tono abitudinario, quasi coabitassero con me da lunga data, mentre ciò è impossibile: io, fatta eccezione per Marianne, sono allergico alle coabitazioni.

Vengo, a mia volta, chiamato. Mi reclamano in terrazza. Dapprima non realizzo, poi mi rendo conto: è un canto. La più bella canta in una svolazzante veste viola contro le nuvole dell'alba. La voce è ben impóstata. Ascoltarla, mi ricorda i felici Stati parmensi, con gli ozi di Maria Luigia, le arie del Granduca, l'Idillio di Santino Garsi e Claudio Merulo che camminava nella polvere verso le taverne di posta, portando il liuto a spalla. A questo punto, il sogno si fa concitato; muta continuamente le prospettive, e i luoghi che mi evoca, i richiami che moltiplica al mio ascolto, hanno la stessa qualità dei corpi femminili. Sono i più amati, i prediletti. Mi costringono a spostarmi di stanza in stanza, a correre in alto e in basso, per non perderne nessuno.

Eccone un'altra che si mette al pianoforte e suona ouvertures, soltanto ouvertures di opere buffe. Vuol convincermi che la vita non è, non è stata che un'opera buffa: l'errore fu ese guirla come tragedia. La vita, che orchestrale svista!

Il gineceo applaude. È un'ovazione. Ma, d'incanto, tutte si fanno attente e silenziose. Capisco che anche da me si aspettano un'esibizione. La difficoltà del sogno aumenta; in cosa ho l'obbligo di produrmi? Sono talmente confuso che vado ripetendo: "Vogliate scusarmi. Mi dispiace"; e il cuore prende a battermi in fretta. Finché un senso di gelo non mi apre la mente. La mia esibizione è attesa con tanta intensità in quanto non deve manifestare proprio nulla; essa *è* il nulla:

l'unica assenza che, in questo giorno di ritorni prodigiosi, non può essere cancellata.

Ma l'assenza di che?

Mi faccio forza, resisto alla risposta. Solo quando la leggo negli occhi che non mi perdono un istante, ora sarcastici se non crudeli, mi arrendo. Lo dichiaro: non provo più curiosità per nessuna, nemmeno per la più misteriosa e provocante. Dopo essersi concessa l'ultima invenzione del sogno, la mia curiosità si è dissolta, e mi pare per sempre.

Tutte alzano lo sguardo e, illuminate dalla sua luce, hanno il bene di vedere quella stella vivacissima. Che io non vedo più.

Mi sveglio perché capisco che è qualcosa simile alla morte.

4.

L'appartamento mi appare di un vuoto inabitabile.

È il vuoto dei teatri in cui non tornano più né protagonisti né pubblico. Divieto di recita.

Un giorno salii i centoventi gradini della scala a chiocciola che portava ai restauri nella cupola correggesca del Duomo di Parma e mi ritrovai a ridosso degli *angeli* che volano abbracciandosi e baciandosi. Avevano la carnale magia delle mie donne di Po. Solo tra le rovine di Cnosso e di Festo, nella luce cretese, ho ritrovato la stessa solidità, fisica e spirituale, accoppiata alle percezioni di un mito dell'origine; la stessa fantasia, affollata di "azzurri delfini da gineceo", nell'inventarsi la propria arte femminile.

Negli *angeli*, dunque, mi riconobbi. Impastato anch'io, geneticamente, dei colori ravvivati dal restauro: i rosa mattinali, i viola, i bianchi sconfinati delle nubi. Il fiato acre che emanavano gli affreschi mi investì con una tale intensità che provai la vertigine di quel trapasso di figure dalla terra ai cieli.

Non era un trionfo mistico. Era una perdizione corporale nell'abisso rovesciato della cupola. Gli *angeli* salivano a Dio in realtà dimenticandosi di lui e del perché della sua Creazione. Per il puro piacere ottico di Dio.

Tesi le mani. Toccai i corpi.

Ma nell'istante di questo gesto, la notte calò improvvisa su schiene, sessi, ascelle, gambe che si tendevano ad afferrare altre gambe. Sotto le mie dita ci fu il buio. E io, pur restando attaccato con le unghie a quel cielo, provai la sensazione di un salto nel vuoto e nelle tenebre.

Così è dopo il sogno.

Sto in ascolto: campane in lontananza, musiche dagli appartamenti vicini, richiami nelle strade; anche i suoni si fanno come echi di vite scomparse.

Io e l'appartamento formiamo un unico corpo amniotico. Il sogno infatti, se lascia invischiato me in una sorta di involucro embrionale, dà alla casa l'aspetto del vaso, l'amnio appunto, in cui gli antichi raccoglievano ceneri di creature (le mie amiche perdute). E capisco che solo servendomi di atti rituali, per quanto effimeri, riuscirò a restituirla, e a restituirmi, alla mia curiosità.

Le cose desiderano un'invasione di creature reali che possa supplire, in qualche modo, alla fantasmagoria del sogno. La desiderano subito. E io lo stesso. Ho bisogno di sentirmi raggiunto, invaso.

5.

L'ho detto: mi prende un'animazione ironica e un po' folle. Tornare ragazzi è difficile. È come mettersi a testa in giù. Ma, in certi casi, non c'è alternativa.

Avevo staccato il telefono. Lo riattacco.

Faccio numeri di donne. I primi che leggo a caso nell'agenda o so a memoria. Voci impastate di sonno. Alcune non realizzano immediatamente, addirittura non si ricordano di me, nonostante qualche passato legame; altre mi riconoscono all'istante, non serve nemmeno che dica il mio nome. Assenze, anche: lascio che il segnale risuoni a lungo, quasi che l'insistente ripetizione potesse scongiurare almeno il vuoto altrui. Rispolvero vecchie agende, ritrovando nomi dimenticati e che ricollego a episodi che hanno avuto un senso, se non un'importanza. Rovistando, la mia vita mi rovescia un campionario per me stesso insospettabile.

Ripeto l'invito più elementare: « Ho bisogno di te ».

Ha un raggio d'azione smisurato. Dai casi estremi all'inezia. E non richiede dettagli.

Molte tergiversano o mi mandano al diavolo. Brusche, reciproche chiusure. Ma c'è chi prova simpatia, chi dice persino d'amarmi, o cede a quella curiosità che io ho il terrore di non provare più. Le disponibili lo restano anche nei cataclismi, specie nei cataclismi. Sono pronte a vestirsi, a saltare in macchina; nemmeno si chiedono il perché di tanta precipitazione. Scopro come il mondo femminile sia addestrato all'emergenza e ritrovi, in essa, proprio la sua normalità che viene alterata dalle abitudini.

Arrivano. Ma è diverso dal sogno. Mi squadrano, verificano che non sono né ferito a morte né impazzito; quindi prendono possesso, prima che di me, dell'appartamento. È ciò che volevo. Spavalderie, dolcezze, effusioni, comportamenti di sufficienza. Non pongo ostacoli. Non c'è più la benevolenza onirica, certo, né il suo potere di uguaglianza: ciascuna resta ciò che è. Non ha alcuna importanza se siano belle e giovani oppure il contrario. Purché il campanello riprenda realmente a squillare. La realtà, mi dico, si conquista con la scena, la scena con l'immaginazione.

Registro, anche con gusto parodistico, disparate provocazioni. Le spingo a disseminare qua e là i loro oggetti e indumenti: che frughino, buttino all'aria, ridano alle mie spalle, schiamazzino o, peggio, si abbandonino al sentimentalismo. Gli presto attenzione mentre parlano fitto fitto delle faccende personali, a volte stupefacenti, ma che più spesso non mi interessano affatto. Sono maestro nel fingere di ascoltare.

Ne invidio i desideri così pronti a servirle e a tradursi in atto pratico. Le guardo ingoiare ed espellere. Non più dissimulati nella lieta visitazione del sogno, anche gli orifizi hanno il loro risalto e il loro diritto.

Mettono le canzoni o le musiche che preferiscono. Ho un assortimento di dischi di ogni tipo, per ogni tipo. I preferiti vanno dal rock duro e morbido alla band di ispirazione "Detroit sound" al nero napoletano di De Simone a la pansè al "Sognando il bar Mocambo"; Celibidache, Benedetti Michelangeli e la Pagliughi; la voce del mahatma Gandhi e, quando meno me lo aspetto, il *Capriccio sopra la lontananza del suo fratello dilettissimo*, la *Sonata quasi una fantasia*, l'*Allegro con brio* dell'"Eroica", il *Poco sostenuto* della "Settima". Elton John, come Puccini, è buono per tutte. Dispongo di stereo-auricolari per le musicodipendenti.

Dai dischi che scelgono, e dal modo di ascoltarli, capisco come intendono la vita. Se un campo di battaglia o un lago ghiacciato dove volitare sui pattini, eseguendo soltanto figure obbligate, o una landa in cui rassegnarsi al declino fisico o l'arte, pura e semplice, di contemplarsi l'ombelico.

Ciò che più le eccita, è scompaginare l'ordine che, alle stanze, ha dato a suo tempo Marianne. L'ho conservato gelosamente. Il suo stile di vita riaffiora, segnalato da una quantità di fotografie, come una primitiva cinta muraria dagli strati successivi di un'antica città. E io ne sono l'archeologo che sa imbattersi in sempre nuovi reperti: brandelli di scrittura, utensili, rozze armi, qualche coccio di infauste battaglie che abbiamo combattuto. Ebbene, le mie ospiti tendono a sostituirsi a quella che ritengono la regina ancora insediata (glielo lascio credere) per dimostrare che come padrone di casa valgono mille volte di più.

Facciano. Rovescino pure casa mia come un guanto. Tanto, con pazienza, rimetterò tutto a posto.

Quando le fotografie di Marianne vengono capovolte, mi passano negli occhi i luoghi in cui le ho scattate. Sento la voce di lei che mi dice come devo inquadrarla contro il paesaggio. Ricordo che indugiavo, senza che ne capisse la ragione. Desideravo nell'obiettivo la luce di complicità che solo a momenti notavo nel suo sguardo. Ora è lì, e non serve più a nessuno. A essere rovesciata, appunto.

Nei rapporti sessuali che credono di avere solo con me – quelle che decidono di averli – non sanno di congiungersi, in realtà, anche con le cose, le pareti, i soffitti; insomma, con il clown depresso in cui, svegliandomi dal sogno, ho ravvisato l'appartamento. Mi sembra di vederlo – mentre non posso più guardarlo, sommerso da qualche amplesso generoso – raggomitolarsi al centro del suo teatro spento, con l'occhio vuoto e fisso sulla mia schiena. Faccio il possibile perché vi rispunti la vivacità.

Ed ecco che il clown è in piedi.

Il teatro, almeno quello, si anima. Ha ora le sue luci. Il suo pubblico reale. Qualche applauso convinto.

6.

Se ne vanno. Dal letto, le osservo rivestirsi.

Dico: « Il topo ha il crudele piacere di scoprire, fra un'unghiata e l'altra, che la zampa del gatto è morbida ». Battute a voce alta, senza alcun senso o allusione; tanto per rompere l'imbarazzo e il silenzio. Ma loro, prese dal trucco allo specchio, le prendono per illuminazioni che le riguardano.

« È vero » confermano. « Tu le capisci, le donne... »

Più parlo a vanvera, più faccio centro. Devo tenerne conto, mi ripeto.

Abbassano su di me, ancora una volta, gli occhi da entomologo. Ho l'impressione che abbiano dato la caccia, sul mio corpo, a insetti astrali. Il solito bacio e via. Sono certe che non è mancato nulla: ciò che si doveva, e si poteva, è stato fatto. Alcune portano altrove la sicurezza di stupire il mondo, altre la paura di esserne stupite.

Nel mio non trovare pace, la notte passa al giorno e il giorno alla notte. La luce è volontà di buio, il buio di luce.

Questa che sta per andarsene, sarà l'ultima. Brigitte F. Una francese. Brava attrice: qualche anno di notorietà, carriera stroncata dalla tossicodipendenza. Lei, ormai, ha stroncato la tossicodipendenza; ma i produttori non hanno stroncato la loro stroncatura. Storia di una banalità esemplare, nonché di una crudeltà altrui che, oltre che stupida, si compiace spesso di essere banale. Perciò Brigitte F. è tra le amiche a cui voglio bene, che cerco di aiutare, quando mi riesce; purtroppo, per come sono combinato, mi riesce sempre meno

A cose finite, si confessa a ruota libera. Si attribuisce perversioni: per provocare il mio morboso interesse; far scena con le parole, fumando e tracciando bizzarre traiettorie nel buio con la brace della sigaretta; sfogare il veleno che ha contro se stessa e il mondo.

La lascio dire. Anche perché le sue parodie, per quanto dettate dall'amarezza, sono a volte spiritose. Stanotte mi ha tenuto una lezione sulla sua ninfomania raccontandomi, del furore uterino che le procura complicazioni ossessive, aneddoti di un sarcasmo feroce.

« Dovresti scriverli » le ho detto. « Ne uscirebbe un libro di successo. »

« Scrivili tu. È il tuo mestiere. »

Ignora che io non ho più voglia di scrivere nemmeno i fatti miei. Se lo faccio, è per dispetto a quelli che amerebbero sapermi morto.

Delle ninfomani croniche, affette da *libido insatiata*, ha fatto un ballo di streghe. L'eretismo che le incalza, l'ha paragonato a quello dei boia piromani dell'Inquisizione. Il pericolo – mi ha spiegato, quasi fosse una novità – sta nella resa incondizionata; per soddisfarsi, si sottopongono alle esperienze più umilianti e le pretendono dall'uomo, a cominciare dall'estenuante cunnilinctus a cui Brigitte costringe i suoi occasionali amanti (ne so qualcosa). Ebbene, tali idiozie da manuale, grazie al linguaggio della mia amica – col francese descrive i particolari arguti; con l'italiano, i cerimoniali sordidi – si sono trasformate in una pantomima che, sostituendo ai gesti le parole, mi ha confermato che è un vero peccato che questa ragazza non reciti più.

Il pezzo di bravura è stata la perorazione sul cunnilinctus, contro la demenza di certi uomini. Affondando la faccia negli organi genitali femminili e ipotizzando un parto alla rovescia, essi realizzano, con più forza emotiva che nel coito, un ritorno alla madre, al mare. L'odore marino – ha ironizzato Brigitte – l'aspetto di conchiglia... Le ho concesso citazioni dalla *Tempesta* di Félicien Rops, nonché da *Donne in attesa* di Bergman e da *Les amants* di Louis Malle.

Sapevo dove voleva parare il suo rancore. Infatti ha concluso, inginocchiandosi bruscamente di fronte a me:

« È così che voi uomini vorreste ammazzarci. Con questo vampirismo subacqueo, marino e materno, che trova ragione in un truce infantilismo. »

L'ho pregata, con un mal di mare d'altra natura: « Escludimi dal mucchio, per favore ».

« Scusa. Ma non mi riesce mai di fare il pagliaccio fino in fondo. »

So che le sue chiacchiere hanno anche lo scopo di propormi, alla fine, l'acquisto della paccottiglia di cui si carica se le chiedo di raggiungermi. Da quando il mondo dello spettacolo l'ha fatta fuori, Brigitte vende cicogne giapponesi, ricamate su raso, oggetti da boudoir arabo, scialli di Manila, ninnoli da caminetto e pelli di leone.

Niente di male. Se la botteguccia non l'avesse a Testaccio. Con quali clienti? Io pago, di proposito, dieci volte di più.

Le dico: « I soldi stanno al solito posto ».

Ma dopo aver conosciuto tutto sulle ninfomani, vorrei conoscere se è notte o giorno.

« Che ore sono? »

Guarda sul comodino il suo orologio fosforescente.

« Le sei. »

« Di mattina? »

Va e solleva le tapparelle. Apre i vetri. Un azzurro pallido.

« È nevicato » mi annuncia.

Così, nuda, si mette a fare esercizi di respirazione, mentre io mi tiro la coperta sulla testa, perché una corrente di ghiaccio taglia l'aria e fa uscire da sotto il letto grumi volanti di sporcizia che la donna a ore non spazza via di proposito, col gusto perverso di lasciare la camera in una sciatteria da scannatoio, per farmi capire come lei mi reputi uno scapolo dissoluto: aveva un debole per Marianne, da qui le vendette. Brigitte va a fare il caffè. Torna.

Io bevo il caffè, lei si sposta in bagno. Riappare asciugandosi vigorosamente le ascelle. Il biancore di ciò che forse è neve sulle terrazze sottostanti o luci ancora accese per le strade, ne contorna il corpo con una strana suggestione; mi dà un senso impreciso di figure perse nel tempo, una voglia di altri mattini. Poi indossa il maglione. Spariscono i seni a mezzaluna, dai capezzoli come grosse gocce nere. La vedo che si applica lustrini sulle palpebre. Si riaffaccia l'idea del clown che si trucca.

Ma perché, fra le tante, mi sono soffermato su Brigitte? Il fatto è che stanotte ho provato l'impulso di accendere la luce per fissare, nello specchio di fronte, la testa della mia amica in fondo al mio ventre, intenta a ciò di cui è regina. Ho acceso, infatti. E ho immaginato che fosse la testa di un Idolo beffardo.

Dico a Brigitte: « Prendi pure anche i matitoni ».

Spesso, la scopro mettere le mani sul mio tavolo di lavoro. Mi crede distratto e si impadronisce dei matitoni di tutti i colori (difficile trovarne di così belli) che un cartolaio del centro, sapendomi raffinato collezionista, fa arrivare solo per me. Quando mi siedo con la voglia di scrivere, per prima cosa perdo tempo a disporre i matitoni in geometrie pirotecniche; poi, la voglia non ce l'ho più, e tutto si riduce a quello: tradurre immagini e concetti in un balletto di matitoni.

Lei ne fa razzia e li butta in borsa. Li venderà a Testaccio, a ragazzini più operosi di me.

Un cenno di saluto.

« Dormi bene. »

Invece cado in ciò che proprio Brigitte, una volta, ha chiamato *déflocquement*. Un furto a Balzac che definì, in vecchio francese, il fenomeno che sembra liquefare le ossa, dissolvere le risorse della volontà. Per quanto sgradevole, il sintomo è tuttavia propizio. So di trovarmi al momento finale del vuoto; della finzione, anche corporale.

...ho l'impressione che una mano, non so di chi, mi raggiunga. Un attimo di perplessità. Poi anch'io sollevo le dita e la prendo. Me la spingo sul viso, con cautela, temendo di sentirla da calda fredda, mentre si inoltra sulla barba non fatta, le labbra secche. Sabbie mobili dove quel calore potrebbe affondare. Regge e non affonda. È un sentimento di desiderio.

Chiudo gli occhi. Un modo per non chiedermi a chi appartenga la mano. Voglio lasciarla spontanea e anonima. È anche un atto di gratitudine per quante non si sono dimenticate di me. Li riapro, giro lo sguardo. La mano non è mai esistita. Ma la casa non è più una casa d'altri, e dell'altrui peggiore: il nulla. È mia. Una parte dell'intelligenza con cui vedere il mondo ed esserne visto; *vedere* è la premessa della curiosità, che crea seduzione e produce imitazione. La sua arte coordinatrice si mette in moto. Le luci dell'inverno, blu, violette, le stesse del sogno, ora reali, sono finalmente capace di connetterle con la felicità uditiva.

Mi restituisce echi, voci, canzonette dagli appartamenti dei vicini, il rumore degli ascensori che salgono e scendono. Ricomincio ad appartenermi, in forme precise, come dai restauri gli *angeli musicanti* che furono le mie passioni.

Capita che l'inquilina del piano di sotto batta con la scopa perché qualcuna si è dimenticata a tutto volume Benedetti Michelangeli o Elton John, senza che me ne rendessi conto. Mi alzo e rimetto le cose a posto nelle stanze dove le donne, a differenza che nel sogno, hanno lasciato la loro animazione. Vuoto i posacenere. Rivolto il materasso per mettere di sotto la parte bagnata di sudore, liquido vaginale. Cambio le lenzuola e le federe. Sono in molte a dimenticarsi anche l'accendino e gli occhiali da sole. Se torno a stendermi, è per il piacere che provo accendendomi sigarette con quegli accendini, infilandomi gli occhiali che non mi appartengono.

Si installa sul mio naso l'abitudine a guardare la realtà, mettendoci qualche schermo, propria degli occhi che ho visto, poco prima, liberarsi a colpi d'ovatta dalle scolature del mascara, ricomporsi nel trucco.

Devo mettere a frutto, mi dico, l'energia della mia curiosità ritrovata. Anche se non so bene né come, né dove.

Capitolo secondo

1.

Ho sempre ritenuto che servirsi dei ricordi sia una forma di mentire col presente. Ed ero troppo curioso del presente, delle sue infinite verità, per provare il bisogno o correre il rischio di mentirgli. Sono rifuggito perciò dagli amarcord sia privati che pubblici; come amico, amante, marito, soprattutto come autore.

Perché dunque, dal *giorno di Marianne rivisitata* – espressione, anch'essa un po' ironica, di cui mi servo per indicare vagamente un periodo, più che una precisa circostanza – la mia curiosità, non appena si riforma, tende a spingermi indietro, tra gli episodi del mio passato, per confrontare ciò che mi sta accadendo con ciò che mi è accaduto?

All'inizio del nostro rapporto, Marianne mi ripeteva: « Strano. Tu non parli mai del tuo passato ».

« A chi può interessare? »

« A me, per esempio. »

« Per quale motivo? »

« Il più semplice. Capirti meglio. »

« È che voi donne, specie quando non volete ammetterlo, siete curiose. Anche tu. Curiose, in particolare, del passato di un uomo. Frugarci. Trovarci qualcosa che vi assomigli e vi rispecchi, che addirittura abbia profetizzato il vostro avvento. Questa si chiama archeologia sentimentale. La ragione? L'egoismo. O, nei casi più protettivi, un istinto materno a retrocarica. »

Marianne alzava le spalle e mi sopportava. Erano lontani i tempi delle sue furie. Sarebbero venuti a preludio del suo mutamento. Chiudendomi a riccio, improvvisavo. Per un falso scopo. Come le pantomime di Brigitte F.

« Pensa alle visioni di Chagall. Gli alberi volano, Marianne, e gli angeli, i galli rossi. Entro un tempo che non ha rive. Uno scrittore è simile a quegli alberi. Se gli chiedi di esibire i documenti, *fammi vedere le tue radici*, non guardare in basso, aspettandoti infissi incrostati di terra: suggestioni nostalgiche e retoriche che rendono statica l'idea della vita. Guarda in aria. Le sue radici galleggiano lassù. Mobili e mutevoli come nuvole. Lo scrittore può trasferirle, mistificarle anche. Legittimato da estri, furori, delusioni... »

« Smettila di recitare. »

« Egli sa, soprattutto, dove e cosa non ha vissuto. Ha il potere dello stregone. Stare immobile una vita intera ed essere, contemporaneamente, un eterno emigrante. O il contrario. »

Marianne si alzava. Cambiava stanza.

Insomma, nei tentativi di indagine femminile, vedevo un'investigazione poliziesca. Mi si chiedevano episodi come alibi. E io li avevo dati, i miei alibi; dati e ripetuti (o almeno mi pareva). Parma, dov'ero nato. La mia grande concubina, ora depressa e confusa. La *petite capitale* di Maria Luigia e Verdi, di cui avevo sazietà mentale; villa di delizia affollata di retorici fantasmi, che non riusciva più a cacciare gli scalpellini razzisti e ignoranti addetti a lapidi culturali. E il Po, dove avevo vissuto l'infanzia e l'adolescenza. Motteggiana, Sermide, gli altri paesi con la volubilità delle acque che rende per forza di cose capricciosa anche la più normale delle esistenze, fra lanche e argini maestri, i ponti neri che diventano d'oro al tramonto. Le Sacche fluviali. Un mondo inesplorato e fantasioso in cui avevo identificato, troppo tardi, la mia vera terra.

Ma Marianne insisteva. Fu lei la prima ad usare, per me, l'espressione "disincantare la montagna".

Lì per lì non capii.

« Quale montagna? »

« Quella montagna di miti che sei tu, mio caro. »

La suggestione manniana mi lasciò indifferente.

« Molti, molte anzi, hanno tentato. Ma io preferisco restare sulla mia cima, tra le mie nuvole. »

« E ci stai bene? »

« Meravigliosamente » mentii. Ironizzando: « Non siete proprio voi donne a sostenere che un uomo è interessante se non è un libro aperto, ma un po' misterioso? ».

« Da questo punto di vista, tu lo sei, un libro aperto! Anzi, annotato ai margini e persino con molte orecchie nelle pagine. »

« Cosa vuoi dire? »

« Che un giorno proverai il bisogno di confidarli a qualcuno, i veri miti che ti tieni dentro. Magari a te stesso. »

« Per scendere dalla montagna? »

« O per decidere di sparire lassù, per sempre... »

Mi rendo conto che sono stato curioso di tutto e di tutti. Tranne che di me. E le curiosità di Orfeo, le ho sfuggite. Mai guardarsi indietro. Anche l'archeologo è un curioso, certo. Ma, usando la sessualità come termine di paragone, egli non è un amante di donne vive, è un necrofilo.

E ora eccomi qua. Improvvisamente curioso anche del mio passato. Senza che ancora ne capisca il perché. Faccio accostamenti, collego. I primi episodi di cui mi sono servito, a specchio delle sorprese che continuano a succedersi, sono i seguenti...

2.

Primo ricordo di un sogno.

A Po, durante la guerra, portarono a casa nostra un uomo ferito. Non so se fosse un partigiano. Né mai lo chiesi a mia madre. Per me, egli era una ferita, nient'altro: dai bordi scuri, che scendeva dalla fronte alla guancia. Come lo storione era, al mio occhio infantile, l'arpione che lo uccideva, e poi la sua asta splendente spuntava dal fondo della barca, sulla quale il pescatore di frodo issava lo straccio rosso della cattura miracolosa, che veniva avvistato dagli orizzonti.

Mia madre si affezionò allo sconosciuto, che non poté ricambiarla, perché non riprese conoscenza. Di giorno, stava chiusa in camera con lui. Di notte, mi diceva di entrare. La vedevo inginocchiata e anch'io mi inginocchiavo.

L'uomo era a letto, con la schiena appoggiata contro i cuscini. Dalla lampada sul comodino, la luce rendeva chiara la ferita. Come un solco solare in una pianta violacea. Il corpo spandeva un odore di muschio e di alcol. I capelli erano tirati. Le tempie scavate. Le narici larghe e la mascella di pietra.

La testa di un re, già modellata per il suo sepolcro. Capivo che anche la posizione adorante di mia madre era rivolta alla ferita, alla folgore che spiccava sull'effigie del dio. Il suo indice la sfiorava con un'esitazione sensuale; poi indice e pollice sfregavano un liquido misto a sangue. Mia madre se lo portava alla fronte, allo stomaco e alle spalle, facendosi un segno di croce.

« Sogna » diceva a voce bassa.

« Che cosa sogna? » le chiedevo.

« Il Bio. »

« E cos'è, il Bio? »

« Qualcosa come Dio. Ma è diverso. Il dio di queste parti. »

E in altre notti:

« Adesso cosa sogna? »

Mi pareva che il sogno brillasse nelle gocce di sudore che, sulla fronte, non avevo mai visto prima.

« L'Ersatz. »

Ignoravo anche chi fosse l'Ersatz.

« Il patrono degli assassini e delle donne malfamate. Ma capace di trasformarsi nell'Orlando Innamorato. »

Per la prima volta nella vita, mi rendevo conto sia di non sapere nulla, neanche dell'Orlando Innamorato, sia di porre domande a mia madre sui significati degli esseri invisibili che popolavano i pioppeti e gli argini. La ferita dell'uomo era, a suo modo, un mezzo di verità.

Da bionde, le gocce di sudore diventarono color sangue.

« E adesso cosa sogna? »

« Il toro che noi uccidiamo per scongiurare le piene. Il toro più grande di tutte le rive... E sogna anche la barca che, con la piena, va su, tocca il cielo. E di là, si guarda la fine del mondo. »

Ci fu la notte che dalla fronte scomparvero le gocce sia bionde che rosse. E io chiesi:

« Sogna ancora? »

« Tutto quello che c'è. Ma non si vede più. »

3.

Ricordo di Iris.

Torna insistentemente. Eppure è difficile trovargli un raffronto attuale. Sono sicuro che una crudeltà si stia tramando nei miei confronti. Ma quale? E da parte di chi?

Mia madre diceva: "Ciascuno si porta la sua Iris nel cuore. È un parassita di ciò che non conosciamo di noi".

Fu prima della Liberazione.

« Arriva la Iris! »

Era un grido muto del Po; gli uccellatori, servendosi degli specchi da segnale, mandavano lampi fitti nella vegetazione di ripa, e dall'una all'altra sponda; poi si udiva una voce, insieme vicina e lontana: « Lumén, lumén, vé su!... ». L'invito alla lucciola, ossia ai clandestini, a uscire dalle case e non farsi prendere. Un vento sollevava i mantelli dei barcari e scuoteva il sottobosco di felci. Anche i colombi nelle colombare, le rane nelle lanche percepivano quel mondo stravolto che faceva attonita la porzeleta, che è il muso dello storione, somigliante a quello del porco, e minacciosamente spingeva in volo i gabbiani reali e i falchi di palude.

Poco dopo, l'automobile avanzava per l'argine, tra le sabbie dove si cercava l'oro. In una radura del pioppeto, si vedevano tavoli con candide tovaglie. L'automobile si arrestava davanti ai banchetti deserti. Altre macchine sopraggiungevano dai sentieri laterali. Iris compariva col cappello a tese larghe e abbigliamenti che a noi, acquattati tra i cespugli, sembravano da Favorita dell'Ersatz che non si trasforma nell'Orlando Innamorato: il grande petto, la bocca dipinta. Girava gli occhi sui pioppeti che coprivano gli orizzonti, respirando a occhi chiusi.

« Aria pulita » esclamava: « In città non si respira più ».

Ma ci pareva che anche il sole ritraesse i raggi dalla sua testa che lo cercava tra il fogliame. E che tutto il bosco declinasse verso lo squallore dell'inverno più crudo. Perché l'attesa di ciò che stava per accadere, ci stringeva la gola.

Iris faceva un cenno con la mano guantata. Si cominciava.

Dalle automobili, giovani delle Brigate Nere e della Decima uscivano come io avevo visto i maghi di Carrobbio dai roghi delle recite, coi cappelli a cono e le unghie acuminate. Maschere anch'essi, a dispetto del Dio e del Bio, portavano grandi pacchi avvolti in carta lucente; i nastri finivano in cima con un pennacchio. Li disponevano sulle tavole, poi Iris personalmente scioglieva i nastri con voluta lentezza, fingendo di distrarsi in chiacchiere coi soldati, in quanto ci sapeva a spiare e voleva tenerci sulle spine. Mia madre piangeva, io ancora non sapevo piangere per qualcosa al di fuori di me, ma ne provavo una necessità straziante.

Ed ecco spuntare i grandi dolci. Avrebbero dovuto risplendere, invece restavano spettrali. Oltre alle paste del Bizzi, il più celebre Caffè di Parma, c'erano torte di fattura complicata, che Iris ordinava in botteghe di dolcieri anonimi, costretti con le armi puntate a confezionarli nottetempo.

« Comodè! Comodè! » comandava la donna.

Un verso da uccello, affinché i prigionieri avanzassero.

Nudi, ammanettati e in fila, i partigiani venivano spinti al cospetto delle torte. Iris si insinuava tra loro e, ben sapendo fino a che punto ridurre un uomo, sollevava con colpi ironici il pene di ciascuno, facendone commenti brutali. Ma neanche quelli delle Brigate Nere e della Decima riuscivano a riderne. I partigiani fissavano le torte come se gli occhi non avessero vista. Anni dopo, imbattendomi nelle cronache dei banchetti secenteschi dei Farnese, ho trovato i nomi di quelle forme regali: la Torta di Agresto, la Torta di Bianco Mangiare, la Torta di Dama sfogliata, la Torta di pesche duracine, e anche la Torta di Poppa di Troia, che fu delizia della cucina imperiale romana. La più grande era la Torta della Spagna, a forma di cappello.

Attraverso i cristalli delle automobili, si distinguevano gli ufficiali che non volevano sporcarsi gli stivali nel fango. Il taglio militaresco dei capelli, le lucide visiere, il colletto alto bordato d'argento. O le mani che impugnavano la pistola.

Iris ordinava di nuovo: « Fateli mangiare! ».

Le torte venivano conficcate nelle bocche. Poi i giovani nudi morivano come, nelle recite di Carrobbio, avevo visto cadere il *Pajàss*, il Pulcinella di Po, con pochi, prolungati gesti; e intorno alle fronti centrate dalla pallottola, Iris avvolgeva i nastri lilla o azzurri o gialli. Alla loro agonia si accompagnava una canzone, da un punto imprecisabile degli argini maestri; una canzone che parlava di vita, piena delle tenerezze dell'usignolo.

Scomparse le automobili, riapparivano, a nubi velocissime, i gabbiani e i falchi che erano rimasti ad aspettare. Si avventavano sui resti delle torte coi becchi inferociti, trascinavano a terra le tovaglie, per cancellare dal bosco ogni traccia di quell'onta.

4.

Il Catalogo delle mie curiosità.

Provo, per la prima volta, un altro piacere. Pensavo che l'avrei provato da vecchio.

Passo giornate a mettere insieme le parti del mio Catalogo. Un tempo, ne meditavo un libro. L'avrei intitolato, ironizzando sul classico, *Il trionfo della Curiosità*. Oppure, classicheggiando sull'ironico, *Involontarie confessioni di maschere*. Sono scritti di ogni tipo. Racconti su esperienze dirette. Semplici appunti. Pagine di un diario erotico (vi ho annotato, per anni, le scoperte e le imposture in cui un curioso s'imbatte nell'esercizio della sua sessualità).

Donne che ho conosciuto realmente. Nessuna è inventata.

Come ho detto, prevedevo il giorno, sul finire della vita, che una rilettura mi avrebbe rallegrato, facendomi riassorbire vitalità dalla scrittura messa sul foglio ancora con l'emozione amorosa nella mano, il profumo della pelle femminile sulla mia, negli occhi la luce delle stagioni, dei pomeriggi, o le ombre delle notti.

Quel giorno è arrivato. Che significa? Non sono vecchio. Che sia dunque alle strette?

I nascondigli di una casa sono infiniti. Più credi di conoscerla, più ti accorgi che nasconde nascondigli. Sto saccheggiandola da cima a fondo, per reperire quanto non è andato disperso. Via via che lo ritrovo, suddivido il materiale in cartelle. Intesto ogni cartella servendomi dei matitoni. *Le più sorprendenti*, *Le grandi amanti*, *Le Sanseverine*, *Le donne dei miei viaggi*, *Le gelose*, *Le più intelligenti*, *Le favolose Le oscene*, *Le mie attrici*, *Le misteriose*, e via dicendo.

In molti hanno insistito per avere queste pagine.

Ho sempre rifiutato. Mi sto forse decidendo a pubblicarle? Ne dubito. Il piacere che provo è troppo personale. Sono io, il vero lettore incuriosito dalle mie passate curiosità. Comunque mi diverte immaginare il funzionario che, spedito dall'editore, si troverebbe a decidere del Catalogo. Oltre che rivelazioni e confessioni, ci sono nomi e cognomi. Anche celebri. Insospettabili. Dettagli di comportamento. Delizie e inaudite bassezze. Colpi di genio per musica da camera; duetti, terzetti, cori, belcanti, equivoci stravaganti, orchestre vivaldiane impegnate a sfruttare ogni possibilità degli archi, del pizzicato, del tremolo e della sordina.

Care amiche... Le vostre dedizioni soavi, parossistiche, calcolate, isteriche, illuminanti. Sembrava, a volte, tutto così fuggevole. Stavamo insieme aggirando quasi le ore, in modo che non si accorgessero dei nostri inganni. E adesso, di noi, qualcosa rischia di restare nel tempo. Com'è facile trasformare anche l'effimero. Basta non preoccuparsi più della nostra vita. Niente convenzioni, né terrori di scandalo.

Ritrovo un senso...

Le donne che ho tentato di capire e che mi hanno capito. La loro personalità che mi ha affascinato. Le riflessioni sulla loro *voce* che le rendeva soggetti storici attivi, in lotta per diventare persone, e perché anche le altre lo fossero. Creatrici di una storia collettiva che è sempre fatta di storie individuali.

5.

Ricordo di Donna Rachele.

Penso a lei, quando penso a Iris.

Di Iris e delle sue complici – comandate da Rosa Balestri,

detta Rosellina l'Infame, di cui racconterò – ebbi modo di parlare con Rachele Mussolini, qualche anno prima della sua morte. Presi spunto dall'appello che le si attribuì in quei mesi di eccidio. Esso venne diffuso anche a Po e condannava la ferocia delle donne repubblichine. Per reazione, Iris e le compagne bruciarono nelle piazze ritratti della moglie del Duce o li appesero alle facciate delle case, con scritte ignominiose.

Incontrai Donna Rachele un pomeriggio d'ottobre. Non aveva posto obiezioni all'intervista e ora attraversavamo la campagna verso Villa Carpena, a Predappio.

« Rosa Balestri... Che atrocità! »

Si rabbuiò.

« L'odio altrui è come una lastra fotografica. Ci sono momenti che penso alla mia vita e tutto mi appare fissato su quella lastra. Che farci? Contro certe forze negative, si è impotenti. »

Mi prese sottobraccio.

« Credo di essere la donna fatta oggetto, nel secolo, a più odio. Io, che questo sentimento, se lo è, non l'ho mai provato per nessuno. A volte, ho avuto l'impressione di stare sola su una montagna nera. Che l'umanità mi spingesse lassù. »

Incrociava conoscenti. Si rasserenava salutandoli.

« Ho visto l'odio in uomini che si raggruppavano come topi. Formavano squadre e tribunali. L'odio degli uomini è veloce e collettivo. L'odio delle donne è più lento, individuale. »

Si girò fissandomi. Capivo che si aspettava da me, più che una domanda, una provocazione.

« Anche l'odio della Petacci. Non è di lei, che vuole sapere? »

« Non in particolare » le risposi. Ero sincero. Mi piaceva ascoltarla. Su qualsiasi cosa.

Proseguì sulla Petacci.

« Capita che io dica una preghiera anche per quella povera ragazza. Perché credo si debba perdonare a chi per amore ha sacrificato la propria vita. Prego e mi dico: di tutte le donne che si sono gettate fra le braccia di mio marito, lei almeno ha pagato di persona, quando avrebbe potuto fuggire all'estero. Come fece sua sorella. Nelle ultime ore della Repubblica Sociale... »

Sfilò il braccio, per voltarmi le spalle. Fingeva di guardare la campagna.

« Ma mentre prego, mi viene un dubbio cattivo. Che mi lascia lì, senza più voglia nemmeno di Dio. »

« Quale dubbio? »

Tornò a scrutarmi.

« E se non fosse vero? Se lei si fosse fatta ammazzare, accanto a mio marito, non tanto perché amava lui, quanto perché odiava me? »

« Non capisco. »

« Le ripeto: è un pensiero folle. Di cui mi vergogno. Ma mi prende il cervello come un ragno. Dargli una logica? Si può forse esprimere logicamente la follia? Il fatto è che l'odio può portare una donna a fingere un grande sentimento per un uomo, pur di rubarlo alla rivale... E anche oltre. A voler glorificare il furto. Renderlo eterno. Come? Morendo con quell'uomo, per esempio. Prendendo il posto della rivale odiata davanti al plotone d'esecuzione. Un suicidio, certo. Ma lei l'accetta, purché la Storia ricordi il successo della sua rapina. »

Mi riprese sottobraccio.

« Mi scusi. Non mi sono spiegata per niente. »

« È chiaro, invece. »

« Un paradosso, chiamiamolo così. Un paradosso per nascondere l'amarezza che provo. »

Cercò di parlare d'altro. Mi disse, sorridendo, che le piaceva quella campagna piatta e grigia. Ritornò sul tema dell'odio.

« In una donna, può scattare per una ragione apparentemente banale. Prenda me. Per tanti anni non mi sono accostata ai sacramenti. E sa perché? Per via di un prete porco, che ci aveva tentato. »

Ma era la Petacci, a sollecitarla ancora.

« L'ho incontrata, una volta. »

« Me lo racconti. »

« L'ho anche scritto... »

« Lo so. Però vorrei ascoltarlo da lei. »

« Insomma, mi fecero entrare in un piccolo locale. Vedendomi furibonda, mi chiesero: "Siete armata?". "Non porto mai armi quando vado a far visite" gli risposi. C'erano Buffarini-Guidi, un ufficiale tedesco e un soldato. Pochi minuti dopo, una specie di fantasma scese la scala. Era lei. Timida, impacciata, con un fazzoletto di batista tra le mani. Nonostante la collera che provavo, mi disarmò. "Signora o signorina?" le domandai. "Signora" mi rispose. E io: "Signora, non sono venuta a trovarvi per fare una scena di gelosia, per insultarvi e tantomeno minacciarvi. Vi chiedo un sacrificio... Mio marito ha bisogno della sua serenità di spirito. Voi, che dite di amarlo, rinunciate a vederlo. Lasciatelo in pace!". »

Interruppe il racconto, per chiedersi:

« Ma perché non reagì? Niente. Stava lì, a piangere. A scuotere il capo. »

Si confidò, spontaneamente, sulle donne del Duce.

« Lo sa? Due delle più famose conquiste di mio marito erano ebree. Lo scriva. Angelica Balabanoff, di cui qualcuno insinuò che fosse la vera madre di Edda. Lo vede? Le donne, le rivali... Ma la cosa mi ha sempre fatto ridere. »

« E l'altra? »

« Margherita Sarfatti. Benito non negò mai che gli piacessero le donne. Tuttavia, salvo rare eccezioni, riteneva che il sesso femminile non dovesse superare certi livelli sociali. E nelle avventure amorose badò per lo più al rapporto fisico. »

Si rese conto di averlo detto con dispiacere.

Avevamo raggiunto Villa Carpena, quando le sfuggì:

« E pensare che quel colore... »

« Qual è, il colore che ama? »

Mi sorprese:

« I colori che eccitano la curiosità. Il nero è senza curiosità. Richiama con troppa sicurezza la morte. Come il rosso, che richiama il sangue. Pensi, che so, al lilla... »

Ora rideva.

« Venga. »

Mi fece entrare. Levò da un armadio degli indumenti semplici, molti scialli color lilla o azzurro violetto o verde. Li spargeva sotto i miei occhi, con felicità. Nell'armadio, non era rimasto che uno scialle nero, reso più funebre dal vuoto. Donna Rachele colse la mia occhiata:

« Eppure, quando morirò, mi avvolgeranno nella mantiglia che mi donò il Caudillo Francisco Franco. Allora starò per sempre sulla mia montagna di pece. »

Congedandomi, mi disse:

« Veda lei se scriverle, quelle cose sul nero. Sulla montagna... E anche sulla solitudine. L'Italia non le capisce, certe cose. L'Italia è femmina, si ricordi, e sa odiare bene. »

Quando morì, nel '79, lessi che il suo corpo era stato avvolto nella mantiglia dono del Caudillo Francisco Franco.

6.

I primi due incontri con Marianne.

Se confronto casa mia con quella di Sybille Weiser, capisco che sono due porti di mare. Ma mentre la sua ha l'aria di un'insenatura, la mia si espone ai quattro venti; da lei, le sconosciute di passaggio sono ospiti di ogni nazionalità; da me, personaggi di ogni risma.

Quando la tempesta spingeva i nuvoloni da Motteggiana verso San Benedetto Po, i gabbiani lottavano in alto, per guadagnarsi la fuga e, a volte, veniva giù una neve di piume;

dopo, mi accorgevo che qualcuna mi era rimasta in testa. Intendo che le mie sconosciute, a differenza di quelle di Sybille, possono improvvisare raggiri. E io pagarne conseguenze.

Le vetrate di casa Weiser si affacciano sull'Isola Tiberina. Una scala di pietra immette in un salone che ha l'aspetto di un atelier. Lampade rischiarano, a effetto, gli smalti viennesi di Mohn, gigantografie delle modelle di Egon Schiele e oggetti degli artisti di Gabbonz. Tra i suoi poteri, Roma ha anche questo di creare oasi che racchiudono modi e gusti di altri popoli.

Casa Weiser è il rifugio che di notte preferisco (e dato che Sybille è maestra di stratagemmi, io la chiamo, tra me, *la donna delle mille e una notte*). La mia rottura con Marianne non ha cambiato le nostre abitudini e lei continua a ricevermi con lo stesso piacere, a qualunque ora capiti. Mi stima. A suo modo, mi ama. Ma ci manteniamo a quel "prima" dove è divertente inventare preamboli e, forse, sta il meglio di un rapporto.

Sybille ha quarant'anni. Il suo corpo mi ricorda la donna che, nel *Pesce d'oro* di Klimt, ostenta glutei invitanti all'osservatore. Quando capita che restiamo soli a fare l'alba e poi lei si mette a letto spogliandosi con noncuranza di fronte a me, rifletto che, nelle intenzioni di Klimt, quel quadro avrebbe dovuto intitolarsi *Ai miei detrattori*. Mi siedo sul letto e aspetto che si addormenti. Ci prendono vaghezze che sarebbe facile soddisfare; ci proponiamo di soddisfarle, un giorno o l'altro, ma tutto finisce lì.

La sera che conobbi Marianne fu come sempre. Ospiti e gradevolezze. Se è in vena, Sybille è una delle poche donne che sanno ridere bene. Arte femminile assai difficile. Servono intelligenza e malizia. E nemmeno un'ombra di banalità e stupidità. Ascoltammo musica. Esplose il *Pierrot Lunaire*. Sybille, logicamente, ama Schönberg. Riconobbi il Lied *Messa Rossa* nel quale Pierrot si arrampica sull'altare, strappa i paramenti sacerdotali e poi mostra ai fedeli sgomenti l'ostia scarlatta di sangue. Essa è il suo cuore, stretto fra le dita. Parlai con Marianne di questo tema: la crisi dell'uomo come soggetto; l'individuo nell'alienazione di una società che, sempre, sta precipitando in una guerra. Mi sorprese la sua acutezza. Parlammo di molte altre cose, anche futili.

L'accompagnai a casa.

« Non sali? »

« No » le risposi.

Era la prima volta che mi accadeva. Tanto più con una donna che mi aveva colpito.

Lei osservò, con ironia: « Rinuncia inspiegabile all'appagamento della curiosità ».

« Sì » riconobbi. « E non so perché. »

Già, perché? Nei giorni dopo, me lo chiesi insistentemente. Cominciarono così le domande che, da quel momento, non avrei più smesso di pormi a proposito di Marianne. Una convivenza prima, un matrimonio poi, un'assenza infine: tutti fatti di domande.

Il venerdì seguente, Sybille mi invitò nella sua villa a Riano Flaminio. Sybille aveva il talento di formare coppie perfette. Conosceva a fondo i suoi amici: gusti, desideri, persino i segreti della loro sensualità. La coppia viveva piacevolmente il fine settimana. Al lunedì, ciascuno se ne tornava per la sua strada, provando la sensazione che si spezzasse qualcosa che avrebbe potuto durare. Ricordo l'ultima sera di quel week-end. C'era ancora luce, quando cenammo in terrazza; o meglio, il buio sembrava accerchiare un cielo che restava di cristallo. Finito di cenare, mi isolai in salone, osservando attraverso la vetrata gli altri ospiti che prendevano il caffè.

Sybille si era accoppiata con un giovane che dimostrava poco più di vent'anni. Chantal C. con uno sui quaranta. Il primo si diffondeva in pettegolezzi; il secondo si vantava come ottimo organizzatore, non avevo capito di che.

Io avrei dovuto far coppia con Marianne. Ma, in due giorni, non le avevo rivolto che poche parole. Deludendo la strategia di Sybille.

« Assurdo » mi ripeteva. « Sembrava ti piacesse tanto. »

« Infatti. »

« E allora? »

« Non sei tu a dirmi che forse sono pazzo? O così annoiato dalla mia grande saggezza da praticare qualche volta l'idiozia? »

Si stava bene, a Riano. I colori delle stanze erano delicati. La villa aveva un parco. Il bosco già alcune tinte dell'autunno. La trasparenza delle cose contagiava gli ospiti. Non molto distante, un laghetto pieno di trote. Avevo passato il tempo quasi sempre seduto sulle sue rive. Il primo giorno, Marianne mi aveva seguito. Mi piaceva anche il suo modo di rendere sorridente il silenzio. Perché, dunque, ostentavo indifferenza? Perché, a momenti, la umiliavo con una noia che non provavo? Ogni suo tentativo rimbalzava contro un falso muro.

Le dissi: « Scusami. Preferirei restare solo ».

Reagì con pudore. Con una rispettosa amarezza.

« Sei depresso? »

« No » mentii.

« Posso fare qualcosa? »

« Niente. »

Capii che, dietro di me, era scomparsa.

Mi sedetti sulla riva. Gli alberi erano talmente fitti che ne filtrava una luce di crepuscolo. In tono con la desolazione che mi procuravo.

Mi stavo proibendo la curiosità?

Non sapevo rispondermi. Avrei voluto richiamare Marianne. Proporle: "Parliamone. Cerca di aiutarmi a chiarire".

Respiravo, invece, l'acre odore del lago. Nei supporti, canne da pesca stavano pronte con l'esca. Come, sotto la superficie azzurra, le trote erano state predisposte a morire. Sfilai una canna. Immersi l'esca. Felice che nessuna trota abboccasse. Trovavo assurdo che non mi fossi ancora abituato alla delusione che, spesso, mi compiaccio di procurarmi.

Le domande riprendevano con lena.

Perché mettevo ostacoli alla mia curiosità pur sapendo che, senza la sua libertà di espandersi, non avrei saputo muovermi nel mondo dell'arroganza e dell'indifferenza?

Rividi Marianne nel primo pomeriggio. Prendeva il sole sul bordo della piscina. Continuavo ad apprezzare il tatto con cui non mi faceva pesare il mio starmene in disparte; un comportamento che turbava la festa agli ospiti. Ma anche gli altri sorvolavano con cortesia. Senza darlo a vedere, scrutavo il corpo di Marianne, che portava solo lo slip. Per quanto tentassi di trattenerla – se era davvero questo che stavo facendo – la curiosità, sensualmente provocata, mi sgusciò via attraverso quell'ambigua incrinatura della certezza che è la meraviglia.

Non riuscendo più a manifestarsi insieme a me, agiva per conto proprio. Come una gatta saltata dalle ginocchia di un padrone scorbutico, si muoveva su Marianne, e con soffici zampe; soffermandosi sui seni, il ventre e gli inguini che le falcature dello slip scoprivano nell'ombreggiatura del pube.

La solarità corporale di Marianne...

Lei si alzò. La curiosità è la tecnica di identificarsi nell'ignoto e nell'imprevedibile. Anche nell'incanto di un passo. Contemplavo una camminata naturale che, senza intenzione di stimolarmi, richiamava spontaneamente i riti segreti della femminilità; subito l'associai a certi riti perduti nel tempo, che avevo condiviso: i migliori.

La mia curiosità si chiese: "Come farà l'amore? Con esibizionismo o con pudore? Col silenzio? O con quali parole? Sceglierà con cura o non farà troppa differenza fra gli amanti occasionali?".

Gli altri due uomini – era evidente – la seguivano con le mie stesse fantasticherie. Ancora incerti, tuttavia, sapendo che Marianne era destinata a me. Mi permettevo persino di ingelosirmi.

Adesso era notte. L'ultima. Finito di bere il caffè, gli ospiti si alzarono insieme, quasi si fossero passati parola. Salirono al piano superiore. Anch'io nella mia stanza. Avevo attigua, sulla destra, la camera di Sybille; sulla sinistra, quella di Marianne, che teneva la radiolina bassa. Mentre sistemavo le mie cose nella borsa da viaggio, per andarmene, udivo Sybille e il ragazzo trafficare in bagno, parlottare, ridere. Poi un silenzio. Presero a fare l'amore. Non cercavano di soffocare nulla, anzi; come la notte precedente. Se era una provocazione per coinvolgermi, sbagliavano. Situazioni del genere risvegliano in me quel residuo infantile che spinge, oltre che a sentirsi esclusi, al gusto vendicativo di escludersi maggiormente.

Sybille, lo capivo, esaltava il sesso del ragazzo. Dev'essere un olisbo, pensai. Li odiai, entrambi. L'arroganza della virilità, quando si esercita su una femmina che se ne compiace, aggiunge al senso di esclusione accessi di misoginia.

Marianne aveva spento la radiolina. Uscì dalla camera e chiuse la porta sbattendola più forte del necessario. I suoi passi si fermarono dietro la mia. La sentivo respirare, attendere. Anch'io smisi di muovermi. Finché non passò oltre. Finii di vestirmi. Prima di allontanarmi, sbattei anch'io la porta più forte del necessario.

Ora guidavo verso Roma e c'era una colonna di automezzi militari che procedeva in senso contrario. Mi accecava coi fari. Basterebbe, pensai, che girassi il volante verso sinistra, neanche di tanto. Mi rendevo conto che avrei potuto farlo senza la minima paura. Ma mentre provavo questa sicurezza, sapevo che il momento doveva ancora venire. Altre cose dovevano capitare.

Fu questa idea di fine, che mi aprì la mente. Non era vero che per Marianne non provavo curiosità. La provavo, ma assai differente dalle solite. Era la stessa che provavo per me. Le altre donne mi avevano sempre incuriosito quasi stessi scrutandole attraverso una fenditura; poco importava se, di là, si apriva un ripostiglio o una grande sala, un buco immondo o un luogo sacro. Importava il metodo, ossia la fenditura... Il tramezzo era caduto. Per un senso di identificazione superflua. Ci sono persone che entrano nella nostra vita e gli basta un momento (a loro, non a noi) per orientarsi e trovare il posto che gli compete. Non di transito, stabile. Con naturalezza, forse con quel tanto di predestinazione, esse lo occupano.

Ciò non ha assolutamente nulla a che vedere coi meccanismi retorici del sentimento: colpi di fulmine o altre folgorazioni dall'alto o dal basso. Ciò rientra nel meccanismo, a volte terribile, del corso delle cose e di quella certezza che, nella vita, ci precede di un buon tratto. La certezza dei posti vuoti che portiamo in noi, da sempre, e che una geometria biologica provvede a dislocare.

A contare, e ad appartenerci, non è tanto la persona che si siede al tempo convenuto. *È il posto*: la sua occupazione.

Avevo dunque combattuto la curiosità che provavo per Marianne, come facevo coi miei propositi, idee, specie con le fantasie creative che mi portavano a esprimermi; se le allontanavo, non era certo perché volevo essere abbandonato, ma per verificarne la necessità e la forza, con la speranza che esse tornassero, conquistandomi in modo definitivo.

Tutto era destinato a quadrare.

Marianne si sarebbe rivelata mutevole. Come me. Amabile, detestabile, sfuggente e disponibile. Come io lo sono nei miei confronti. Fino al giorno che il volante si gira a sinistra, verso la parte troppo abbagliante dove gli automezzi continuavano a procedere a pieni fari verso la loro guerra che non c'era.

Io continuai verso la mia. Che era invece scoppiata da poco. Ancora così incerta da darmi una sorta di assurda allegria.

Capitolo terzo

1.

Ci sono cose che si fanno perché si vogliono; altre che si vogliono perché si sa che, inevitabilmente, si faranno.

Non capivo se parlare con Marianne, dopo il nostro incontro in automobile, rientrasse nelle prime o nelle seconde. Forse in entrambe.

Marianne vive col *mediatore* e il figlio Simone in uno *spazio* dell'EUR, nei pressi di Piazzale degli Archivi. Non parlo di casa o di villa. All'EUR esistono solo spazi che ingoiano dimore. Non c'è dimora che abbia il potere di ingoiare lo spazio. Neanche quella del *mediatore*, che ingoia tutto e riesce nella difficile impresa di ingoiare lui. È un forteto più che una fortezza. Si intende, per forteto, un fondo marino la cui praticabilità è zero.

Laggiù, se non guizza altrove, ristagna il pesce *mediatore*. Egli teme sequestri e sparatorie. Ne ha buone ragioni. Penso che, prima o poi, l'ammazzeranno. Certe mattine, specie quando sono contento e il cielo è pulito, scorro il giornale per vedere se l'hanno ammazzato. Non perché m'importi. Di lui non m'importa nulla. È curiosità. Ci sono persone che sollecitano, in noi, la curiosità di sapere come vivano; altre, quella di conoscere il modo in cui finiranno ammazzate.

Anche la curiosità si adegua alla legge dei tempi.

Era passato un mese dall'incontro con Marianne. Ed era la quarta notte che aggiravo il forteto. Ha un muro di cinta la cui altezza è inversamente proporzionale alla bassezza di ciò che protegge; mi riferisco alla doppia edificazione, muraria e morale. La prima è sempre in via di ampliamento e tende ad espandersi in orizzontale anziché in verticale – il forteto, infatti, ha un solo piano e da anni aggiunge stanze a stanze, via via che conquista terreni limitrofi – sulla seconda è meglio sorvolare.

Diciamo che il forteto è l'autoritratto edilizio del *mediatore*.

Conosco i paraggi come le mie tasche. Sono venuto spesso a curiosare, in questi tre anni. Tuttavia, mai di notte. Eppure, concordo col Greco: è il buio che consente la luce mentale. Lo insegnai a Marianne. Deve essersene ricordata. Forse per questo, la quarta notte, anche lei aggirava il muro di cinta.

Lupi e mastini tacevano. Di solito, non potendo abbaiare contro il nulla umano dell'EUR, si abbaiano a vicenda. E sono un esercito. Tanto che la villa la chiamo, tra me, *L'Argo schizofrenico*.

È stato tutto semplice. Aggiungere i propri passi a quelli altrui, quando risuonano nel silenzio notturno, e non c'è che quel suono, e basta che uno sfalsi il passo per costringere il compagno ad adeguarsi a un diverso ritmo – anche questo è dialogo. L'ho imparato in provincia. Per due amici è un'arte andar randagi di notte, nelle cittadine di lassù.

Può capitare che uno sfalsi il passo e l'altro non si adegui, allora è uno scambio di opposti pareri o un bisticcio.

Sulle prime, con Marianne è successo. Naturale, dopo tre anni che non ci si parla. Io andavo coi miei passi verdiani, "Esultate! L'orgoglio musulmano – sepolto è in mar..."; i suoi tacchi, invece, tendevano al rossiniano, all'Equivoco stravagante, all'Inganno felice, se non alla Pietra del Paragone. Ascoltando quel ritmo di grazia che occultava ansia e incertezza, riflettevo, con la mia testa che nei momenti cruciali va sempre sulle sue nuvole, che il tema dell'opera buffa rossiniana è appunto l'inadeguatezza dell'uomo di fronte agli imbrogli in cui si trova coinvolto al di fuori della sua volontà.

Era stato il pensiero di Rossini a portarmi al tema? O il

tema – in cui, attualmente, deve dibattersi Marianne – a portarmi a un desiderio d'ironie e, da qui, a Rossini?

« Perché sorridi? » mi ha chiesto.

Sarebbe stato complicato risponderle. Non era ancora il tempo. Stavo in ascolto.

« Perché i cani tacciono? »

« Perché lui non c'è. »

Lui, ovvio, era il *mediatore*.

« Quando manca » ha osservato « non abbaiano mai. Chissà perché... »

Ora, avrei voluto dirle, te lo spiego: perché l'Argo schizofrenico è una carogna, anche con te e Simone; l'hanno addestrato a proteggere *lui* e nessun altro; e se non l'avessero addestrato, sarebbe uguale, l'assorbe dal padrone questa sublime indifferenza per chiunque viva a dispetto suo. Ma sono stato zitto. Accorgendomi che ormai nessuno dei due sfalsava il passo, e i nostri passi tagliavano il silenzio così all'unisono che veniva quasi voglia di sfalsarli di nuovo.

« Allora, che ti succede? » le ho chiesto semplicemente. Semplicemente ha ammesso: « Forse sto cambiando pelle un'altra volta ».

« Il *mediatore* se n'è accorto? »

Ha abbozzato un sorriso, controvoglia.

« Continui a chiamarlo così... »

« Continuerò fino alla fine. La sua, s'intende. E la peggiore. »

Anche il mio sarcasmo era controvoglia.

« Sarebbe? »

« Morte a mediazione armata. Oggigiorno, nel mezzo non sta più la virtù. Sta la morte. »

« Non recitare » mi ha pregato: « Non stasera ».

Invece, alzando gli occhi, ho aggiunto:

« È vero che guardare al buio la casa di un assassino, fa impressione. »

In realtà, non vedevo che il muro di cinta. Eravamo al

quinto o sesto giro. Con la sensazione di fuggire lontano, tornando su se stessi, che provavo da ragazzo, quando camminavo intorno al laghetto della stazione di Parma, dove i pesci rossi sbiadivano, e davano ormai sul color cera, per far piacere all'esploratore Vittorio Bottego, che anche lui sbiadiva al centro su una roccetta, con le mani allo spadone e il casco. Davanti alla notte della stazione, non meno di pietra, a ogni giro mi dicevo: adesso sono alle sorgenti del Giuba, e adesso a quelle dell'Omo, e quei poveri pesci sono i Galla.

Invece restavo alle sorgenti del bischero, a far la ruota a Bottego, a sbiadire anch'io. Scoprivo che le incurie del tempo avevano reso strabico l'occhio destro dell'esploratore. Gli strizzavo il mio occhio sano e via.

Marianne ha alzato le spalle.

« Se ti diverte... »

« È strano. Ma davvero, mi diverte. Mettere piede nel forteto mi divertirebbe molto. E capisco il tuo stupore. È anche il mio. Dovrei provare ben altro, dopo quanto è successo. Ma non ci riesco. »

« Allora, entra. »

Sono rimasto sbalordito. Avevo detto: no!

Dopo che l'irruzione l'avevo architettata. Ero arrivato lì apposta. A costo di finire nella pancia dell'Argo schizofrenico, a far buona guardia al *mediatore*. E solo a lui.

« No » ho ripetuto.

« Come quella prima notte » mi ha ricordato Marianne.

« Già. »

« E nemmeno ora sai il perché? »

« Nemmeno ora. »

« Non sei cambiato. »

« Sbagli. E te lo dico con dispiacere. Sono cambiato mille volte, in questi tre anni. A forza di cambiare, sono quasi come te. Possiamo quasi darci la mano. »

Ironicamente, mi ha dato la mano. Ha riso. Riuscivo a

rasserenarla. E ciò mi divertiva assai più dell'idea di varcare il muro di cinta.

Si guardava le unghie:

« Comunque mi ha sorpreso incontrarti qui nel buio. Non hai di meglio che misurare uno squallido muro? Che succede, anche a te? »

« Diciamo che le altre mie curiosità notturne... »

Mi sono interrotto. Avevo toccato un tasto sbagliato.

« Sono invecchiate? » ha insinuato.

Quando si guarda le unghie, significa che vorrebbe guardare un orizzonte retrostante. Infatti, mi ha ricordato di nuovo: « Allora, di notte, tu avevi i sette spiriti. E scomparivi da casa ».

Il dolore sereno di Marianne si faceva strada. Lo conoscevo bene, quel dolore. I suoi ritmi. Era un passo che lei non sfalsava mai. Ho capito che era il momento di andarmene.

Ma prima le ho chiesto: « Quella tua pelle che stai cambiando... La nuova, la conosci? ».

« Non ancora. »

« Ti preoccupa? »

« A momenti mi fa paura. In altri, mi dà un'allegria senza senso. Come se mi si aprisse un futuro di tentazioni. Bellissimo. Dove potrò essere un'infinità di cose insieme... Forse possiamo darci la mano perché siamo due matti. »

Ora toccava a me, dargliela.

« Capisco soltanto che sarà l'ultima pelle. E poi... »

« L'hai detto sempre. »

« No. Te l'ho fatto credere. Ora te lo dico. »

« Posso fare qualcosa per te? »

« Io credo di sì. »

Mi ha risposto con una convinzione fredda come il dolore in cui si era chiusa. Ho lasciato che rientrasse nel forteto. Mi sono allontanato. Sfalsavo il mio passo da quello dei pensieri. Alla svelta. Calcolando il tempo. Io che ho tempo da vendere, ormai. Anzi, da svendere. Perciò è inutile che lo calcoli.

E non mi aspettava nessuno.

2.

Me ne sono andato per Roma.

La curiosità si misura specialmente di notte. Ci sono città che la stimolano. Altre che la disarmano. Potrei scrivere un trattato sui paesi in cui mi sono aggirato con la mia lampada magica. Poli glaciali, per il curioso, le città maschio e le loro sottospecie: le città-ras, che infiggono grattacieli come lance; le città-gendarme, che ammanettano i desideri; le città-bazar dove non si vendono meraviglie, ma inganni; le città-sepolcro, dove anche Dio pesa...

Le città ideali sono quelle femmina.

Si va dalle città-gineceo alle città-bordello, passando per infinite sfumature. Quelle che praticano il sentimento delle strade o la lussuria monumentale; le altre che ti seducono e poi ti lasciano, come puttane, in balìa di una stazione. Le sultane, le favorite, le adultere, le città sanseverine, le schiave, e via dicendo. Nessuna soffre di sazietà urbana, che corrisponde a quella mentale, e la impediscono al viaggiatore curioso.

Parma è femmina, o Firenze, Barcellona, per non dire di Venezia o San Francisco. Londra no, è maschio. Come Palermo o New York.

Capitale femmina, Roma è attrice. Ma alle esibizioni in palcoscenico, che la vedono insincera – non ama il dominio sul pubblico, essendo lei stessa pubblico – preferisce l'artigianato del retroscena, dove si allestiscono spettacoli che non si fanno quasi mai. Io finisco, a caso, qua e là. Solo o più spesso con Marzio: il mio amico, se così si può dire, da quando, eccettuata Sybille, ho tagliato i ponti col giro di Marianne.

Roma ha discoteche e locali off di ogni genere, alcuni sono catacombe. A Piazza Navona, una discoteca si chiama *L'Agone*: da Sant'Agnese in Agone, la cripta nei pressi, col bassorilievo dell'Algardi e la scritta "Ingressa Agnes – Hunc turpitudinis locum – Angelum Domini – Preparatum invenit". Qui, infatti, i lupanari si ammucchiavano intorno al circo dove oggi c'è la piazza. Ma i frequentatori de *L'Agone* ignorano le sventure di Agnese che il Prefetto si riservò di violentare personalmente. Per quanto feroce, e amministrato nei suoi svaghi da tipi loschi, il generone capitolino non emula il barbarico piacere della guardia pretoriana e della cortigiana Lisisca.

Ci vado per prestare ascolto, più che alla musica, ai segnali che mi trasmettono i sotterranei limitrofi. Nessuna città ha questo potere di dare voce e fisionomia all'occulto. È costruita su ciò che è morte, ma non si rassegna all'impalpabile nulla, deve dargli una consistenza di mura e labirinti. Il disagio che spesso ci afferra, è un'oscura febbre di danzatori, buffoni e banchettanti di epoche trapassate, che si fanno beffe di noi nelle cavità che si percepiscono oltre le pareti.

Esse rischiano di crollare, e la folla che mi circonda potrebbe essere risucchiata dall'avidità sepolcrale che non aspetta che di trasformarla in un Orfeo di massa. Allora, queste donne compitamente adultere, e i loro compagni, rovinerebbero con stupore nelle stanze dove, nei giorni di gare al circo, le cortigiane venivano legate a gambe larghe e con una lanterna tra le cosce, per illuminarne il sesso.

Anche le ballerine de *L'Agone* animano semplicemente il loro nulla, e non già metafisico. Ma un fatto è certo: a Roma, quel tanto di nulla è doveroso, inevitabile, forse necessario.

Vicino a San Nicola in Carcere, c'è invece un piano bar, il *Nicola's Eden*. Qui la leggenda è diversa. Si trattò di un vecchio, condannato a morire di fame, che venne mantenuto in vita dalla figlia che lo nutrì col latte delle mammelle. La leggenda va sotto il nome di *Carità romana* e ricorda la lupa, la nascita stessa della città. Ma in quale delle due figure essa trova la sua simbologia? Nella figlia o nel padre? Forse nel legame – la sopravvivenza – tra la vecchiezza della Storia e una provvidenza fantasiosa che pratica la furtività.

Lo sguardo mi cade sulle mammelle delle mie occasionali accompagnatrici. Nemmeno immaginano l'esistenza di San Nicola e della Carità. Ai padri darebbero volentieri il capezzolo, ma per fargli succhiare veleno.

Esco dal locale. L'aria, cupa, mi spinge a telefonare a Marzio.

3.

Prima gli telefonavo solo in quei momenti che io chiamo *della spada di Erode*. Quando l'infantilismo delle mie ombre chiede le sue mannaie. Ora, sempre più spesso.

Rifletto che il mio amico, benché ci frequentiamo da un anno, non so con esattezza chi è. Basso di statura, ha mani grandi, da scaricatore, spalle tonde e muscolose; molti figli e una moglie malfida in uno stabile del Quadraro, dove sono stato qualche volta. Per il resto, la sua vita la vedo e non la vedo, come lui la mia, e il bello della nostra amicizia è questo sapere tutto e niente di noi. Teniamo la curiosità sul filo dell'immaginazione, spesso del nonsenso.

Alla mattina, mi lascia strani numeri telefonici, affinché possa rintracciarlo la notte. Basta una telefonata ed eccomelo lì, dopo brevi attese, piovuto da dove me lo figuro a mezz'aria col suo mistero, come i galli o i somari nelle visioni di Chagall; se non fosse così brutto, lo paragonerei volentieri anche agli *angeli musicanti*.

Ci stringiamo la mano secondo l'abitudine. Non c'è bisogno di spiegazioni. Ci parliamo pochissimo, per lo più a monosillabi. Io gli dico: « Monta ». Lui sale in macchina e stiamo zitti, finché non indica: « Ferma là ». È pronto a farmi strada con la sua testa da bulldog insaccata nel bavero e il suo silenzio che sembra pensante, invece è solo all'erta. Forse lavora davvero ai Mercati Generali. Ma il sospetto che stia nel giro della malavita è legittimo, altrimenti non si spiega la sicurezza con cui mi inoltra dove Roma è una giungla.

I nostri incontri sono, insieme, pieni di pudore e brutali. Apicio ed Eliogabalo mi sogguardano dalle porte. Invisibili mani mi porgono le loro delizie dall'aspetto di torte impastate con le lingue dei pappagalli parlatori. Piazzette, borghi, luci dove è assurdo che risplenda un lume. Mi pare di udirli, nel vento che solleva la groppa dei gatti, gli ultimi trilli dei pappagalli, un istante prima della lingua tagliata dai cuochi. E a quel canto amputato, si aggiunge il mormorio dei maghi, un po' pastori e un po' satiri, che arrivavano dalla Sabina e dalla Ciociaria.

« Ascolta » mi dice Marzio.

Io ascolto. Stupefatto che anche le sue orecchie captino le mie stesse, misteriose arie. A Roma, ne convengo, si fantastica bene, purché si cammini: e alla fine si resta con la sensazione di essersi un po' smarriti in una realtà che nessuna fantasia potrà mai superare.

La città è improvvisamente irriconoscibile.

Da sacchi di plastica nera, a mucchi, straripano rifiuti. C'è chi gli dà fuoco. Ardono in file infernali. Sappiamo, io e Marzio, come procederemo nel regno dei morti, che ora non occulta ma spalanca le sue porte; nel fango tiberino, non esiste parete che divida da una stratificazione di cunicoli, anfratti, voragini; e solo a tratti, le fiamme fanno balenare i toni di Roma che un tempo amavo: stupendi, sul giallo dorato. Dall'oscurità, altri gatti, a centinaia, ci accerchiano inferociti. Marzio afferra un tizzone e si fa largo. Ci sfiorano fauci, unghie sfoderate.

Le marane del Tevere. La pineta di Castelfusano. Punta estrema, il lago di Guidonia, che chiamano il *lago della mala-*

vita perché, sotto i riflettori, le gru della polizia sollevano dal fondo auto trasformate in bare dai killer. Ma difficilmente ci spingiamo fin là. Preferiamo i boschi di Prima Porta o i ponti verso Viale Marconi.

Lascio che Marzio batta la sua notte: ignora sempre se penetrerà in un'ansa quieta o in una polveriera.

Cercando di stargli dietro, nei canneti e nella sterpaglia, spostandomi per le viscide rive o tuffandomi alla cieca nei grovigli d'erbe selvatiche, mi si mozza il fiato. L'esperienza del buio, sempre più fitto, è equivoca: o la si trasforma, in qualche modo, in parodia della paura, che diventa incoscienza temeraria, o resta un assoluto punitivo. Ossia, nel mio caso, paura anche di me, perché non mi riconosco.

Gli grido di aspettarmi.

Ciò che rincorre, in quegli infami brandelli romani, è disgustoso. Per quanto finga di ignorarlo, e mi auguri che non accada, accade. Marzio stana uomini e donne in coito, che lo avvistano e lui, sentendosi scoperto, spicca una corsa, attraversa i nascondigli a testa bassa. Scambiandolo per un ladro o un assassino inseguito, gli uomini si allarmano e reagiscono. Per le donne è diverso: si sfilano dal sesso degli amanti con una reazione per lo più fredda o rassegnata.

C'è chi lo insegue e l'afferra. Gli strappano la giacca. Lo tempestano di pugni.

Spesso, Marzio sanguina dal naso e dalla bocca. Ma non ci bada. Prosegue. Tra altre donne con le ginocchia nella fanga, la testa inchiodata all'ingiù, come se si aspettassero di essere decapitate. E io ne ho, ogni volta, lo stesso sgomento. Mi chiedo come facciano ad assorbire quei falli enormi; con quale dilatazione, non dico degli orifizi, ma della coscienza. Come riescano a sopportarne le cariche feroci, senza lasciarsi sfondare o spezzare le ossa.

Persino sotto i ponti cittadini, la notte romana è lastricata di fornicazioni. Vecchia storia, spiego a Marzio; anche Piazza del Popolo e il Corso furono selciati dai papi coi proventi di gestori di lupanari e prostitute. Lui s'insacca nel bavero e mi risponde coi suoi "ah" che non mi prestano ascolto; sorride soltanto alle pasquinate e allora gli declamo quella su Alessandro VI, il lastricatore: « "Furie, perché del sangue e dell'cccidio l'orgia – cessò d'un tratto? È morto Borgia" ».

Staniamo anche cani accucciati che muoiono in mezzo ai cespugli, con la vergogna di mostrare al chiaro delle stelle che stanno morendo. E sotto il ponte di Viale Marconi, non sono più donne, ma di nuovo gattacci spelacchiati che urlano incastrati in gatte scappate dalle casupole.

Viene un momento che Marzio non lo vedo più. Per quanto lo cerchi e lo chiami. Poi mi riappare con la schiena appoggiata a un albero, sopra una montagnola, e nel fogliame balugina la luminosità lontana di Roma. Capisco che sta fissando, in basso, qualcosa che nessuno più gli impedisce di guardare. Mi inerpico. Lo raggiungo. La testa gli è un po' reclinata, gli occhi sono fermi sugli atti sessuali di corpi giovani o vecchi. Alla libidine, in breve, subentra il vuoto. È una caduta di causa ed effetto che lascia, tra gli occhi e la scena, uno schermo: il senso di disonore che provano i semplici. Per cui lo sguardo, dalle tenebre che avvolgono la montagnola, fugge dentro il buio della scatola cranica.

La testa si piega sul petto, la fronte suda. Con le unghie conficcate nella corteccia, Marzio scuote le spalle e capisco che piange.

Gli tampono il sangue. Se gli vado dietro, è per quei momenti in cui si perde nella sua disperazione, a cui cerco di rispondere con un sentimento che non è pietà, non è amicizia, né amore, pur essendo le tre cose insieme. Gli dico semplicemente: « Marzio ».

Singhiozza contro di me, come un bambino. Lo abbraccio. Quanto valgono, mio Dio, le nostre vite? Ci sono domande a cui non sappiamo più rispondere. Lo porto via.

Ci troviamo a San Paolo fuori le Mura. E andiamo a sederci tra le navate, con un orlo di sole intorno ai mosaici e l'effigie di tutti i pontefici.

Marzio si alza e va all'acquasantiera. Toglie la mano di tasca e la lascia a mezz'aria, incerto: a volte la intinge e si segna, altre la stringe e, tenendola levata nel pugno enorme, porta in giro per la Basilica la sua bestemmia silenziosa, finché non si placa, e la mano me la ritrovo sulla spalla, che trema un po'.

4.

Marzio l'ho conosciuto al Circolo del *Re Polacco*.

A tempo perso, serve da custode, da tuttofare.

Frequento il Circolo quando la mia mente chiede spiegazioni che non posso darle e solo le seduzioni dell'eccentrico riescono a distrarla. Se c'è una regola, qui, è che nessuno si domanda o domanda agli altri: "Cosa vuol dire?". Base della comunicazione è la tolleranza e non ci si sconcerta di nulla.

All'ingresso, su una mensola, una grande guida in marocchino ha per titolo *I segreti di Roma*; sta aperta a una pagina dove gli abituali seccatori possono leggere: "Su quella che è oggi Via Cavour, un Re Polacco ebbe in un tempo lontano uno splendido palazzo, dove abitò a lungo e morì. Dopo la sua morte, il palazzo crollò...".

Mentre ero intento sulla pagina, la prima volta che misi piede al Circolo, Marzio mi si avvicinò chiedendomi, con brusca timidezza, se potevo leggere ad alta voce. Continuai, accontentandolo: « "...passarono anni, e là dov'era la favolosa dimora di quel Re, furono fatti scavi che portarono alla luce un tesoro di preziosissime gemme. Si dice però che, frugando nelle viscere dell'Esquilino, ci si dovrebbe trovare la statua del Re, tutta d'oro" ».

« Sembra una favola » esclamò Marzio felice.

« Forse lo è » obiettai

« Niente affatto. Qui continuano a scavare di nascosto. E qualcosa è saltato fuori. »

« Sarebbe? »

« Una corona, tanto per dire. E un paio di scarpe. Della statua, finora niente. Ma, prima o poi, finiranno per trovarla. È gente curiosa, questa. E frugare sotto Roma, è una bella avventura. »

Mi iscrissi immediatamente al Circolo.

Il *Re Polacco* non si limita a un sodalizio di stravaganti, come potrebbe apparire all'osservatore superficiale; è ben altro: un'impresa collettiva che, con intelligenza e buon gusto, cerca di mettere a frutto l'energia ricavabile dall'insoddisfazione dell'individuo. Tralasciando le disquisizioni, i soci possono esercitarvi, in libertà, i cosiddetti *violons d'Ingres*.

Com'è noto, si definiscono in tal modo, non già i passatempi, ma le seconde vocazioni.

Non c'è essere umano che non ne coltivi almeno una. A volte, esse risultano strampalate, anche ai limiti del lecito. Ma è difficile che un *violon* sia ignobile, avendo lo scopo di esprimere quel talento di solito frustrato dalla realtà. Vecchia storia questa della doppia coscienza che portiamo in noi: l'una riservata alla vita di ogni giorno, l'altra, più vera e intima, che spesso non sa a chi votarsi e finisce per spegnersi sotto le finzioni sociali. Tali finzioni, a lungo andare, generano ciò che per comodità scambiamo per rassegnazione, mentre è odio represso, da cui non è rara la scintilla di impensabili tragedie, specie domestiche.

Al *Re Polacco* si scongiurano tragedie personali. E si fa il possibile per ottenere qualche correzione alla tragedia collettiva. Un *violon d'Ingres* è insomma il metaforico strumento che consente a un uomo, facendo alcune cose per cui è nato diciamo a metà, di avere simpatia e interesse non dagli altri, ma da se stesso. Che è ciò che più conta.

La preferita delle seconde vocazioni è lo stare in santa pace, con nessi e connessi: la pratica dei suoi raffinati piaceri, la definizione dei suoi significati. Posso garantire che noi soci disponiamo, al riguardo, di un'indubbia arte. Quando ci si ritrova, provvediamo per prima cosa a chiudere i finestroni e a tirare le tende Anche nei pomeriggi di pieno sole, accendiamo sui tavoli dolcissime lampade. Il frastuono della città diventa un brusìo, autobus e automobili ronzano come sopportabili api. Si può persino immaginare che Roma sia un immenso prato.

Tra le rosse poltrone e i divani, il sole si limita a un riverbero lungo la parete di fondo, che si affaccia sul cortile e il portone d'ingresso. Qualcuno lo chiama, con un senso crittografico qui assai sviluppato, il *confine di Confucio*. E chissà perché.

Altri esempi di *violons d'Ingres*. Alcuni anziani, che non hanno vissuto che trionfanti banalità, scrivono le loro memorie. La Storia non è soltanto quella degli eventi. Non sempre la si fa, spesso è lei a farci, essendo contigua ai regni dell'immaginazione con cui ha frequenti scambi. Seguo mani che muovono la penna in un lembo di luce, condotte dallo stesso ingegno storico che guidò strateghi e generali, e che crea, lì per lì, le sue battaglie fondamentali, con sconfitte e vittorie.

C'è chi, dopo anni di oppressioni sedentarie, costruisce, con pazienza da amatore di fughe impossibili, velieri e navi, dando forma a una fanciullezza ancora da assaporare. C'è chi suona, realmente, strumenti: il più praticato è il sassofono, seguono il violino e il pianoforte (gli esecutori hanno stanze tutte per loro). È stupefacente scoprire come architetti e progettisti di ponti e strade, siano riusciti, contemporaneamente, sia a costruire il mondo che a isolarsi da esso, affidando la solitudine spirituale alle progettazioni di Mozart o di Beethoven o di Rossini.

Qualcuno dimostra di possedere una bella voce da tenore o da baritono. Non è raro udire, da *I due Foscari*: "Donna infelice, sol per me infelice, – Vedova moglie a non estinto sposo". O da *I Masnadieri*: "Fiere umane, umane fiere, – dure più d'alpestre sasso!".

I più semplici fanno giochi di prestigio che riescono alla perfezione. Gli enigmatici declamano versi di poeti chiari e umili. I parlatori affondano nelle poltrone, disdegnando i fatti a vantaggio delle ipotesi, che comunicano ai compagni la cui seconda vocazione consiste nel prestare ascolto ai sogni altrui, non riuscendo essi a sognare.

« Avec toute ma force d'anxiété! » esclama un altro socio: Basilio.

Costretto ogni giorno al più truce romanesco dal ruolo di Direttore dei Mercati Generali (è lui, credo, che ha fatto assumere Marzio), sfoga al Circolo la sua passione per le lingue, e riesce a spiccicare anche qualcosa di turco.

Anch'io ho il mio *violon*. Ed è inutile precisare che si tratta della curiosità: arte incompresa, più o meno come i suoi artisti.

Ma vorrei sgombrare il campo dal sospetto, ingiusto e volgare, che la nostra sia un'organizzazione, oltre che clandestina (figuriamoci), misogina. Esso ci viene ovviamente dalle donne, a cui l'accesso è precluso. Dite di no a una donna, e delle due l'una: o vi odierà a morte o vi amerà alla follia (non è il nostro caso). Misogino, poi, che vuol dire? Il misogino è un uomo che ha amato troppo le donne e non glielo perdona, ecco cos'è. Per cui l'amore resta, comunque, la causa se non proprio l'effetto. Le nostre amiche non lo capiscono. Ci vorrebbe amore anche da parte loro. Ma questo mezzo di persuasione, che sussiste solo con un sentimento d'intesa di un sesso per l'altro, si scontra appunto con un'insormontabile barriera di ostilità sessuale, trasformandosi in rancore.

È ben vero che sono in molti a praticare il Circolo per esiliarsi da mogli e amanti dittatoriali. Ma che c'entra? Perché accusarli di avere in dispetto la donna in genere? Sarebbe come sostenere che un esule politico, scampato agli orrori di una tirannide o determinato a non condividerli, perda, ipso facto, la fede nella patria e naufraghi nell'antipatriottismo. È il contrario, semmai. Nessuno, più di un esule politico, alimenta nel cuore l'idea e la nostalgia della propria nazione, nonché l'orgoglio virile della bandiera; pur riservandosi il diritto, sacrosanto, di darsela a gambe da chi la usurpa.

Bisognerebbe frequentare il *Re Polacco* per capirlo.

Anime gentili, ma con difetti fisici – ossia non favorite da quel fascino corporale che privilegia, poniamo, i *mediatori* – scrivono alacremente taccuini d'amore, che magari restano nelle cassettine di ferro del Circolo. Altri, che amano donne essendone disamati, non hanno dimestichezza con la scrittura e si accontentano di provare, qui, la piacevole sensazione di non aver mai amato nessuno; o si sentono belli, corteggiati e con gli occhi celesti.

È stimolante fantasticare al *Re Polacco*.

Comunque sia, si è convinti che unicamente la mediocrità consenta la perfezione, perciò si cerca di essere il più possibile imperfetti. E non succede davvero come con le donne, verso le quali le parole devono farsi tanto più rispettose quanto meno lo sono gli atti; esiste un rispetto globale, di cose che si dicono e si fanno, specie col silenzio. L'unisono è il nostro forte.

Perciò, qualche nemica più vipera delle altre, ci ha in odore di omosessualità. Le lasciamo dire. Le parole di certe donne sono come i mali; non potendo evitarle, si scelgono le minori.

I primi tempi, mi sedevo da una parte e guardavo quegli amabili colleghi; siamo gli ideogrammi di un'antica scrittura – pensavo – davvero zone d'ombra di un mondo troppo assolato. Mi rendevo conto che l'aspetto migliore della mia curiosità consiste nel fissare volti, gesti e comportamenti nei loro esatti contorni, dai quali fuggire tuttavia, portandone un misterioso senso di sconfinato.

Se Marianne avesse potuto cogliere certe sfumature...

Il Circolo ha anche un torrione. Si può salire lassù e contemplare cortili oppure la luna. Mi raccontano di un socio che, per seconda vocazione, aveva quella di raggiungere l'irraggiungibile, e si è buttato, atterrando fra mucchi d'immondizie; forse l'intenzione era di guizzare nel vuoto, tentare il volo di Astolfo.

Ma è un caso isolato. Combattiamo ogni tipo di violenza, specie su noi stessi.

Capita che stiamo insieme fino a notte alta. Poi tutto si conclude nel difficile rapporto col portone da superare, per tornare a casa. Nessuno vuol uscire per primo: si fanno molti convenevoli che mascherano pretesti. Sono sempre io, che non ho più moglie, a rompere il ghiaccio, e dietro di me vedo gli altri che ancora indugiano tra i battenti, guardando in aria come se fiutassero una pioggia che non cade. Escono infine di corsa, senza pensarci più, e si salutano svoltando verso le loro prime vocazioni.

5.

Sono i tecnici che si occupano della mappa sotterranea per la ricerca della statua del Re.

A tutti fa piacere, ogni tanto, impugnare il martello pneumatico e il piccone. Il Circolo dispone anche di una perforatrice. Ho scoperto che la seconda vocazione al sottosuolo è assai diffusa. Qualche volta, a scavare, ci troviamo solo io e Marzio. Finora si è giunti a un trivio. Il cunicolo centrale ha portato al rinvenimento della corona e dei calzari, ed è qui che la maggior parte si addentra con gli attrezzi. Il cunicolo di sinistra sembrava, all'inizio, il più promettente. Reperti di vario interesse hanno provato che il Re conosceva, oltre al greco e all'arabo, anche le lingue siriana ed ebrea, con entusiasmo del socio Basilio, ma soprattutto si dilettava di scienze matematiche e naturali.

Alchimista e negromante, le sue invenzioni si rivelarono macchine inutili, messe a punto per il gusto, fine a se stesso, di varcare i limiti della conoscenza acquisita. A quanto si racconta, tentò persino di inventare la lampada eterna e una diligenza che potesse correre sia per terra che per mare. Hanno trovato scheletri di servi ai quali, appena morti, venne iniettata una sostanza che mantenne in perfetto stato l'apparato arterio-circolatorio. Di quale sostanza si tratti, nessuno ha saputo dirlo. Sorprendenti, dunque, le analogie tra il nostro monarca e Raimondo di Sangro, principe di Sansevero e duca di Torremaggiore; c'è chi insinua che si tratti proprio di lui, e che il vero Raimondo si sia esiliato qui, sotto mentite spoglie, coltivando la seconda vocazione d'essere Re di Polonia. Ma sono fandonie. Il principe napoletano sta benissimo dove sta, nella celebre cappella che porta il suo nome.

Molte le speranze, dunque, sul cunicolo di sinistra. Superata una parete che rappresenta un *Censimento a Gerusalemme* (il Re doveva soffrire di contraddizioni; come conciliare la sua negromanzia coi trionfi evangelici?), il martello pneumatico ha continuato con impeto. Ma si è verificata un'amara sorpresa. Una nube di pipistrelli, come corvi imperiali, è saltata sulle teste dei soci, che il crollo di un'inferriata ha affacciato alla solita moltitudine di gatti che popolano i labirinti della capitale. I loro occhi splendevano tra stalattiti di cera rimaste intatte su candelabri di grandi proporzioni. I soci hanno dovuto prendere atto di essere capitati, semplicemente, in uno dei tanti sotterranei che, a Roma, sono teatro di violenze e vecchi incubi; dove il tempo della Storia si affolla di ruderi umani contemporanei.

La grata è stata rimessa e mi capita di starmene, con Marzio, a scrutare nel regno segreto in cui si aggirano, o sostano a gruppi, drogati, spacciatori, malviventi e depravati di ogni risma. Personaggi di cui appena distinguiamo le figure, tra equivoche luci; nei loro gesti e riti, una malinconia infernale: non è raro che si traduca in scene orgiastiche. Anche il brusìo trasmette una sensazione di oscenità.

Se, tolta la grata, qualcuno si avventurasse laggiù, credo sarebbe fatto a pezzi.

« Andiamo » ho detto una notte a Marzio. « Proviamo... »

Mi ha trattenuto la sua mano gelata dalla paura. Il coraggio di Marzio si fa temerarietà negli esterni notturni, mentre il sottosuolo esercita su di lui intimidazioni. Quando non gli è possibile alzare gli occhi al cielo, credo che il terrore della morte lo afferri.

Io non lo provo più da un pezzo. E una di queste notti supererò la grata.

Il cunicolo di destra, infine, appare il contrario di quello di sinistra. Le sue superfici non hanno mai ispirato tentazioni. « Sassi, pietre » sostengono gli esperti: « Non esistono cavità che ci facciano sperare nella presenza di qualcosa ». Forse – a provocarmi – è stata questa assoluta sicurezza; o forse il fiuto archeologico che ho affinato sulla crosta del mondo, il mio farmi crittografo soprattutto di coloro che si presumono privi di scritture segrete. Una volta, ho suggerito a Marzio:

« Tentiamo di là. »

« Fatica sprecata. »

Per circa una settimana, la perforatrice si è imbattuta in materia pietrosa; finché, da un foro che sembrava nulla, un riflesso non ha centrato Marzio, esattamente un barbaglio d'oro. Messo l'occhio, abbiamo visto un dito grande e puntato contro di noi.

Il dito del Re!

Marzio avrebbe voluto continuare a mitragliare la parete. Io, invece, gli ho detto di ricoprire il foro e di non farne parola con nessuno. Non riusciva a capire per quale ragione. Ho tentato di spiegargli che certe scoperte, specie là dove le ombre sono eterne, vanno assaporate nel tempo. Allora, sì, è bello vedere come andrà a finire.

6.

Iniziata al forteto del *mediatore*, la notte è finita da Sybille.

Gli ospiti se n'erano andati. Le ho raccontato i miei due incontri con Marianne.

« Tutto riprende a quadrare » ha detto. « Era prevedibile. »

« Non nel senso che intendi tu. »

Per quanto riguarda me, l'ho pregata di ascoltare con pazienza il punto della situazione:

« Niente bilanci. Solo qualche spiegazione. Vorrei spiegarti, per cominciare, l'andare a rotoli... »

« Inutile e brutale. »

« Sbagli. Da tre anni, vado a rotoli. Ma non è una bancarotta. È una costruzione. La migliore che mi sia riuscita. Giorno per giorno, io costruisco il mio andare a rotoli. E ogni rotolo rivela meraviglie nuove, come i rotoli della Scuola di Osaka, che contengono le favole dell'Oriente. »

Me l'ha regalato proprio Sybille, l'album dell'antica pittura erotica giapponese.

« Nichilismo. »

« Altro errore. Il nichilismo è una posizione filosofica che persegue il radicale annullamento della realtà. Oltre il nulla, nulla. Non è il mio caso. Quando il *mediatore* se l'è presa, Marianne mi considerava un uomo dalla mentalità oscena. Il perderla (non la semplice perdita di lei, ma la frattura in sé della perdita) mi ha contagiato. Mi sono detto: ha ragione, io sono così, un uomo dalla mentalità oscena. Da allora, provo il piacere di svalutarmi e desidero l'annullamento della mia realtà detestabile. »

« Lo vedi? »

« Aspetta... Traduco in azioni quel piacere e quel desiderio. Ma mentre lo faccio, mi accorgo che non sono io, ad andare a rotoli, bensì il mio superfluo. Capisci? »

« Non ancora. »

« Crollano i ponti che ho gettato affannosamente tra me e gli altri, pur di non sentirmi esiliato. Ambizioni. Eccessivo interesse per le solite cose. Mi semplifico e amputo i miei rami secchi. Quando vivevo con Marianne, ero come l'albero che guardavo dalla finestra dell'aula, al liceo. I suoi rami sembravano corde con cui afferrare tutto: uccelli, bambini, persino i colori delle case intorno. E le coppie di innamorati che si fermavano a fare l'amore contro il tronco. Chiamava coppie, quell'albero... Ne era assetato. »

« Le tue donne » ha ironizzato Sybille.

« Già. Anche quelle. »

« Sempre avido di amare. E non ti innamori mai. Finisci solo in un mare di sesso. »

Ho sorvolato.

« Ho smesso di attribuire importanza ai libri, ai film. A me come autore. »

Sybille se n'è uscita con una punta di rammarico:

« Peccato che non scrivi più. Cos'è? Conquista della grande saggezza? »

« Non m'importa un bel nulla neanche della saggezza e della purezza. So che ci sarà qualcosa di potente, nei miei anni a venire. Ma non questo. Non questa forza che deve esprimersi a qualunque costo. Lo vedi? È diverso... Vado raccogliendo la quantità di Io che ho disperso e fatto aderire dappertutto. »

« Significa che le tue curiosità per gli altri, che ti erano di stimolo, non le provi più? Che le consideri un'esperienza fallita? »

« Al contrario, Sybille. Si sono inquinate, questo sì. E io le vado depurando dalle scorie. Ma ciò mi fa capire quanto esse siano state e restino importanti. Proprio queste curiosità fortemente terrestri, diciamo pure minori, mi consentono di sgrezzare il diamante. E il diamante, fra non molto, sarà lì, sotto i miei occhi, pieno di luce. »

« Quale diamante? »

« La curiosità suprema. Con la sua mira infine precisa. Una mira micidiale. »

« Con quale conclusione, scusa? »

« Che questa curiosità suprema, io sto per averla. »

« Per portarti dove? »

« Ancora non lo so. Ma se è vero che arriva sempre il momento finale, non importa quale esso sia. Importa che nasca la curiosità di quel momento. Ecco tutto. »

« Bel discorso. Ma come si applica a te e a Marianne? »

« Si applica nel senso che io non tornerei mai indietro a rifare alcuna vita. Con nessuno. Nemmeno con me stesso. Ma anche Marianne, lo sento, non ha intenzione di tornare indietro. »

« Sensazioni. »

« No. L'altro giorno in automobile, e stanotte, ho intuito cosa sta succedendo a lei, più o meno come sono riuscito a mettere a fuoco il mio andare a rotoli. »

« Sarebbe? »

« Marianne ha cambiato pelle diverse volte. Sei d'accordo anche tu. Quando vivevamo insieme, mentre io mi espandevo, per così dire, sulle piste delle mie curiosità che mi guidavano come cani da fiuto, lei invece tendeva a comprimersi. Credeva di potersi identificare e risolvere sempre in ruoli ben definiti, nei quali poi soffocava. Colpa della sua educazione, testardaggine, mettila come vuoi. Ma ora, forse... »

Ho esitato. Sybille è rimasta un attimo sospesa.

« Anche per lei è arrivato il momento. Che io sapevo sarebbe venuto. Non ne ho mai avuto il minimo dubbio. Per l'intensità del suo carattere, dei suoi sentimenti, in poche parole la sua voglia di vivere. L'ho lasciata nelle mani del *mediatore*, proprio contando su quel momento. Un uomo come il *mediatore*, senza rendersene conto, avrebbe facilitato le cose. »

« Insomma, è in un momento più facile o più difficile? »

« Marianne si rende conto che imporsi dei ruoli precisi è un errore. È stanca di ruoli precisi. Vorrebbe finalmente l'avventura di tanti ruoli insieme. Propri e altrui. Recitare quante più parti è possibile o assistere alla loro recita. Un futuro pieno di parti intercambiabili. »

Ho preso la mano di Sybille.

« Marianne sta provando le tentazioni della curiosità. Il desiderio di questo desiderio che, nella sua mistica dei ruoli, aveva sempre allontanato con un'oscura idea di peccato... Sta diventando curiosa. Capisci? Cioè libera. »

Sybille mi ha fissato. Affascinata dalla mia ipotesi.

« E hai capito tutto questo da un'occhiata attraverso un finestrino? Da poche parole? »

« Sì » ho affermato con convinzione.

« E se ti sbagliassi? »

« È ciò che vedremo. »

« Come potrai aiutarla? »

« Semplice. Cercherò di insegnarle la curiosità. Le passerò la mia. Le insegnerò le arti e i trucchi che ho imparato fin qui. »

Il silenzio accompagnava ora in un modo diverso il muoversi della mano di Sybille. Conserva, sui tavoli e alle pareti, volti celebri che le sono cari. Riflettendo, ha sfiorato la fotografia di Kurt Valentin, il comico tedesco sempre in lotta perdente contro la perfidia degli oggetti nemici e delle parole che si aggrovigliano fino a smarrire beffardamente il loro senso.

« Prima che tu arrivassi » ha osservato « meditavo su tipi come Valentin. Senza capire il perché. Che si tratti di qualcosa di simile a ciò che mi hai raccontato? Di te, di Marianne, di come il caso sia buffo? »

Senza aspettare la mia risposta, mi ha parlato di Valentin.

Ne ha definito i monologhi come tanti sgambetti al sublime. Sua madre l'ha conosciuto, con la compagna Liese Karlstadt, travestita da professore pedante, nell'atmosfera dei vecchi cabaret di Monaco e di Berlino, quando Brecht suonava il clarinetto nella sua orchestra. Quando – ha insistito Sybille – si rideva perché si sbatteva sempre il naso contro la vita.

« Può essere qualcosa di simile? »

« Può essere » le ho risposto.

La storia del riso non è mai stata scritta. *Tingeltangel*, di Valentin, è uno dei pochi tentativi riusciti, dove si capisce che esistono molte forme di riso – della solitudine, anche, della disperazione e del disgusto – ma l'umorismo non è mai una tragica farsa: colpisce nel segno senza saperlo.

"Tingeltangel" ripetevo tra me "Tingeltangel".

Caffè Concerto. Ma sembra una filastrocca.

Sybille mi ha raccontato anche di Charly Rivel che, nella stessa Monaco favolosa, cantava canzoni piene di affascinanti assurdità e gli spettatori scoprivano, alla fine, che aveva letto fogli di musica messi alla rovescia.

Capivo che era un modo, indiretto, di farmi specchiare nella mia verità. Come quando mi ricorda, di Dostoevskij, *L'eterno marito*, con quei tratti di Vel'čaninov che dovrebbero combaciare coi miei: « Soffriva d'insonnia, era angosciato da un vago senso di colpa, aveva delle allucinazioni, o perlomeno credeva di averle; e poi c'era quel tale che lo pedinava con un nastro nero di lutto sul cappello, e Vel'čaninov scoprì che non era un'allucinazione, bensì il funzionario statale Pavel Pavlevic, uno dei tanti che aveva reso cornuto ».

Grosso modo, salvo l'ultimo dettaglio, Pavel Pavlevic dovrebbe corrispondere alla figura del *mediatore*.

Era giorno, ormai. Sybille si è spogliata e si è messa a letto.

« Mi rendo conto che devo decidermi » mi ha detto ridendo.

« A cosa? »

« A proporti di restare a dormire con me. Ancora un po' e, stando ai tuoi progetti, sarà troppo tardi. »

« Lo penso anch'io, Sybille » le ho risposto andandomene.

Capitolo quarto

1.

Gli equivoci stravaganti della curiosità.

Marianne mi contestava, come curioso, per un'infinità di ragioni. Anche per paura di ciò che poteva capitarmi. Mi vedeva come gli antichi battitori dei mari, il cui ritorno a terra era sempre incerto.

« Frequenti gente disperata » mi avvertiva. « Completamente perduta. Ami stupirtene. Vedere il baluginìo delle loro anime. Ma potrebbe costarti caro. »

Peggio quando mi guardava uscire, la notte appunto, restando zitta. Ho già avuto occasione di dirlo: delle donne che ho conosciuto, Marianne è quella che sa servirsi, con più efficacia, del silenzio. Erano silenzi taglienti, fra le molte parole.

L'ultimo equivoco stravagante mi è accaduto qualche mese fa.

A *L'Agone* ho conosciuto la *ragazza del sonno*. Non saprei definirla altrimenti. Ne ho udito la voce, d'improvviso, alle mie spalle:

« Sai chi sono? »

Mi sono girato. Non l'avevo mai vista. Eppure ho risposto, chissà perché: « Certo, che lo so ».

Era una forma addossata in un angolo. Con orbite rosse, borse pesanti sotto gli occhi, come di chi soffre lunghe insonnie. Sui sedici anni, portati con sfinitezza. Il fascio luminoso di un riflettore creava sagome bizzarre, in cui il suo corpo si confondeva. Le ho toccato la fronte: scottava. Una memoria, che non mi riusciva di precisare, ne veniva sollecitata; ero certo, comunque, che non la riguardasse.

La mia attenzione si è fermata sulle sue mani: infantili, che si stringevano convulsamente. Sembravano lontane dalla conoscenza della vita che invece già le segnava il viso.

Mi scrutava con confidenza. O forse soltanto con la sua volontà intorpidita, sforzandosi di tenere le palpebre sollevate sull'opacità dello sguardo. Ha abbandonato indietro la testa. Mi ha detto che avrebbe voluto dormire: un mese, un anno. Mi ha parlato del sonno come di una liberazione impossibile: « Dormire mi riusciva facile. Adesso mi sembra di non esserne mai stata capace ». Poi mi ha proposto di rivederci.

Se fosse stato il solito invito, l'avrei lasciata al suo destino. Ma la sua voce non aveva alcuna allusione volgare. Allora le ho scritto su un biglietto il mio numero di telefono e l'indirizzo. Ha afferrato il biglietto ed è scivolata via. Vedendola scomparire, ho capito che ciò che avevo riconosciuto in lei, era la sete di quei sonni che calano come una ritorsione del cuore, un rifiuto a praticare la realtà.

Mi sono ricordato della Bossi di Motteggiana.

Una tempesta al tempo del grano era la fine del mondo. Sembrava che tutte le tempeste toccassero a lei, alla Bossi, che non aveva più il padre e la madre, e tirava avanti da sola. Quando era disperata, marciava alla luce delle stelle, per andare a mettere un cero a quelli che avevano ammazzato nei pantani clandestini del Gonfo e della Tedolda. La Bossi sapeva dove stavano nascosti, e forse aveva anche assistito ai delitti, perché le piaceva, come a Marzio, spiare tra le canne. Così, a Motteggiana, guardavano dalle finestre e, vedendo quei lumi sparsi, esclamavano: "Il mondo com'è! Il mondo è proprio una brutta bestia!".

A forza di spiare, disperarsi per le tempeste e mettere ceri, la Bossi non dormiva mai e aveva gli stessi occhi della *ragazza del sonno*.

Nei giorni seguenti, desideravo che venisse o almeno mi telefonasse. L'avrei voluta nel mio letto, ma solo per vederla dormire, in pace, col sonno più lungo della sua vita.

È venuta, infatti: una domenica pomeriggio. Si è spogliata, si è infilata sotto le coperte, lasciando fuori gli occhi, sempre arrossati, che mi fissavano. Cercava di dirmi che, se avevo intenzione di farci l'amore, avrebbe lottato per restare sveglia.

L'ho rassicurata: « Dormi. Non ti preoccupare ».

È caduta in un sonno istantaneo. Mi piace stare sveglio accanto a una donna addormentata. In genere, anche le più infelici assumono posizioni con cui tornano indietro nel tempo: a serenità infantili, ai primi amori. Allora le mani si stringono tra le cosce, quasi a difendere il sesso come un bene prezioso. Esiste un sentimento anche del dormire.

Io ne rispetto le pose spontanee. Se dormono sul fianco, mi insinuo alle spalle, aderendo alle natiche, spingendo le gambe tra le loro. Le tengo per il ventre e ho la sensazione di cavalcare l'ippogrifo: penso che vorrei essere sepolto così e attraversare lo spazio oltre la morte dividendone le sorprese. Posso stare immobile a lungo, registrando i segnali che mi arrivano dalle lontananze oniriche. I piedi, le mani scaricano i riflessi nervosi con cui si è combattuta la realtà del giorno; i sogni trasmettono alle spalle scosse di paura o di felicità; quel senso corposo di pace sprigiona calore dalle cavità degli orifizi. A volte mi accorgo che le dita cercano, impercettibilmente, ciò che dev'essergli sfuggito nel contatto con un'umanità indifferente e egoista.

Mi piaceva in particolar modo con Marianne.

La sedicenne sconosciuta, invece, sembrava morta. Non una mossa. Accostandola, avvertivo quel vuoto che, come un'intercapedine, fascia certi contenitori dove la vita è prigioniera o spenta: un acquario o una tomba. Ho acceso la luce e mi sono sincerato che respirasse. Il suo alito sapeva di sangue.

Poi hanno suonato con insistenza alla porta.

Il ragazzo, un ventenne, è entrato senza ostilità; si è mosso nel soggiorno acquistandone subito padronanza. Non c'è stato bisogno di spiegazioni. Un'occhiata è bastata a farmi capire che non avevo diritto a ribattere, per il semplice motivo che, in casa mia, lui stava scoprendo la sua donna, probabilmente dopo un appostamento.

In breve, ero io l'estraneo. Con l'istinto del ladro, ha localizzato la camera da letto, dove si è diretto facendomi da parte. Lo seguivo dicendo: « La lasci dormire ». Non gli davo del tu, era un invasore.

L'ho visto buttare all'aria le coperte. Lei mi è apparsa nella posizione a feto in cui non ero riuscito a compenetrarmi; dormiva con i pugni chiusi e non si accorgeva di nulla. Mi ha preso una tensione vendicativa ma fredda, simile a quella dell'invasore, che le ordinava di svegliarsi e di alzarsi. Cercando di metterla in piedi, l'afferrava per la nuca e per le ascelle, ma era inutile. Sotto il peso del sonno evidentemente drogato, la ragazza ricadeva sulle ginocchia. Le ha dato uno schiaffo, che non è servito. Ora la colpiva alla cieca, con furia crescente.

La ragazza non avvertiva il dolore, nemmeno quando la colpiva in vagina. Ha sollevato le palpebre, un istante. Ma ancora senza connettere.

A questo punto, da crudele, la scena si è fatta ripugnante. Ravvisando i contorni dell'uomo che le usava violenza, lei ha avuto una reazione automatica. Istinto di difesa e insieme di obbedienza agli stimoli tirannici. Ha aperto la bocca sotto le gambe divaricate del ragazzo. Le labbra carnose e dipinte si sono assottigliate in un cerchio osceno che è rimasto statico e da cui è spuntata la lingua, che poi si è afflosciata sui denti. Le dita mi si sono irrigidite. Avrei voluto strappare dall'acquario quel pesce che boccheggiava verso la superficie sotto cui non era più pesce, non era più nulla, per respirare la sua libertà impossibile o pretendere il suo cibo obbligato.

Anche il ragazzo ha fissato la bocca spalancata con un'esitazione; poi ha abbassato la lampo e obbedendo anche lui a un riflesso condizionato – non della disperazione, ma della brutalità – ha estratto il membro e l'ha affondato.

La nausea mi ha spinto via con un vuoto al cervello. Dev'essere passato del tempo, senza che me ne rendessi conto. Ormai era pomeriggio inoltrato e io mi trovavo in cucina, di fronte all'acquaio. Dalla finestra alle mie spalle, una luce di ghiaccio cadeva sul coltello che avevo tolto dal mazzo di lame larghe.

Il coltello stava lì, a portata.

Lo sgocciolìo del rubinetto ne scandiva un tempo, non capivo se di inerzia o d'impazienza. L'ho impugnato con l'energia che mi dà sempre la curiosità, quando si impadronisce di me.

Ma la curiosità di cosa?

Cercando di spiegarmelo, fantasticavo. Ho letto che una "nave-ricerca", la *Melville*, ha scoperto sul fondo del Pacifico creature mai viste prima: molluschi avviluppati a mostruose stelle marine, una varietà di granchi e piante simili a meduse. Non hanno luce, sopportano una pressione trecento volte superiore a quella della terra eppure, dopo essersi scrutate, si fondono in una massa informe la cui felicità sembra consistere negli spasmi di un dolore primordiale.

La mia camera da letto era il fondale che avevo ritenuto inabitabile per qualsiasi tipo di vita che non fosse la mia; ma ora i due ragazzi, lui mollusco e lei medusa, si scambiavano laggiù passività e violenze.

L'ho udito andare in bagno. Era come se lo vedessi orinare, nudo e pensieroso. Subito è rientrato in camera, sbattendo la porta. Allora ho capito: stavo provando la curiosità del delitto. La curiosità è anche un'arte della connessione: i due elementi connessi erano, da una parte, l'ipotesi del delitto, ovviamente inconcepibile, dall'altra una calma necessità di compierlo.

Ne conseguiva che l'idea di ammazzare un uomo, io non la consideravo più un assurdo...

2.

La prima volta che ho assistito a un assassinio, era un giorno del '44. A Motteggiana.

Stavo seduto su un muricciolo, guardando il frumento appena tagliato e ascoltando le cicale. Una strada di campagna si snodava di fronte a me e finiva ai cancelli di una villa isolata, che aveva nome *La Bolognina.* I due uomini sbucarono dai covoni. Uno in divisa delle Brigate Nere, l'altro un partigiano. Si tenevano sottobraccio e, scambiandosi confidenze, avvicinavano le teste o scrutavano nel cielo bianco di caldo, dove i gabbiani si distinguevano appena.

Solo il milite delle Brigate Nere era armato, con la pistola nel fodero di cuoio. Il partigiano era un bel ragazzo, dal passo elegante, il berretto un po' di traverso. Mi sembrava assurdo che due nemici camminassero con quell'ironico disincanto dalla morte, che esprimeva qualcosa di fraterno.

Vennero a sedersi su un muricciolo poco distante dal mio, senza prestarmi attenzione. Dal fondo della strada, comparve una ragazza, la figlia del padrone de *La Bolognina.* La conoscevo: si chiamava Maria Ghirardini. Nemmeno lei badò a me, attratta dal partigiano, che ora chiedeva all'altro un pettine. Arrivò all'altezza dei due. Le sorrisero e lei sorrise a sua volta quando il partigiano si passò il pettine tra i capelli che portava fin sulle spalle, come una donna.

Proseguì lanciando un saluto. I due la seguirono con gli occhi, facendo commenti.

Il partigiano restituì il pettine e chiese una sigaretta. L'altro gliel'accese tenendo le mani a coppa intorno al fiammifero. Lui fumò in silenzio, cacciando le vespe dal viso e fissando l'orizzonte. Poi il milite delle Brigate Nere, con un gesto impersonale, estrasse la pistola e sparò al cuore del partigiano. Maria Ghirardini si girò di scatto. Restò a guardare pietrificata.

La morte era stata più veloce della mia rapidità percettiva. La guardavo anch'io, già manifestata, senza averne afferrato il meccanismo; perciò sarebbe rimasta ancora tutta da capire. Il partigiano aveva piegato la testa sulla spalla del suo uccisore. Sempre con apparente tranquillità e amicizia. E il milite la sosteneva con il solito, leggero sorriso, come se continuassero il discorso. Si preoccupò di togliergli la sigaretta, rappresa all'angolo della bocca, e la scagliò nella polvere.

Ho pensato a quel giorno. Alla tranquillità di quel delitto.

3.

...nella camera, buio fondo.

Un odore di genitali, di muschio.

Ho acceso la luce, contando di coglierlo di sorpresa. Ma il ragazzo non ha avuto reazioni. Nemmeno quando ho buttato a terra la sedia coi suoi vestiti. In camicia larga e jeans, mi era parso massiccio. Mi aspettavo, dunque, una macchina di muscoli, impegnata in una penetrazione sadica. Di nuovo mi sbagliavo. Si muoveva dentro il corpo della ragazza, agile e snello.

Di lei, tutto restava inerte: le braccia, le gambe, la testa dalle palpebre sigillate. Non era più un dormire. Ma un cerchio magico.

« Va' via » gli ho detto.

Niente. Come se non esistessi.

Gli tenevo la lama contro il collo. Si è limitato a girare, nei miei, due occhi lucidi, senza panico. Quando mi sono assestato il coltello nel pugno, ha replicato: « Vattene tu, porco ».

E si è riportato sulla ragazza.

La sua imperturbabilità da boia, a cui si aggiungeva la

sfida, sembrava dirmi: so benissimo che non userai quel coltello; lo so perché, al contrario di te, io ho avuto modo di usarlo, e forse qualcuno l'ho ucciso davvero; perciò levati dai piedi, pagliaccio, non vale neanche la pena che te lo sfili di mano.

Ma, nel mio furore, continuavo ad assorbire proprio la sua imperturbabilità, e mi è bastata una pressione. Dalla punta acuminata è scesa una riga di sangue. Densa, si è impastata col sudore. La lama era penetrata. L'avrei sicuramente affondata fino all'impugnatura, se il collo non avesse avuto uno scarto, col respiro che svuota i polmoni, e il fenomeno automatico che chiamano la *piccola morte*, ossia l'orgasmo; se non avessi visto la testa inarcarsi sotto la ferita, soffocando più un singhiozzo che un'imprecazione.

"Piccola morte" ripeteva il mio cervello con allucinato sarcasmo: "Istinto nirvanico che è accettazione della morte. Desiderio della materia organica a ritornare bruta e inorganica".

È crollato sulla ragazza, fissando il lenzuolo a occhi sbarrati. Il voltafaccia dei criminali, quando la loro violenza si scontra con un'altra folle o con un'autorità superiore, a cui sfuggire è impossibile. Più esattamente, egli apparteneva a quella specie di criminali che non riusciamo a capire perché ignoriamo l'ermafroditismo di una violenza che passa, indifferente, dal penetrare all'essere penetrata. Si nutre dell'ambiguità tra azione e passività: con la prima, si spara e si uccide; con la seconda, ci si droga e ci si suicida. Noi poniamo la tragedia al culmine; per loro è la base, la normalità.

Ora, la penetrazione sadica era la mia. L'immaginazione si sostituiva al coltello e penetrava nella bocca ansante, giù, nel cuore, nelle viscere, fin dove il suo cazzo, ancora immerso in vagina, doveva subire la stessa sorte riduttiva dei muscoli. Lo facevo a pezzi, oltre che nella coscienza sordida, nella prestanza fisica, di cui ero geloso, vendicandomi anche di offese che non lo riguardavano. Pensavo che avevo dato poche coltellate, nella vita. E ciò aveva indebolito il potere su di me. Mi inventavo una malvagità. Il ragazzo doveva fuggire prima che essa svanisse, come sempre.

Mi sono abbassato. E gli ho detto io all'orecchio, col suo tono di poco prima: « Vattene, porco! ».

Si è sfilato dal ventre della ragazza. Si è appiattito sotto la lama ferma ed è sgusciato a terra con movimenti guardinghi che si sono risolti in una capriola grottesca. Ha raccolto i suoi indumenti. L'ho udito vestirsi affannosamente in salone, correre via. Poi, il tonfo della porta.

La ragazza non si è mossa. Non si sarebbe accorta di nulla nemmeno se l'avessi ucciso.

Sono andato in bagno. Pigiare lo sciacquone per far scorrere la sua orina che ristagnava, era un modo per togliermi di dosso la puzza dell'invasore. Quasi avesse posseduto me. Ho buttato il coltello nel lavandino, aprendo i rubinetti, e poi la doccia. Ho afferrato gli asciugamani. Quel bisogno sovreccitato di lavacro si accompagnava a una visione imprecisa nel tempo e nel luogo. Io sollevavo per la coda la carogna di un topo. Sulla carogna, un nugolo di mosche. E ora che il topo era volato nel canale, le mosche mi sbattevano contro il viso. Mi ha impedito, ancora, di connettere. Intuivo che la doccia inondava il pavimento, io ne ero investito; che uscivo dal bagno, stavo seduto sul letto e usavo gli asciugamani non su di me, ma sul corpo della ragazza. Quello era il suo pube, l'interno delle sue cosce. Quando me ne sono reso conto, le mani mi si sono bloccate. Ma ormai l'avevo ripulita dallo sperma che il ragazzo aveva scaricato sotto la spinta della paura.

Non mi è restato che coprirla col lenzuolo e uscire dalla camera, spegnendo la luce.

Mi sono ritrovato davanti allo specchio del soggiorno: vi ho visto un mio profilo che non conosco. Invece, sono proprio io. È la mia immagine vera che arriva, ora che invecchio, come riflessa nell'acqua di un secchio salito cigolando dal fondo di un pozzo. Sono passato in terrazza, aggirandomi tra le piante. Mi sono state regalate, per lo più, da quella che, da quando il sogno mi visita, chiamo la *donna della cerva-fiore*. La cerva cresce bene: dritta, elegante e soprattutto intelligente nel sapere da che parte girarsi, come chi me l'ha donata. Le sue foglie si tendevano a destra, con l'abbandono di una testa che ascolta una voce senza la quale non potrebbe vivere, ossia dalla parte dove il tramonto romano mandava lampi bluastri. Vi coesisteva anche la mia ironia, con la brezza, la luce che svaniva velocemente.

A Po, quando il granone veniva piegato dal vento e scurito dalla pioggia, bastava che s'affacciasse un papavero, indenne da quella desolazione... Qualcosa aveva contato negli anni, l'avevo immagazzinato nella memoria, senza sapere di ricordarlo, e ora lo riconoscevo nella calma che mi lasciava un delitto incompiuto.

Nessuna ferita si rimargina nel tempo. Tutto si rapprende in grumi. Come, nella cerva-fiore, la crescita e la curiosità delle albe e dei tramonti. Dalle mie parti dicono che non si fa che attraversare porte, entrare in altre; ciò che non aggiungono è che il viaggiatore regge un fardello che non sa, e crede, per quel semplice non sapere, di avere le mani libere. Chissà quale radice sepolta aveva normalizzato in me l'idea del delitto.

Mi sono svegliato che albeggiava.

La ragazza era scomparsa. Prima di andarsene, mi aveva messo sulle spalle una coperta, lasciando ai miei piedi il biglietto che le avevo dato col mio telefono e l'indirizzo; ma girato sul retro, con scritto: "Scusami. Le sorprese della vita".

4.

Nei giorni seguenti, riflettendo sul ragazzo che avrei voluto uccidere, mi sono ricordato degli *amanti-danzatori* di Lawrence: "Hanno un continuo, pulsante tremolìo di campanelli.

D'un tratto si alzano selvagge urla acclamanti intorno al tamburo. E allora voi distinguete il fremito, come di seme... Dietro a ogni maschio che danza e trema, c'è la robustezza di una donna come una densa ombra".

Ne ho conosciuti di ogni tipo.

Il Mellors di Lady Chatterley non era, in realtà, un guardacaccia rude, ma un ufficiale dei bersaglieri di Savona. Il suo nome, Angelo Ravigli. L'adulterio di Connie fu consumato a Villa Bernarda di Spotorno, dove David Herbert Lawrence visse il suo dramma coniugale in prima persona.

Sir Clifford, dunque, è lo stesso Lawrence; Connie, sua moglie, la bellissima Frieda von Richthofen; il guardacaccia "dal viso rosso e baffi rossi", che salutava "con un gesto rapido da soldato", il savonese Angelo Ravigli.

Mi incuriosiva molto avvicinare colui che tutti chiamavano *il bersagliere*. Lo trovai, senza difficoltà, seduto su un panchetto di legno, tra gli oleandri. Era il 1970. Aveva ottant'anni. Socchiuse gli occhi verso di me, poi allungò la mano, per accarezzare la gatta che dormiva al suo fianco.

« Quanti anni aveva, allora? »

Non mi rispose. Ma precisò: « Frieda ne aveva dieci più di me ».

Aspettava le domande. Parlava senza apparente interesse, con una prontezza militaresca.

« Affittai la villa allo *scrittore* » non ne fece mai il nome. « Era malato ai polmoni e aveva bisogno di quiete. Ricordo che era un settembre. »

Quel tono di ovvietà mi fece esitare. Guardavo la gatta, il vecchio: l'arte deve soffrire, sosteneva Lawrence; e lui, Ravigli, era stato causa della sofferenza. Ma assomigliava piuttosto al flautista Aronne, che suona da solo al buio. Improvvisa. Il flauto è lo strumento della meditazione e del narcisismo. Come, ora, la gatta. Le parole di Malraux, nella prefazione al celebre romanzo, ne chiarivano un aspetto: "Lawrence odia Valmont per il controllo che esercita sulle proprie sensazioni e su quelle dei suoi compagni. Egli crede che soltanto la coscienza esaltata della sensualità può combattere la solitudine".

« Ci scoprì » continuò Ravigli « se è questo che vuole sapere. Le scene d'amore descritte nel libro, sono abbastanza esatte. Quando lo *scrittore* morì, mandai a Frieda un telegramma di condoglianze e l'invitai a Spotorno. Arrivò quindici giorni dopo. Lasciai mia moglie Serafina e i miei due figli, Federico e Stefano. Partii con lei. Ci stabilimmo nel ranch messicano dove lo *scrittore* aveva ambientato un'altra storia. Nel '48, credo, ottenni il divorzio. Sposai Frieda, che è morta nel '56. Allora sono tornato qui e mi sono riappacificato con mia moglie. »

Si prese la gatta sulle ginocchia. Riabbassò la faccia rugosa. L'amante di Lady Chatterley aveva sbrigato il grande dramma in pochi istanti, quasi gli avessi chiesto l'indicazione di una strada. La fretta del suo racconto mi sbalordì perché la figura di vecchio, sul panchetto, dimostrava di aver interrotto, da lunga data, qualsiasi obbligo col tempo. Capii, tuttavia, che quella non era fretta, ma insensibilità alle differenti qualità della vita; o meglio, una carica vitale che era sempre stata così sicura di sé da praticare gli eventi senza alcuna sorpresa. La superbia corporale, priva di superbia mentale, con cui anche il ragazzo mi aveva trattato.

Cercai di provocarlo ancora.

« Sì, non tutto nel romanzo è credibile » riconobbe. « Ha presente l'episodio della pioggia nel bosco, quando Lady Chatterley, nuda, esce correndo inseguita da Mellors, anch'egli nudo? »

Sorrise.

« Lei ninfa in fuga, io fauno in caccia. Sciocchezze. Qualche rigo prima, lo *scrittore* avverte che la donna "si mise nuovamente le scarpe di gomma", che si era tolta per sfilarsi le calze... Particolare minimo, per fare della ninfa nuda una donna in certo senso vestita. Le ripeto: sciocchezze. Sono i dettagli, a rendere sciocco il resto. »

« Ma di lei. Di Connie o Frieda. Mi dica qualcosa. »

« Poco da dire. Era una più delle altre. »

« E di lui? Dello *scrittore*? »

Espresse un giudizio che doveva aver letto da qualche parte.

« Un piccolo seccatore. Un tipo arido, completamente inglese. E le sue balle sullo star solo. Non sensibilità, ma timidezza, mancanza di coraggio. Quel suo consiglio al giovane che sta per sposarsi: "Sii sempre solo. Sii dolce con lei, quando essa è dolce; ma se tenta di importi la sua volontà, picchiala". E lui picchiava davvero la tedesca. Lei si faceva vedere in pubblico con il naso insanguinato e gli occhi blu. Questa non era letteratura. »

Lo ringraziai e me ne andai.

Avevo fatto pochi passi, quando mi richiamò. Aggiunse, ridendo: « Io sono sempre stato bersagliere. In tutto. Capisce cosa intendo? ».

« Lo capisco perfettamente. »

« Tenente colonnello Ravigli. »

Pensai alla massima di Lawrence: "L'immortalità è una questione di carattere".

5.

Altro equivoco stravagante di qualche tempo fa.

Al Portico d'Ottavia, gli uomini della malavita giocano a *pallamuro*. In altri, impensabili sotterranei. Agli stessi uomini, nottetempo, essi servono da poligoni di tiro: i segni delle pallottole crescono a vista d'occhio. Si rinvengono corpi di persone assassinate.

Prima di incontrare Ada, ci andavo con Marzio. Ero attratto dal diverso tipo di sottosuolo. Qui regnano la vastità, i rossi e i neri che sembrano dipinti dalla mano di Scipione, l'acre odore dell'acqua tiberina che s'infiltra fin laggiù, stagnando intorno a finestroni e spioncini, tra barlumi di ponti lontani. Contavo sugli incontri che vi sono possibili. Se ho continuato a vivere a Roma, è perché la città ha anche questo potere perverso: genera, e subito degenera, sorprendenti incroci d'esistenze.

Così è stato con Ada.

Premetto che la *pallamuro* differisce dalla pallamano e dalla pelota. È un gioco privo di passato, certamente di futuro. Forse esiste soltanto al Portico d'Ottavia. Il giocatore scaglia la palla col guantone di cuoio, a forma di nera pinna; il bersaglio, azionato meccanicamente, si sposta con rapidità. Bisogna centrare le tre macchie rosse. È una metafora della lotta col tempo. Le palle hanno traiettorie insensate e accompagnate da bestemmie; la mano dell'uomo, ricevendone i colpi, le rilancia con l'ottusità di arrivare esattamente, e più in là. Il tempo, non è forse una violenza, fine a se stessa, di andate e ritorni?

Ada – ho impiegato poco, a scoprirlo – era una violenta di natura duplice: un po' palla e un po' guantone. Feroce e inutile come il giocatore.

Sedeva nel seggiolino di ferro accanto al mio, ai bordi del sotterraneo: le palle ci fischiavano intorno come, di notte, le pallottole devono inseguire le vittime designate della malavita romana. Si intuiva, in lei, una sessualità non meno oscura di minacce del poligono: diciotto anni al massimo, odor di femmina che richiamava l'acre tiberino, il seno affetto da ipermastia. Mi chiedevo cosa ci facesse lì. Quali fossero i suoi rapporti coi giocatori, probabilmente assassini, fasciati da grembiuli di cuoio che mandavano lampi, col sudore che inondava le spalle e le braccia nude; e gli altri, addossati alle pareti, che incrociavano scommesse con gridi rauchi.

Un sentore di genitali eccitati, spingeva Ada a un gesto che pareva da nulla, in realtà osceno. Le dita della mano destra, dalle unghie laccate di rosso, scivolavano per l'interno della coscia compressa dai jeans, e davano rapide strette al pube.

Mi giravo a fissarla. Lei non smetteva. Sembrava ignorarmi. Come non dava peso ai rimbalzi delle palle che rischiavano di fracassarle il cranio. Finalmente, mi ha sorriso. Dentatura da cannibale, ho pensato.

Non ci siamo mossi finché i giocatori non hanno smesso. Nel sotterraneo, non è rimasto nessuno. Ora l'ambiente assomigliava alla piazza di un mercato, dopo il mercato: rare lampade accese; i grembiuli da macellaio sulle grucce; i guantoni a pinna pendevano dalle rastrelliere, conservando la morsa rabbiosa delle mani che li avevano calzati. Le palle rosse, nere, sparse a terra. Una gigantesca lettera A sul muro di fondo e uccelli notturni ai finestroni.

Saluti si facevano lontani.

« Andiamo a casa mia » mi ha detto.

Ada non mi comunicava che vuoto. Il corpo si muoveva con le disarmonie della sordidezza carnale. Cosa mi spingeva, dunque, dietro i suoi passi che andavano spediti nel buio, confermando pratica dei meandri? Il disgusto? La finzione, fin troppo evidente, con cui si proponeva di trarre qualche partito dalla mia presunta ingenuità?

Qualcosa di meno e di più. Ero provocato dal nulla. Non metafisico, bensì il nulla nulla di cui già ho parlato e che si insinua tra le piccole bellezze e crudeltà della vita, formandone a suo modo il connettivo. Ada mi invitava con una mancanza di attrazione così perfetta, da farsi irresistibile.

È stata, in questo senso, una notte gratificante.

Una cameretta. Un letto sfatto, contro la parete, con una coperta di finto leopardo. Lo sormontavano tamburi di guerra africani. Una lancia somala. Sul pavimento, pacchi di giornali polverosi. Poi scarpe, in gran parte maschili; le punte, dai diversi colori, sbucavano come nasi di clown. Ma i battitori liberi di quel luogo, presumibilmente gli stessi della *pallamuro*, avevano disseminato qua e là altri resti: slip, canottiere e cinghie. La porta del bagno era aperta e una lampadina azzurra non rischiarava che la sua solitudine. La finestra, da cui penetrava ben poca aria, dava a livello della strada (eravamo nello scantinato di un palazzone di San Giovanni).

Ada si è preoccupata di spegnere la luce. Ha chiuso con cura la finestra. Le ho chiesto ragione.

« Perché non sappiano che ci sono » ha risposto. « Che esisto. »

« Ma chi? »

« Gli uomini » ha detto bruscamente.

« Quali uomini? »

Sguardo impassibile.

« Ci sono specie e specie » ho insinuato: « Gli intellettuali, per esempio, e i tutori dell'ordine. Quali temi, tu? Gli uomini della *pallamuro*? ».

« Gli uomini. »

Non ha aggiunto di più.

Avrei voluto farle notare che anch'io appartenevo alla spregiata razza. Ma sarebbe stato un errore. Era chiaro che lei, mentre rifuggiva la realtà maschile, si lasciava sedurre dal maschile nulla, nella stessa misura in cui il nulla femminile incuriosiva me. E io lo rappresentavo ai suoi occhi. Due nulla che si attiravano come calamite.

Da quello, afrodisiaco, di Ada, ho spremuto il massimo. Gli ho dato caccia nelle sue parti anatomiche, come nelle segrete di un labirinto. Mi districavo nei capelli che aveva lunghi fino al bacino, corvini, sporchi. Il neonato succhia dai capezzoli della madre nutrimento per il suo niente ancora fetale; io mi servivo delle grandi mammelle, immaginandole le sacche di un pipistrello bianco (è un altro dei sogni che da un po' di tempo mi visitano: imbattermi in pipistrelli giganti e provvisti di sacche lattee, che si offrono di tenermi in vita). Il ventre, la gramigna del pube, stampato su di lei come la minacciosa lettera A nella parete della *pallamuro*, davano idea di una mortizza.

A sua volta, Ada mi esplorava a tentoni, con la sua cecità spirituale: e i ciechi, si sa, al buio sono imbattibili.

In diversi momenti ho temuto di dissolvermi dentro quel ventre. Mi vedevo essiccato come le testine d'indio che l'arte dello stregone rende non più grandi di una noce, e possono benissimo scomparire in un utero, con la facilità con cui, all'inverso, una testina di feto ne viene espulsa dalla pratica abortiva. Le vaginali pareti del crepaccio mi trascinavano in basso. Ero un rocciatore che, spezzatosi il moschettone, volato via il puntapiedi, oscilla sul baratro. Mi auguravo che almeno la corda reggesse.

Capivo la saggezza degli antichi testi: Talmud, Zohar, Isaia. Ada incarnava il trio della demonologia caldeo-assira (la più esatta, a mio avviso): Lilù, demone incubo; Lilitu, demone succubo; e Ardat Lilî, la serva delle prime due, che sceglie gli amanti di cui divorare, oltre al fallo, ogni materia adamitica che li compone. Risalivo di qualche centimetro, scivolavo e riperdevo abbondantemente terreno. Molti, i lampi alla mia mente. Rossi, della violenza; violetti, dell'angoscia; gialli, della speranza. Ma uno, argenteo, a forma di acuminato cuore, su tutti si imponeva; non un miraggio, bensì un reale stocco: la lancia somala!

Mi sarei servito di quella, in casi estremi.

Quando ho aperto la finestrella, il primo sole ha rischiarato Ada, ansante e in un bagno di sudore. Come me. Si è limitata a incrociare le gambe sul letto e a sorridere. Il sorriso distaccato con cui chiedeva che ricambiassi l'ospitalità:

« Com'è, casa tua? » ha chiesto.

« Spaziosa » le ho risposto, guardandomi intorno nella camera dove si soffocava. « Panoramica. »

« Con chi ci vivi? »

« Un tempo con mia moglie. Ora con nessuno. »

« Andiamo » ha detto.

Avevo invaso il suo nulla, anche ambientale. Era risoluta a invadere il mio.

Non mi ha dato il tempo di replicare. È uscita con una sola borsa e i tamburi di guerra messi in una rete. D'altra parte

– pensavo – il nulla non conosce né passato né futuro e non ha bisogno che di se stesso. Siamo saliti in macchina. Subito mi ha fatto deviare in più direzioni: ci siamo trovati a prendere certe viuzze di San Giovanni, anch'esse sordide tra i caseggiati imponenti.

« Frena! » ha ordinato.

Mi ha pregato di aspettarla. È riapparsa da un portone reggendo un'uccelliera dove saltellavano degli uccellini di razze diverse, ma tutti verdi. Da altre due case – di amici senza dubbio intimi – è emersa con grandi buste di cellophane piene di vestiti; e gli amici in persona, con le facce degli assassini che giocano alla *pallamuro*, l'hanno aiutata a caricare abiti, scatole, giradischi, posters arrotolati. Senza degnarmi, ovvio, di un cenno.

Dunque, la mia rivale rinasceva dalle ceneri. La perfidia del suo calcolo si mutava in piena allegria. Abbiamo continuato a fermarci, qua e là, e di nuovo mi costringeva a frenare con bruschi avvertimenti. Indicava porte e finestre. Scendeva correndo, tornava con animali sottobraccio; cani e gatti andavano a far compagnia ai volatili, le cose alle cose, smascherando, di Ada, un retroscena esistenziale che mai avrei supposto. Obbedivo ai suoi ordini e guidavo per Roma con un insensato zig-zag; imboccavo vie del centro e rimbalzavo verso la periferia; mi accostavo, oltre che a stralunate dimore, a edifici pubblici, in balìa della sua mente che, come il becco che gli uccelli allungavano per bersagliarmi alle spalle, afferrava memorie di vita disseminata in giro, con una logica a svolazzi che dava la vertigine. E ogni svolazzo si traduceva in un oggetto, un animale, un pacco misterioso, un pacchettino.

Altri uomini con barbe incolte, ragazze livide, madri chiaramente mezzane delle figlie, portieri con la corruzione dipinta in viso, uscivano passo passo dietro di lei portando il loro contributo. L'automobile straripava. Mi figuravo il mio appartamento; con la differenza che mentre io avevo invaso il rifugio di Ada assaporando il gusto della cancellazione, la sua presa di possesso prevedeva, oltre che uno stabile insediamento, la tecnica della superfetazione.

« Un attimo, cara Ada » le ho detto.

Ho fermato la macchina sotto l'obelisco di Piazza del Popolo.

« Un attimo solo. »

L'ho lasciata che fumava spavalda, col gomito fuori dal finestrino. Stava con la ferocia soddisfatta di una domatrice di elefanti tra uccellini che cantavano il loro color verde, cani che raschiavano il lunotto, scatole che si rovesciavano in altre scatole, vestiti che ondeggiavano al vento, i suoi brandelli di vita confezionati in cappelliere e buste di cellophane, con molti nastri e corde. L'automobile era un piccolo circo che già veniva accostato da vigili sospettosi.

Sono entrato da Canova e ne sono uscito immediatamente, facendomi scudo con uno sconosciuto. Essere vili, in certi casi, è bellissimo. Sono fuggito verso il Pincio. Da anni non correvo; e mi sorprendevo di essere capace, oltre che di una discreta velocità, di fingere tanta noncuranza.

Non ho più saputo nulla di Ada, né della mia macchina (mi sono limitato a denunciarne il furto). Non sono più tornato al Portico d'Ottavia, a vedere gli uomini della malavita che giocano a *pallamuro*. Ho letto sul giornale che, in uno dei sotterranei, hanno rinvenuto un altro corpo senza vita. Di una donna. Che si tratti di lei? La vittima portava unghie laccate di rosso. In questo caso, avrei avuto ragione. Il nulla tende al nulla e – nella fattispecie – diventa metafisico, eterno. C'è, insomma, una giustizia per tutto.

6.

Ma non sempre gli equivoci sono stravaganti. E non sempre sono equivoci.

Avevano arrestato Marzio verso le tre di notte.

Mi hanno telefonato. Sono corso. Cominciava ad albeggiare.

Ho visto Marzio contro la parete dell'ufficio del Commissario. Se ne stava in piedi, nella semioscurità. Quasi avesse paura di disturbare: la giacca abbottonata male, un alone di sangue intorno alle labbra. Il Commissario non riusciva a capacitarsi che fosse realmente mio amico, come aveva sostenuto (sono le circostanze in cui la notorietà serve a qualcosa: da credenziale, nei posti di polizia; negli ospedali, per un trattamento di favore).

« Lo è » gli ho confermato.

« Ma lo guardi! » insisteva.

Mi sono avvicinato. Sono rimasto a guardarlo. Marzio aveva, verso terra, un sorriso triste. Ha alzato le spalle, sempre verso la sua ombra che attraversava la luce dell'alba sul pavimento.

« Lo è » ripetevo.

L'ho abbracciato.

Il Commissario mi ha detto: « Venga un momento ».

Siamo usciti nel corridoio. Il malessere è cominciato con un gelo alla fronte. Ora ero io che mi appoggiavo al muro. Il Commissario mi ha messo al corrente dei fatti. Non volevo ascoltarli; ma lui non sentiva ragione. Atti osceni. E non so che altro. Nelle marane di Ponte Marconi. Dalla solitudine, una nausea. Ascoltare, diventava uno sforzo crescente. Cercavo, oltre che un equilibrio, un punto d'ascolto; le parole facevano uno strano percorso: s'allontanavano al fondo del corridoio, poi frasi smozzicate rimbalzavano nelle mie orecchie.

« La prego... »

Udivo descrivere un uomo. Una ragazza. L'uomo aveva assalito Marzio, che aveva reagito. Il Commissario si diffondeva in dettagli, sembrava compiacersi sulla ragazza.

« Giaceva bocconi, mi segue? »

Avevo l'impressione che accusassero me. Che fossi io l'oggetto di un interrogatorio spietato.

« Sulle natiche... C'era... Abbiamo trovato... Capisce? »
« Ho capito. Ma ora, la prego... » ripetevo.
« Il fatto che ci fosse del sangue, significa che la ragazza... »
Perché cercava di sconvolgermi?
« Il membro, capisce?... »
Era il mio stomaco a rispondere alle parole. Con le sue fitte. Anche senza vedermi, mi rendevo conto di essere di un pallore mortale. Mi hanno fatto sedere. Gli agenti si sono affollati intorno. Mi hanno portato un cognac.
« Passa » dicevo: « Non vi preoccupate ».
È passata. Ma dovevo essermi vomitato sulle scarpe. Non facevo che chiedere scusa. Hanno pulito con uno straccio accanto alla sedia. Anche le mie scarpe.
« Lei se ne assume la responsabilità?! »
Adesso, tutto uniforme, immobile.
« ...Responsabile? »
Dentro di me, un silenzio funebre.
« Responsabile! »
Sono riuscito a dirgli, finalmente: « Non farebbe mai del male a nessuno. È come un bambino, mi creda ».
« Molti sono così » incalzava il Commissario. « Ma è la loro disgrazia. »
« Cosa intende dire? »
« Che, una volta o l'altra, li ammazzano. »
Ho portato fuori Marzio che Roma si svegliava. Ironia: era lui a sostenere me, a preoccuparsi di come stavo. Di merda, gli ho risposto. Poi mi sono accorto che era bello che le strade fossero state appena lavate dalle autopompe. Che i bar si aprissero solo ora. Che ogni cosa fosse chiara.
Ci siamo seduti fuori di un bar. A Piazzale della Radio. Gli occhi di Marzio non mi perdevano un istante.
« Va meglio? »
« Meglio » gli ho risposto.

Capitolo quinto

1.

Le *lezioni* con Marianne sono cominciate.

Ci vediamo di pomeriggio, quando le riesce. Il *mediatore* la tiene sotto controllo. Di sera, non può mai. Facciamo le passeggiate che le negavo quando si viveva insieme, scopriamo dintorni; ma, più spesso, andiamo alle diurne del Teatro dell'Opera e ai concerti.

La musica, come i passi notturni di due compagni, non ha bisogno di parole. Basta a se stessa anche nell'illuminare la curiosità e nel renderla comune. Dopo, si comincia a ragionare. Mentre un tempo cercavamo di convincerci con parole che non avevano alcuna simpatia per i nostri diverbi, ora sono le parole che ci desiderano. Rese propizie dalle armonie.

Isabella, Lindoro, il Bey dell'*Italiana in Algeri* ci contagiano con la curiosità spiritosa e la sua tecnica brillante. Con Clementi e Stradella, altra tastiera, è il caso di dirlo, per lo stile classico della reciproca indagine. *La Sagra della primavera*. La *Sinfonia dei salmi*. Mi limito a qualche esempio. La curiosità che viene ispirata da *Così fan tutte* è come una sfera che, da qualunque parte si guardi, non rivela la minima incrinatura, ma varietà di atteggiamenti e simmetria degli opposti. Al quartetto bastano lievi colpi per provocare metamorfosi.

« Così » le spiego « dovresti essere tu: la nuova Marianne. »

Non si sorvola, tuttavia, su *Le Martyre de Saint Sébastien*, con i suoi cinque luoghi deputati. Oltre ai sontuosi vizi, i sacrilegi, la carnale malafede. Insomma, la fatica dell'orafo con cui, io e Marianne, dibattemmo il nostro coniugale martirio. Ne abbiamo avuto misura, l'altro ieri, ascoltandone la concertazione di Georges Prêtre.

Marianne mi ha chiesto di presentarle Prêtre. Hanno parlato cordialmente. Lei mi ha citato una sua frase: « "La comprensione della partitura musicale dev'essere totale, non limitata a un solo aspetto: orchestra, colore, melodia, tutto insieme" ».

Abbiamo eletto Santa Cecilia a nostro rifugio preferito. Qui non c'è pericolo che il *mediatore* possa scovarci (le sue stonature d'anima sono vigili come le sue gelosie). Tale si manterrà fino alla fine della stagione sinfonica, che è annunciata con la "Sesta" di Mahler, diretta da Lorin Maazel. Anche taluni mahleriani di stretta osservanza, anticipano che si tratterà di musica brutta, eseguita in modo mirabile. Com'è noto, nella "Sesta", Mahler ha voluto tradurre in suoni la sua avventura matrimoniale; vedi il primo allegro, col "tema di Alma", moglie insopportabile del compositore. Altri temi rubacchiati a Brahms o orecchiati da Wagner. Il tutto coronato dallo sterminio finale.

Lo dico perché si spera che le *lezioni* a Marianne saranno allora concluse, e nessun tipo di curiosità dovrà più prender vita nemmeno dall'insigne bacchetta di Maazel.

2.

Ho portato a Marianne il romanzo *Eurte Maffei*. Poema sulla mia Itaca: il Po. Eravamo a Villa Balestra. Ed era una bella mattina.

« L'hai scritto! » ha esclamato.

« Sì. In questi tre anni, sono riuscito a scriverlo. »

Ha preso a sfogliare il dattiloscritto con una curiosità che tradiva meraviglia e letizia. La faccenda del romanzo risale a qualcosa di più semplice – o, chissà, di più complesso – delle illuminazioni letterarie. Fuori di metafora, se non di metamorfosi, a una vagina. La vagina di Eurte Maffei.

Conservo, sul mio tavolo di lavoro, la fotografia di quel sesso femminile. Intendiamoci, niente di osceno. Esso è stato intagliato da Ligabue sul tronco di un pioppo, uno dei più alti di Baccanello Po. Credo sia ancora là, perché nessuno sa che è di mano di Ligabue. È una di quelle sculture (le chiamava così) che il Liga disseminava per i pioppeti nei *giorni di moto rossa*, come si diceva noi, ossia di mattana persa. Il pittore prese più volte Eurte a modella dei dipinti dove leoni, tigri e leopardi aprono fauci che sembrano voler ingoiare il quadro stesso. Ebbene, molte fauci sono la trasfigurazione del sesso di Eurte.

Sul pioppo di Baccanello, esso non è incorniciato da alcuna testa di felino. Si arrivava al tronco e lo si aggirava con curiosità, fino a trovarsi di fronte alla scultura. L'apparato genitale è stato riprodotto nei minimi dettagli. Si tuffa tra le cosce appena delineate. Ricorda gli spicchi d'arancia attaccati a spina. Le grandi labbra pendono, ai lati della fessura vulvare, simili a code di rondine, color polpa rosa del legno.

Il tempo e le stagioni hanno completato l'opera dell'artista. I temporali d'estate e le violente grandinate hanno cancellato la patina verginale. Le piogge d'autunno hanno pazientemente inciso le rughe che la natura ramifica nel segreto di un corpo femminile. Il gelo degli inverni, oltre che a dilatare la fessura, ha lasciato spacchi, accentuato la tumescenza delle grandi labbra, dando rilievo alle ninfe e al monte di Venere.

Le tempeste di sabbia rossa hanno stratificato le scolature dei cicli mestruali. Ed è cresciuto un muschio che si è scurito e diffuso, adombrando la peluria di un pube.

Qualche roditore è sgusciato all'interno. Hanno aggiunto qualcosa, alla verosimiglianza, anche le bianche garzette a caccia di ranocchie, il martin pescatore e la moretta. Altra suggestione – quella della fecondità – dalle catacliste, le farfalle che depongono uova luminose come lucciole. Sembra che gli abitatori del Po abbiano portato tutti il loro contributo.

Eurte Maffei – sosteneva Ligabue, e non solo lui – aveva il più bel sesso del Po. Pur essendo il solo a conoscere l'autore (era stata una confidenza di Eurte), non ho mai osato staccare la scultura dal pioppo di Baccanello. L'ho fotografata, semplicemente. La fotografia era una delle poche cose che, allora, incuriosivano Marianne. La sollevava dal tavolo e, scrutandola, mi rimproverava:

« Perché non vuoi parlarmi di Eurte? »

Ignoravo il perché. Ma non gliene parlavo. Sempre chiuso a riccio, per quanto riguardava il mio passato.

« Dev'essere stata una donna importante, nella tua vita. » E ironizzava: « Se "la tieni" qui, in vista, mentre lavori... ».

« Lo è stata, Marianne. »

Lei, per dispetto, rovesciava la fotografia. E a me dispiaceva. Come quando le donne d'emergenza rovesciano le foto di Marianne. È una rivalsa tipica verso le presunte rivali. L'immagine del sesso di Eurte mi procurava, infatti, le suggestioni di ben altre figure, compresa la *Dama dell'ermellino* del Greco. L'accostamento non è sconveniente. La natura della suggestione era la stessa.

« Dovresti scrivere la storia di Eurte » insisteva Marianne. « Un romanzo. O, che so, un poema. »

« Ma per quale motivo? »

« Non so. Capisco che sarebbe giusto. Utile. »

« Utile, in che senso? »

« Nel senso che, scrivendo questo libro, ti libereresti del primo mito che ha incantato la tua montagna... »

Quando Marianne mi spingeva, l'ho cominciato, in segreto, cento volte. E sempre interrotto. Ora potevo consegnarglielo, finalmente. Anticipandole io per primo:

« Disincantare la montagna. Ricordi? »

Ha sorriso e si è messa a sfogliarlo con attenzione, leggendo passi qua e là.

« Mi sembra che l'interpretazione simbolica ci sia » le dicevo intanto. « E la duplice direzione che tu mi consigliavi: sia proponendo continue variazioni dei temi, come in un contrappunto musicale; sia attenendomi, con un'insistenza percussiva, a un unico significato: lei, Eurte. In una parola: il fiume. »

Dicevo queste cose a vanvera. Le avevo lette in una recensione su un poema contemporaneo, il giorno prima. Ma, forse, un po' di verità c'era.

« Spero che i critici si chiederanno giustamente il senso dell'onnipresenza dei simboli » continuavo a recitare. « In un mondo in cui tutto acquista valenze simboliche, di cosa è simbolo il simbolo? »

Ironizzare sulle altrui frasi illuminanti, usando ripeto la tecnica del *vanvera* e applicandole a noi stessi, quando non ci riguardano affatto, è una delizia da non sottovalutare.

« Ho idea che ci sia tutto. Anche il linguaggio mi pare a posto. Amalgama, per attrazione reciproca, termini, costrutti, intonazioni delle lingue locali del Po, neologismi che affiorano da strati colti e proletari. »

Anch'io, ormai, potrei recensire un libro non letto, incastrando frasi dal senso onnivoro e onnipotente, col semplice automatismo dell'orecchio.

« La plasticità di Eurte Maffei! Matrice e frutto padano dell'essere come continuo divenire. Insomma, non oso dirlo, ma penso che, stavolta, il capolavoro ci sia scappato. Un epos moderno, riprendendo, come Joyce nell'*Ulisse*, il tema mitico. Perché in un'età in cui l'unico mito è la dissoluzione dei miti arcaici, solo la tragedia della loro perdita può essere il tema della tragedia... »

Mi sono corretto all'istante, ricordandomi della mia *montagna.*

« Tragedia, beninteso, per alcuni... Per me, come dicevi tu, fortuna. »

Se c'è una cosa che Marianne non sa cogliere, è il sarcasmo a boomerang: questa, sì, mitica arte padana. Ci vorranno molte lezioni, per renderla accorta.

Mi sono ripreso il dattiloscritto, benché lei insistesse per tenerselo. Sono tornato a casa. L'ho sfogliato anch'io, un'ultima volta. Non ho provato alcun rammarico, nel dirmi: "Peccato, un buon romanzo. E ci ho lavorato tre anni". Ci vuole ben altro, ormai, per rammaricarmi. Sono salito in terrazza e l'ho bruciato. Così, del mito di Eurte, mi liberavo anche per vie di fatto. È stato il primo dei manoscritti che brucerò.

Organizzare in terrazza roghi del genere, mi sembrava una faccenda semplice. Non lo è affatto. Un dattiloscritto va anzitutto smembrato e le sue pagine sono ostinatissime. Ci vogliono pazienza e arbusti. Io, poi, manco di senso pratico. Insomma, ne è uscito un fogone come se avessi dovuto incendiare lo stabile. Sono casi in cui, al primo fumo, l'inquilino accanto telefona alla portiera, e la portiera suona alla porta.

« Va a fuoco qualcosa? » mi ha chiesto.

« Roba da poco. È semplicemente Eurte Maffei. »

Per niente sorpresa, lei mi ha risposto con un "ah". Da tempo, mi giudica un Landru. E si aspetta, all'atto pratico, che lo dimostri.

Sul fondo della terrazza, è rimasta una macchia nera.

Ma ecco cosa ho raccontato a Marianne, a Villa Balestra...

3.

Eurte Maffei mi insegnò la forza della curiosità.

Appariva sulla barca manovrando il remo con energia. Nelle notti di nebbia, in mezzo al Po, non navigava che quella donna sospesa nella nube giallastra che, dal fanale prodiero, rimbalzava sulla sua figura. Andandole incontro per le alzaie di Mirasole, anch'io mettevo i piedi nell'invisibile e mi sembrava di non sentire più la terra. Il fanale brillava tre volte, per salutarmi.

« Eurte! » gridavo.

« Alài! Alài! » mi rispondeva.

Il grido delle barche soccorritrici. Ma chi soccorreva? Il fiume era un deserto.

Quando invece l'estate spampanava gelsi e rose, Eurte Maffei attraversava i greti di Forte Bassi, col suo codazzo di pavoni, scelti tra i più superbi della Cassina Bertedi, e che lei ammaestrava a muovere le ruote a tempo di valzer. Era il suo modo di ironizzare sul pavoneggiarsi della ragione umana. Le bisce s'ingrossavano. Anche le stelle sopra Puttina Po. E le lune coprivano i cieli. Tutto si espandeva, nei greti misteriosi, per non darla vinta alla siccità; tutto usciva allo scoperto, per respirare un'inesistente bava di vento.

Così, di giorno, l'ombra di Eurte s'allungava a dismisura e sembrava proiettata dalla mano del Bio.

Eurte aveva trent'anni. Era colta e di buona famiglia: i Conti Maffei di Modena. Quando i fiumaroli, fieri come capitani turchi, incendiavano le sacrestie e i magazzini dei padroni di Ferrara e di Bologna, lasciando sugli argini anche vittime innocenti, Eurte indossava i costumi moreschi dei Maggi, le feste della comunità, dove contadini e barcari fanno gli attori, pacificati dalla primavera. Cantava le canzoni del Po di Venezia nei posti di ristoro, a *La Golena* di Castelmassa, a *La Colombara* di Sermide, per quanti scendevano dai carichi di sabbia e ghiaia, bianchi come di farina, da non poterli riconoscere se uomini o donne, vecchi o giovani, e gli occhi rossi, le labbra spaccate da non riuscire a bere.

La chiamavano, in questi casi, la *sdoganata contralto*: la sciantosa dalla voce fonda. E le sue canzoni parlavano di un mondo corrotto che non accetta più nemmeno l'amore e il dolore se non quali forme di corruzione. Eurte predicava il ritorno alla natura semplice dello spirito con una sorprendente modernità, respirata nell'aria dei suoi boschi e greti, dove profumano i cappucci della tifa e le rose canine.

Parlava del futuro.

« Ma quale futuro? » reagivano i barcari coi timpani rotti dal tuono delle piene. « Qui si diventa matti. La nostra testa è come le darsene dei navaroli. Non ci sono che polvere e topi. »

« È vero » riconosceva Eurte. « Ma non abbiate vergogna d'impazzire. La pazzia è la nostra rivolta contro chi ci nega il diritto della ragione: padroni, inquisitori, carnefici e becchini. Non è un male ripugnante. È un modo di vedere. Senza farsi schiacciare dai Calcagni di Sant'Alto, come voi chiamate gli angeli e i messaggeri di Dio. Io vi insegno che questi calcagni non camminano sulle nuvole, sono i nostri stessi calcagni, quando sguazzano felici nell'acqua o si spaccano sulle pietre o calpestano la testa dei serpenti. Siamo noi, i calcagni di Dio! »

A chi le riconosceva una forma di santità, Eurte ribatteva che tenesse per sé questo vizio di piantar spilloni nelle farfalle. Lei non sarebbe mai finita al Santa Maria Forisportam di Gorgo, dove i santi sono dipinti col volto cereo o da scimmia, compreso San Giorgio che invece era bellissimo, inseguiti da una muta di cani, per cui il Santa Maria veniva detto anche il *Santo dei cani*. « Santità e martirio » asseriva « sono le due forme della perversione con cui l'uomo prima ammazza chi cerca di aprirgli gli occhi e poi ne adora il martirio. »

Se santità esiste, è il conoscere. Che s'impara con umiltà verso la natura. Eurte parlava diverse lingue, anche difficili quanto quella del Po, e conosceva le leggi delle piene, l'*arlìa* dei cieli: il gioco d'ironie, che ricorda i capricci del violino ed è beffa d'ouverture rimasta da prima che il mondo nascesse, con cui gli astri si consolano di reggere tanto peso inutile.

Benché protestasse che solo le cose portano tatuati i loro mutamenti, e solo la gramigna e la viola sanno spaccare la pietra per fiorirci, le attribuivano i poteri che la fantasia dei barcari concepiva dai fuochi delle veglie, dai vangeli letti con sarcasmo, nonché dalla bestemmia contadina, che s'inventa sempre un'irrealtà prodigiosa per provare più soddisfazione a maledirla.

Lei ne rideva. Con la sua risata da sovrana.

L'avevo spiata sempre da lontano – ai bambini impedivano di avvicinarla – ammirandone le mani. Mai più mani femminili mi sarebbero apparse con tale magia. Assistevo ai riti della morte e le vedevo toccare lo stemma con la banda purpurea e le croci greche, che viene messo sul corpo del pescatore ucciso dallo storione reale; sollevare le urne verniciate d'azzurro con le ceneri delle ragazze vergini, e poi accompagnare il suo canto d'addio.

Ma c'erano altri riti. Impossibili anche da spiare.

Raccontavano che, con uguale sapienza, Eurte toglieva dal nido il crescinmano, come chiamano il cazzo al Gran Bosco della Mesola. In particolare, quello di Ermes Donati, un giovane barcaro di Corte Bulgarina che, secondo amici e nemici, aveva il più bel crescinmano del Po: bello come il Duomo di Milano, anche se nessuno aveva mai visto il Duomo di Milano. Quando piantavano il tronco lavorato con l'accetta che, circondato da torce a vento, sparge nel sottobosco scongiuri contro i gabbiani neri, esclamavano: "Ecco l'Ermes Donati!". Grande *putàn* che faceva le gare falliche a Ca' Dolfin e a Porto Tolle, insuperabile nel sollevamento delle zavorre, nel duello tra crescinmani e nel giocoliere.

Io mi avventuravo tra le lanche equivoche – dove si nascondevano gli anarchici, gli attentatori e i ladri celebri – perché avevo udito che, nella cannella e nelle felci, Eurte usava se stessa per dimostrare che ogni legge morale è un inganno, mentre il corpo è sempre innocente. Con l'energia che mai l'abbandonava, non esitava a fottere coi barcari, sotto gli stormi delle beccacce che il passaggio dei treni faceva fuggire dai ponti: *vaghezie*, le definivano, i pensieri capricciosi quando inseguono le nuvole.

Le storie, sempre dettagliate come in genere le fantasie, dicevano che Eurte usava lasciare la veste appesa a un ramo, non avendo pudore nell'esibirsi e per segnalare il rito. Credevo di avvistarla nei cieli color glicine, e mi avvicinavo felice. Stavo in ascolto, aspettandomi che il respiro di Eurte salisse al di là delle siepi: il respiro della sua potenza che, quando faceva l'amore, paragonavano al vento dei burroni. Ma poi scoprivo che si trattava di uno spaventapasseri.

Rincasavo deluso, ubriaco solo di belle giornate.

Anche gli altri, forse, non l'avevano mai vista. Ciò non gli impediva di credere ardentemente in quella nudità genuflessa, accanto all'occasionale compagno, come in una stampa sacra, e che dava corpo, in senso vero e figurato, all'idea del Bio come avrebbero voluto che fosse. Tanto che quando arrivavano le piogge d'autunno, le grandi nevi e i ghiacci nelle lanche, e non si muovevano che i treni lucenti di brina o il falco di palude, a tutti mancavano le visioni di Eurte.

4.

La conobbi molto tempo dopo. A vent'anni.

Sull'isola di Govérnolo, nella piazza che fronteggia il medioevale torrione di Matilde, castravano i tori. In nessun altro luogo il castradore usava con tanta ferocia la pinza di ferro e il *castraporsél*, il coltello dalla lama a cui basta sfiorare. La barbara usanza esprimeva la "cruda", l'anima perversa del fiume, ma i barcari l'attribuivano agli Unni. Due zone hanno nome Borgo San Leone e Fortino d'Attila perché si sostiene che qui, nel 452, San Leone Magno offrì il suo petto e Attila vide in cielo Pietro e Paolo che, sguainando le spade, gli impedirono di proseguire.

Nell'affresco di Raffaello, che evoca l'episodio, lo sfondo è di Roma. Si vedono, a sinistra, una basilica, un acquedotto e il Colosseo; a destra, un incendio su Monte Mario. Ma il Po è ben altro. I due capi, in realtà, dovettero fronteggiarsi dove le pietre si sgretolano nella caldafuria dell'estate, le barche si spostano senza apparente destinazione nelle solitudini immense, e dal nulla irrompono eserciti di tori che fiutano nell'aria la castrazione e la morte, allora sollevano con gli zoccoli nuvole di polvere, saltando l'uno in groppa all'altro, perché capiscono che non gli resta che il tempo di un'ultima monta. Si montano tra di loro in quanto la disperazione li fa stravedere e ciascuno ravvisa nel compagno la femmina che non esiste. Ma nessuno vuol essere femmina, perciò rotolano a terra schiumando e dando cornate.

I lamenti si sentono dalle due rive.

Poi arriva il castradore che si lancia nel polverone dove lui solo riesce a orientarsi e a non essere incornato. Manovra la pinza come l'Ammazzatore la pistola sparachiodo, con micidiale precisione. Il buon esito della castratura, e la sua rapidità, si valutano a orecchio; il toro, diventato bue, tace all'istante, accasciandosi, e nella polvere lampeggiano occhi fuori dalle orbite. Quando la nube si dirada, appare una distesa di bestie senza fiato, che fissano tra le zampe tese le sacche testicolari da cui scola il succo della palla schiacciata.

Nella piazza attraversata dalle cariche taurine, che le corde non riuscivano a trattenere, vidi Eurte Maffei che lottava col castradore per strappargli la pinza, senza curarsi delle cornate che fendevano l'aria e dal selciato mandavano scintille. Bestemmiava contro quello scempio che doveva cessare: le crudeltà sugli animali – minacciava – ricadono sull'umanità e portano piene spaventose. Quanto al castradore, avrebbe pensato lei a trasformarlo in toro e con le sue stesse mani gli avrebbe affondato la pinza nei coglioni che non aveva.

L'uomo, ridendo, continuò a operare. Tutti i tori furono castrati. Eurte si trovò sola, a piangere di collera nel tanfo dei corpi abbattuti. La portai via dalla piazza. Diventammo amici camminando da Govérnolo, senza sapere dove né dirci una parola, fino a notte.

Da allora, cominciarono i nostri incontri.

Attraversando una vegetazione di sottoripa, dall'aspetto di cenere vulcanica, si arrivava alla baracca. Era detta la *baracca dei pavoni*: essi affollavano il giardino, con le sopraccode tese come lame, i colli dritti, pronti a difendere Eurte dalle insidie che le distese acquatiche tendevano con una velocità che solo il loro occhio percepiva.

Mi accompagnavo agli Erranti viziosi o ai frodatori che avevano problemi con la giustizia; a donne e ragazzi con malattie contratte nelle acque inquinate, si diceva, dalle amebe divoratrici dell'Africa, pieni di ghiandole e svuotati dalla dissenteria. La morte li seguiva, senza decidersi all'unghiata finale. Altri non portavano drammi, ma sguardi enigmatici sotto le larghe falde dei cappelli; o venivano col desiderio di ascoltare racconti fantasiosi. Costoro si presentavano con mazzi di fiori, come innamorati.

Si sistemavano sulle sedie in fila. Certi di essere circondati da incantesimi, non osavano alzare lo sguardo. Dalle grate, il sole rischiarava a malapena il vasto ambiente; eppure sembrava a picco su di noi, perché non si vedeva il fossato che ci divideva dall'argine maestro dietro il quale, di lì a poco, sarebbe tramontato; e l'argine, senza prospettiva, dava l'impressione di combaciare con le piccole finestre.

Eurte parlottava sul fondo, nascosta da un paravento azzurro. L'ombra seduta si disegnava nel chiarore di una candela rituale su un reliquiario d'argento. Nient'altro, apparentemente, evocava sortilegi. Si era avvolti da un'atmosfera paragonabile al silenzio attonito dei pavoni.

La penombra ingannava. Occultando gli oggetti, tendeva a convincere che, sotto gli alti soffitti dove si avvertivano spostamenti appena percettibili, forse di uccelli, il ritmo della vita era una malìa che addormentava le angosce, esaltava le speranze. Bisognava guardare con attenzione per distinguere la pianola. Era su quella tastiera che, come la gente immaginava, esecutori invisibili improvvisavano melodie quando le acque, superati i limiti di guardia, martellavano l'argine? Sulla parete di sinistra, si precisavano invece i contorni di un sipario, dov'era raffigurata l'Orca Forchina, con antiche lampade disseminate a terra. Era da quel sipario che si annunciavano personaggi morti da secoli e risorti espressamente per Eurte, come i Santalti, i Divéli e i Pauperi Verecundi? Davvero quelle lampade si accendevano da sole, se nei pioppeti qualcuno invocava l'aiuto della donna? E come mai, entrando, nessuno si accorgeva del lenzuolo che poteva benissimo coprire un mobile, ma anche il sarcofago d'oro che – assicuravano – Eurte aveva trovato nelle sabbie di Bocca di Ganda? I costumi stavano appesi di lato al paravento, con scialli dai colori splendenti. Poi, su tavolette a mezz'aria, individuavo recipienti di cristallo. Erano le bocce astrali con cui gli incappucciati restituivano alla mente facoltà non perdute ma trascurate, quali il ricordo di altre vite e la preveggenza?

Suggestioni, mi dicevo.

Senonché, a volte, avevo la certezza che le note della pianola, e una debole voce femminile, si alzassero d'improvviso. Ma dove? Non appena credevo di localizzarle all'interno della baracca, si spostavano oltre l'argine, o tra le donnole e le bisce che strisciavano sul muraglione.

Aspettando il mio turno, finivo per abbassare lo sguardo, come tutti. Spesso restavo solo io e la persona con cui Eurte si intratteneva; passando le ore, venivo immerso in un'oscurità completa.

Quando toccava a me, mi sedevo al tavolo coperto da un drappo arabescato. Accadeva che i lineamenti di Eurte, dietro la fiamma della candela, fossero contratti, per aver ascoltato troppe disgrazie; che l'ansia avesse cerchiato i suoi occhi chiari. Le comunicavo il mio timore degli incantesimi.

« Suggestioni » ribatteva con il tono che avevo usato io, dentro di me, poco prima.

Osservavo le sue dita accarezzare la base del reliquiario. Capiva che mi piacevano e provavo il desiderio di toccarle; mi prendeva le mani. Mi tranquillizzava con frasi che avrei ascoltato e letto altrove, in futuro:

« A volte si diventa così calmi, qui, che si ha un po' paura. Devi abituartici... Quando diventi molto sereno, la tua realtà sembra dividersi in due parti uguali, come la notte e il giorno. E tu, nel mezzo, sei sul filo di un rasoio. »

All'inizio, ritenevo sufficiente una dose di ironia per smascherare, non le suggestioni che mi soggiogavano, ma il credo naturale di Eurte, provandone l'ovvietà. Confessavo di proposito episodi, atti paradossali e mai commessi, per indurla alle spiegazioni ingegnose, e non meno paradossali, che lei trovava a ogni caso.

Non esisteva nulla che non giustificasse.

La sua intelligenza si batteva con la mia che ne usciva, se non sconfitta, sconcertata dalla prontezza con cui, in ciò che accade e può accadere, lei trovava il filo logico che lega le minime creature ai massimi sistemi. I suoi giochi di prestigio consistevano in questo smontare i grandi congegni con una rapidità prodigiosa di cui non si afferrava il trucco, fino a verità elementari, ma che dietro il paravento si trasformavano in intuizioni seducenti. Come quando mi convinceva che, se l'uomo non è mai solo, non lo si deve alla provvidenza, dato che l'universo nasce respira e muore come il corpo, il corpo come il gelso, il gelso come il resto che non si vede, eppure c'è.

Per Eurte, la vita non poteva paragonarsi a una salda fortezza e nemmeno al contrario, al sogno. Non è afferrabile né inafferrabile: niente di ciò che inventa. Non ha alcun margine e confine, è lei stessa il confine che delimita la sua vertiginosa capacità di mutarsi e manifestarsi ora qui, ora altrove. Concetti che si traducevano in un "tutto è possibile; perché tutto vuole esserlo".

In effetti, sarebbe stato facile avere la meglio con l'ironia e il cinismo. Però non mi riusciva. Più esattamente, non avevo voglia di riuscirci. Avrei potuto confessarle di aver ucciso un uomo ed Eurte avrebbe continuato ad ascoltarmi con uguale indulgenza. Sapeva che erano finzioni; se mi lasciava finire, era perché mi rendessi conto che anche nel gioco delle menzogne si insinua una verità.

Venivo sedotto dai ricordi che mi avevano oppresso, e me ne stupivo. Nei segni che Eurte mi decifrava, leggevo le mie debolezze, ma acquistandone fiducia. Il corpo non aveva più paura, lo sentivo incondizionatamente mio. E se ogni cosa mi era sembrata impossibile da dimenticare, ora imparavo a dimenticarmi, quando lo desideravo.

Le esprimevo ammirazione per il potere del suo linguaggio che, comunicando con chiunque, umile barcaro o uomo di pensiero, sapeva servirsi delle parole che ciascuno usa.

« Suggestioni, anche queste » diceva alzando le spalle. « Poveri trucchi. » Poi mi sollecitava: « Racconta ».

E io imparavo a raccontare.

Eurte sapeva animarmi alle mie storie. Pretendeva il massimo.

5.

« Vieni » mi diceva.

Non le chiedevo dove. Lasciavo che mi facesse strada. Anche quelle ricognizioni di luoghi ignoti servivano alla mia curiosità: a farla crescere, nutrendola di sorprese, come una forza corporale che, per la sua pienezza, ha bisogno di essere addestrata.

A volte, albeggiava.

Nei tramagli che i barcari lasciavano appesi ad asciugare,

da albero ad albero, i pesci rimasti impigliati e i residui delle piante acquatiche mandavano iridescenze contro il buio che ancora stagnava sulle marcite. Dagli attrezzi di lavoro abbandonati qua e là, riconoscevo i mestieri della mia gente, che la notte aveva interrotto. Immaginavo che l'umanità fosse scomparsa dalla terra e che il sole che vedevo spuntare fosse di dopo la fine del mondo.

Poi, una luce che non potrei immaginare se non l'avessi contemplata coi miei occhi. Ed ecco che spaziavo in una dimensione in cui nessuna curiosità, prima della mia, era mai penetrata. Superavamo le argille e le montagne di detriti che ricordavano le fasi glaciali. Miriadi di canne ci mozzavano il respiro, che poi ci dilatava i polmoni quando, di colpo, intorno a noi si aprivano sconfinati orizzonti.

Bisogna diventare ciò dinnanzi a cui ci si prosterna, affermava Eurte. E nell'ignoto di quei luoghi stava il segreto della potenza e della maestosità. Là, davvero, il silenzio parlava. La cosiddetta personalità crollava. Nel senso che l'uomo interiore doveva farsi avanti, altrimenti veniva sconfitto, zittito per sempre. Non era possibile alcun compromesso. Prima di incontrare Eurte, la natura era per me un qualcosa a parte; soltanto con lei, ne ho capito il significato e il linguaggio.

« Anche una menzogna di Po » sosteneva « non è una comune menzogna. È un favoleggiare. »

Ma capitava che si udissero dei fischi lunghi, modulati.

Un giorno, notai bagliori da barche tirate in secca e apparentemente senza nessuno. A pochi metri da noi, le pallottole sollevarono creste di sabbia. Pensai che fossero cacciatori, ma in cielo non c'era l'ombra di un volo.

« I *boiòli*! » gridò Eurte.

Mi trascinò dentro una grotta e lì aspettammo che gli spari avessero fine. I puritani – di Isola Schiavi – venivano chiamati *boiòli*, che sono i recipienti igienici delle celle. Agivano da vigilanti del fiume: confidenti e sicari che la polizia aizzava contro i frodatori e le *done gabjane*, le prostitute dei barcari. I proiettili scheggiavano i massi dell'imboccatura, mentre il caldo si faceva soffocante, nuvole di mosconi ci assalivano e ogni sorta di insetti si insinuavano nei vestiti. Eurte sosteneva che nei greti fluviali come nei deserti dell'esistenza, i *boiòli* sono gli insetti del mondo. E muoiono da insetti: sulle stesse feci che prima li nutrono e li inebriano.

Un altro giorno si vide l'airone cinerino spiccare il volo, felice e libero, dalla vegetazione galleggiante. Stese le ali nel cielo blu elettrico. Una nube di falchi lo circondò immediatamente. Prima lo aggirarono, per fargli capire che non gli riconoscevano il diritto di occupare il loro spazio, poi diedero battaglia. L'airone venne attaccato da ogni parte. Piombò sulle pietre. Con un ultimo tentativo di sollevarsi, battendo le ali.

Eurte fissò l'assalto all'airone e la sua agonia. Disse:

« Capiterà anche a me. »

Suggestionandomi con inesauribili fantasie, e la sua sensualità dichiarata e segreta, Eurte mi provava come la curiosità, che ci spingeva anche ad affrontare pericoli, fosse, della sfera dei desideri, la manifestazione più nobile; solo i *boiòli* potevano degradarla a luogo comune, scambiandola per uno dei tanti mezzi della loro volgarità.

Mentre il desiderio è sempre volontà di ottenere qualcos'altro, essa non si propone che se stessa. È un'energia che, di volta in volta, è luce, calore, moto. L'intera architettura dell'universo – mi spiegava – è governata da questa energia che ne realizza la capacità di contenere. Le esprimevo il dubbio che si trattasse invece di simulazione: un cercare il mare e vederlo senza averlo trovato, come i miraggi che, durante le nostre esplorazioni, facevano fluttuare acque azzurre dove non c'erano che aride distese.

« È conoscenza » ribatteva. « È amore. »

Lo diceva a me e a se stessa.

« Amore maschio e amore femmina. »

Soltanto più tardi ho avuto modo di chiarirmi l'androginia

a cui Eurte alludeva. Il sesso maschile, fecondante e induttore, esprime la curiosità che penetra, indaga, lascia il suo seme. Mentre il sesso femminile, ovulante e gestante, esprime la curiosità che, penetrata dai misteri della vita, ne elabora cognizioni nuove, che poi generano il pensiero e la coscienza.

Stavamo sdraiati sulle ghiaie di Forte Urbano. Nudi a prendere il sole e a gettarci nelle pozze di acqua gelida. Sapevo che tutto sarebbe rimasto irripetibile e che quella beatitudine che ci avvolgeva come il filo della corrente tra i massi, non l'avrei mai dimenticata. Eurte fissava il cielo, poi girava la testa, mi cercava accanto a sé, rammentandosi di qualcosa da cui la sua mente si era distratta.

Tendeva il braccio e mi diceva: « Vieni ».

Col tono di quando mi faceva strada.

E io mi trovavo di fronte al sesso di Eurte.

6.

Mi sembrava incredibile che fossero esistiti giorni in cui avevo scambiato gli spaventapasseri per una veste appesa al ramo. E mi ero appostato. Passando le ore ad aspettare che, da oltre la siepe, salisse quell'orgasmo che paragonavano al vento dei burroni.

Mentre non udivo che il vento nel fogliame.

7.

C'era un albero, alle rive di Malcantone, dove si raccontava che ricomparisse la Bastardella. Nella residenza di Guglielmo Du Tillot, marchese di Felino, aveva incantato Mozart fanciullo e il padre Leopold, cantando note e passaggi che i testimoni dell'avvenimento avevano definito di un'estensio ne incredibile. Indossava gli abiti di scena e, sotto l'albero, ritrovava miracolosamente la voce perduta.

Arrivai con Eurte al Malcantone e, nel controluce, non vidi che pochi rami neri, senza una foglia. Eppure, dal loro stare contro l'orizzonte, veniva come un insieme di segni che il pennello di un pittore avesse tracciato verso l'impossibile. Lo dominavano nuvole viola.

Una bicicletta stava appoggiata al tronco, coperta di ruggine. Dicevano che chi l'aveva lasciata, molto tempo prima, non aveva avuto rispetto per la leggenda dell'albero, e questo si era vendicato, facendolo scomparire dalla faccia della terra. Era successo durante l'ultima guerra, quando i disertori si erano rifugiati in massa nei greti, creando uno Stato dell'anarchia.

Da allora, nessuno aveva osato togliere la bicicletta.

« Lo chiameremo l'albero della curiosità » disse Eurte.

« Perché? »

« Perché il Bio, come Dio, ha il suo albero delle tentazioni. Del male e del bene. Anche se questo non è certo il paradiso terrestre. »

Mi scrutò:

« E perché noi non andremo oltre. »

Mi faceva capire che l'albero di Malcantone era un sipario calato per sempre sulle nostre avventure. Eurte abbracciò il tronco. Esso divideva lo spazio dove la curiosità può indagare, dall'altro che ci sfugge. Al di là, forse, esistevano davvero i serpenti attorcigliati al collo delle tigri, i leoni che saltano sulle zebre e le foglie tropicali che vedeva Ligabue. Certo non si distingueva se la luce dell'orizzonte salisse da acqua o da terra. E non si vedevano né barche né case.

Per tornare, prendemmo la *Bettolina*.

"Con la *Bettolina* si arriva a Cremona": la vecchia insegna, dipinta con la vernice rossa, non era scomparsa. Il battello aveva smesso di caricare ghiaia e sabbia; ora caricava petrolio grezzo alle Sacche. C'era ancora un capitano, comunque, e un equipaggio che si concedeva servizi ufficiosi: come raccogliere le anime perse degli operai che rientravano dalle cave e segnalavano i loro gruppi in attesa con una bandiera bianca.

Ci sedemmo di fronte, su due panche. Si fece sera. Dalla *Bettolina* uscì il raggio del faro, illuminando gli stabilimenti industriali che si erano moltiplicati lungo le rive, i villaggi superstiti dei pescatori. Quando si alzò il vento, misi la mia giacca sulle spalle di Eurte. Cercavo di distinguerne il volto, che nel buio si vedeva appena; capivo che stava abbandonandosi a una stanchezza insolita.

« È come quando ti accorgi che il tetto sta sprofondando » disse. « Bisogna cambiare casa. Se continuassi a stare qui, comincerei a vedere anch'io i morti venir su dalle crepe del Po. »

Le chiesi dove avesse intenzione di andare.

« In ogni posto della terra. Purché esista, in uomini e donne, almeno un segno che valga la curiosità. »

Le opposi che molto sarebbero mancati, a quella gente, il continuo gioco di prestigio della sua persona, il suo saper vedere e giudicare, le sue parole.

Riprese a ironizzare sulle parole.

« Dài e dài, si stancano da sole, prima ancora che tu ti stanchi di loro. Bisogna trovare il silenzio da qualche altra parte. Troppo difficile, ormai, parlare della vita e della morte. »

Si aggiustò sulla panca.

« L'importante è trovare una posizione che non faccia sentire il dolore. Io ho cercato di aiutarti a trovarla. Non so se ci sono riuscita. »

La mano che le spuntava dalla giacca, si fece bianca quando sul fiume si alzò la luna.

« L'albero di Malcantone... » concluse « Se un giorno vorrai raccontare di noi due in una riga, potrai scrivere semplicemente: siamo stati meravigliosi con nulla, come quell'albero. »

Pochi giorni dopo, la *baracca dei pavoni* andò a fuoco.

Di Eurte, nessuna traccia.

La gente diceva che, ad appiccare l'incendio, erano stati i *boiòli*. Ma io sapevo che, in questo caso, i puritani non c'entravano. Eurte stessa, ne ero certo, aveva incendiato la baracca prima di fuggire.

Spinti dal vento, gli sterpi volavano come code di fuoco contro la costruzione. Un'orda di topi corse a tuffarsi nell'acqua. Un pavone nato da poco girava intorno, malfermo, e il terrore lo spingeva a cercare la madre. Ai margini del recinto divorato dalle fiamme, una pace soprannaturale.

I pavoni erano attratti dalla baracca ridotta a un globo di luce bianca e nera. In cima ai loro colli eretti, gli occhi sembravano di vetro anch'esso infuocato.

Capitolo sesto

1.

Mi ha telefonato in piena notte.

Ero riuscito a prendere sonno dopo uno slalom tra i casi della mia vita e di un paio di vite altrui.

« Lasciala in pace! Capito? »

Era la voce del *mediatore*. Da tempo non la udivo, quella voce a sega elettrica.

Sono rimasto zitto.

« Hai capito?! »

Credevo che cose del genere accadessero solo nei *film sursaut*, come li chiamo: cari ai cinefili di Massenzio, dove la genialità del colpo a sorpresa consiste nel banalizzarlo volutamente. Ma i *mediatori*, anche quelli che ci figuriamo luciferini, sono di una prevedibilità micidiale. È la nostra mistica dell'inferno che si ostina a farla passare per un prisma di astuzie sopraffine, in cui si nasconde chissà quale congegno dell'imponderabile. Invece, non è che prevedibilità.

Perciò finiscono ammazzati o arrestati senza fantasia.

Un buon curioso è sempre un attore e sa, all'istante, raggirare il raggiro. Specie col tono di voce. Ho pensato al tono di Joan Fontaine quando, ne *Il sospetto* di Hitchcock, Cary Grant le porta – splendente nella notte come il Graal – il famoso bicchiere di latte che si presume avvelenato.

« Ha sbagliato » ho risposto.

Il *mediatore* non ha detto "mi scusi". Ha riattaccato con un tonfo.

Subito, il telefono ha suonato di nuovo. L'ho lasciato squillare a lungo. Ora avrei usato, all'inverso, il tono di Cary Grant quando deposita il bicchiere.

Era sempre il *mediatore*. E sempre con voce d'assalto, ha ripetuto: « Lascia stare Marianne. Capito? ».

« Se no? »

« Se no, ti faccio spaccare le ossa. »

Dev'essere un massenziente.

« Come vanno le tue mediazioni? » gli ho chiesto. « Il giallo appalti. Il nero cambiale. Il viola speculazione. Il rosso Al Capone. Il verde scadenze. Il bianco gestione Ior... Come stai, a colori? Intrecci. Liane. Tarzan miliardari. Cite bancarie. »

Si è sforzato di cordializzare.

« Tu, piuttosto. »

« Sono perseguitato da un *boiòlo*. Per il resto, bene. »

« Cos'è, un *boiòlo*? »

« Un insetto. Un insetto del mondo. »

« Ti sei fatto vedere? »

« Sì. Tranne che dal *boiòlo*... »

« Roba che passa. »

« Speriamo. »

È tornato all'attacco.

« Capito, di Marianne?... Allora? »

« Dipende » ho cominciato a recitare.

« Dipende da che? »

« Da quando... »

Ironie da *mediatore*

« Da quando o da quanto? » ha puntualizzato. « Te lo chiedo perché so benissimo che è questo, che ti aspetti da me. Ti serve. Ti diverte. Anche tu sei prevedibile. »

Scherzava per essere serio. Non mi ha lasciato rispondere.

« *Quanto*, eh?... E bravo l'intellettuale! Il puro! »

Eravamo sul suo terreno. Si rilassava.

Anche questa faccenda – del *quanto* – crediamo che accada soltanto nei *film sursaut*; e alla svelta, per esigenze di ritmo. Ci diciamo sempre: cose che capitano nei *film sursaut*. Poi inciampiamo in morti ammazzati sotto la nostra buca delle lettere, e non ci diciamo mai: *film sursaut* che capitano nelle cose. Provare per credere. Io lo stavo provando. E capivo che certa realtà è proprio stupida, come i *mediatori*, anche con le mani insanguinate. Attrezzati per le tragedie mitiche, di cui parla Marianne, siamo nudi di fronte alla faciloneria della tragedia. È questa, la tragedia.

« Sei a secco, eh? » ha ridacchiato il *mediatore*. « Capisco sempre chi è a secco. »

« Lo so. »

Mi ha rincuorato: « L'importante è non essere a secco nell'altro modo, eh, bestia? ».

« Quale modo? »

« Secco nel modo di morto! »

Il *mediatore* vive di battute ripugnanti, specie quando profferisce minacce. Ha ripreso: « Quanto! ».

« Ci devo pensare. »

« Allora vediamoci alla mia banca. »

« Quale, delle tue mille? »

Me l'ha detto. E mi ha precisato anche: « Domani. Da persone perbene ».

« Sarà difficile. »

« Alludi a me? » si è inalberato.

« No. A me. In questi tre anni, sai, sono diventato una vera carogna. »

« Bravo » ha esclamato: « Fai passi avanti. Tre anni fa eri un imbecille ». Si è corretto: « Non so se più imbecille o più vigliacco. Decidi tu ».

Non ho deciso.

« Alle undici. Domani. Ti sta bene? »

« Per me, anche a mezzanotte. Tanto, non ho niente da fare. »

Mi ha ricordato, amichevole: « A mezzanotte, in banca, ci vanno i ladri ».

« Appunto. »

Ha chiuso.

L'indomani, alle undici, sono andato alla sua banca. L'ho visto aggirarsi oltre la vetrata. Guardava l'orologio. L'ho lasciato a quel solo gesto da persona perbene, di cui sia capace: guardare l'orologio. Il tempo lo turba. Specie la fine del tempo. Me ne sono andato contento che, di nuovo, facesse freddo.

È tornato l'inverno.

2.

Avevo appuntamento con Marianne.

Non le ho detto niente del *mediatore*.

Ci siamo trovati davanti alla facciata di San Luigi dei Francesi e, alzando gli occhi, mi è apparsa la salamandra che porta in testa una corona: stemma di Francesco I, il libertino re di Francia. Si trova a proprio agio tra le fiamme e, a sua volta, ne butta dalla bocca. Farò la salamandra, col *mediatore*. È certo. Ma che potere di fuoco avrà la mia bocca?

Ci sono altri luoghi di Roma che propiziano le *lezioni* a Marianne. E io la porto a scoprirli. La storia di questa città ha più strampalato spirito di quel che si pensi. In Santa Maria d'Aracoeli, un frate ebbe l'idea di unire le corde delle due campane con un lungo panchetto di legno. Al momento di suonar festa, i religiosi si sedevano comodamente e facevano l'altalena, mentre le campane si sbizzarrivano.

Ci diverte che Roma nasconda, qua e là, qualche nostra idea balzana.

Possiamo parlare sedendoci sul panchetto. Immaginando uno scampanìo che non esiste. Oppure penetriamo nel cortile barocco di Santa Maria in Campo Marzio, pressoché sconosciuto, dove una curiosa iscrizione, che sormontava un lavatoio pubblico, esorta le donne a lavare le loro coscienze altrettanto bene quanto i panni. Oltre che suggerimenti, ne vengono consolazioni. Passando ieri per Via della Lungara, ho indicato a Marianne il punto dove, secoli fa, c'era un potente che donava cento uova fresche a chiunque riuscisse a condurgli un matto da rinchiudere.

Un giorno, chissà, porterò al *mediatore* cento uova e me stesso. Oppure sarà lui a precedermi altrove, con una delle sue mosse. È noto che in Piazza in Lucina, nel 1690, venne bruciato un simulacro di Diogene, con la sua botte, per mettere sull'avviso quanti si proponevano di sfidare i vampiri romaneschi.

Staremo a vedere.

Intanto, faccio da guida a Marianne. Anche alla Porta Furba, inserita da Sisto V in quello che venne battezzato Acquedotto dell'Acqua Felice.

Cose così.

3.

Marianne torna spesso sul mio racconto di Eurte.

Vuol sapere del Po. E di mia madre. Non l'ho mai condotta lassù. E, anche di mia madre, non le ho mai parlato. Un altro mito da cui disincantare la montagna.

Ora gliene parlo.

« Mia madre non l'ho mai chiamata col suo nome, che è Gina. Ma sempre Moretta. »

Tra tutti gli uccelli del fiume, le morette sono le più simili a lei, quando oziano sulle acque, e le loro svogliatezze di alzarsi in volo durano a lungo, anche un giorno intero. In questo modo, mi pareva inoltre di distanziarla da me.

« Ma in quel Moretta » obietta Marianne « c'è dell'affetto. »

« Forse. »

Marianne mi chiede cosa la rendesse infelice. Le rispondo

che Moretta, più esattamente, era e rimane un parassita di quella pianta maligna che ci cresce alle spalle, allargando su di noi i suoi rami secchi: la non voglia di vivere. Aspettava che passassero i giorni. Li contava. Uno di meno, già un passo avanti.

Tutto cominciò in una circostanza precisa. Era l'ottobre del '39. Ci alzammo all'alba e prendemmo il treno per trasferirci da Parma a Motteggiana. Qui, mia madre aveva una casa che le avevano lasciato i genitori; una boaria dall'ara spaziosa e un orto di cui magnificava i frutti. L'appartamento di Parma costava troppo. E in città era sola. Vivere a Po le piaceva.

« Era la sola ragione? »

« No » ammetto. « Allora lo credevo. Perché lei me lo dava a intendere. »

« Quale fu la vera ragione? »

« A Motteggiana abitava mio padre. Là si erano conosciuti e io ero stato concepito. Mio padre non aveva mai voluto sposare Moretta. Meglio così. È un uomo spregevole. »

« Pensi che tua madre volesse avvicinarsi a tuo padre per convincerlo a sposarla? »

« Aveva in animo di provocarlo. Con qualunque mezzo. Fino a portarlo all'esasperazione. »

« Per quale scopo? »

« Perché la uccidesse. »

Marianne mi fissa in un certo modo.

« Non è una menzogna » le dico. « Moretta era così delusa che desiderava con tutta se stessa di essere messa in un sacco e buttata ai gabbiani. Come si uccide a Po. »

Mi aveva sempre parlato dell'orto di Motteggiana, da cui si vedevano le piane azzurre della Ghirardina e di Quarantore. Era contenta di parlare con me solo quando saltava fuori l'orto. Allora, mi faceva sedere vicino. Anche mentre il treno ci portava, mi assicurava che ogni cosa vi cresceva più grande che altrove, dalle ciliegie alle cipolle ai pomodori.

Si poteva vivere del suo raccolto, senza preoccuparsi. Molti insistevano per comprarglielo. Ma Moretta rifiutava le offerte vantaggiose. Vi nascevano erbe che conosceva soltanto lei e, a suo dire, rendevano trasognati.

Un sorriso sfiora le labbra di Marianne.

« Tu hai mai visto quell'orto? »

Non mi fu possibile vederlo. Quando arrivammo a Villa Saviola, i soldati ci fecero scendere. Il fiume aveva superato i segnali di guardia e, in molti punti, i livelli massimi. Ben presto, le strade si coprirono di carri e le famiglie, raggruppate alla sommità delle masserizie, guardavano i sacchi di sabbia esplodere sugli argini, i barconi trascinare a riva il bestiame affogato, e corpi umani che sbattevano sui contrafforti.

Fu la prima piena che vidi. La prima volta che mi trovai di fronte a una forma così totale di annientamento.

Moretta non ascoltava né ordini, né consigli. Anche se apparentemente lucida, capivo che, dentro di sé, era come impazzita. Sapevo riconoscere quando la pazzia attraversava la sua testa, magari mentre sorrideva; gli occhi, in genere troppo sottomessi, acquistavano una luce crudele... Decise di andare avanti a ogni costo. Cercò un barcaro che avesse il coraggio di affrontare la piena. Nessuno le dava retta. Ma offriva i suoi risparmi, una buona somma. Ne trovò uno, più pazzo di lei, che accettò. Si caricò sul barcone me e i bagagli.

Io non avevo paura dei colpi di testa di Moretta. Solo delle sue sottomissioni.

Il barcone si inoltrò nella marea fangosa, che si trasformava in un cimitero di imbarcazioni. Con il crescere delle acque, anche noi avevamo l'impressione di toccare il cielo nero, tra nubi di pesci morti, vele sradicate. Avvistammo infine la boaria di Motteggiana. Appena in tempo per scorgere l'ultimo brandello dell'orto divorato dalle ondate.

I rami degli alberi prodigiosi furono spinti con violenza inaudita contro il nostro scafo, e Moretta tendeva la mano per toccarli, prima che scomparissero. Li distingueva uno per uno, e diceva che quello era il melo sotto il quale aveva giocato da bambina, e quello il ciliegio preferito da sua madre, e quel groviglio di pali foglie e fiori giallicci, la siepe d'alloro dove la Guardia Regia a cavallo aveva vigilato suo padre anarchico.

Il barcaro era terrorizzato e non faceva che ripetere: torniamo indietro.

Moretta stava a prora, miracolosamente ritta. Era diventata di fango dalla testa ai piedi, per le ondate che la investivano. Diffidava con voce imperiosa il barcaro dal rientrare all'attracco.

La corrente trascinava, tutt'intorno, mobili, buoi affogati con le corna che spuntavano come i rami, e gente che, per salvarsi, s'afferrava ai bordi del barcone. Lei impose al barcaro di colpire quelle mani col remo. Ripeteva: colpisci! L'uomo obbedì. La pazzia di Moretta faceva crescere, ora, la sua pazzia. Ci avevano avvertito che era uno di cui non fidarsi, che aveva ammazzato e incendiato, e se anche fossimo arrivati a destinazione, ci avrebbe derubato di ogni cosa. Batteva sulle mani così selvaggiamente che il remo si spezzò. Quei disgraziati si reggevano alla superficie per un tratto, poi venivano ingoiati dai vortici.

« Tua madre non provava nessun sentimento? » mi chiede Marianne.

« Fissava in direzione della sua boaria. Ma non credo nemmeno che fosse nostalgia per quel luogo prediletto. »

Ammirava l'Apocalisse che sembrava cancellare il cielo e la terra. Felice che il mondo scomparisse sotto i suoi occhi, essendone l'unica testimone imperturbabile. Si augurava – lo capivo – di venire travolta anche lei.

Poi non so cosa accadde realmente. Ebbi l'impressione di addormentarmi e di fare un sogno. Gli aironi tornavano a volare. Un prete andava sugli argini agitando una campanella. Mentre le acque riacquistavano una calma dorata e le allodole chiamavano da tutte le direzioni, segnalando gli alberi che erano sopravvissuti.

Quando riaprii gli occhi, proprio questo stava accadendo.

Abbiamo vissuto alla boaria. Spesso veniva a trovarci il *Pajàss ad Po*: l'Angelo Colombi, di Villa Saviola. Il comico che faceva ridere nelle piazze e nei teatri poveri. Lui e Moretta erano amici fin da ragazzi. Mia madre lo mandava a chiamare quando l'infelicità l'assaliva e, dopo certi pianti, il *Pajàss* spuntava per gli argini sulla carrozzella col tettuccio bianco. Entrava in casa, chiuso nell'impermeabile, reggendo una piccola borsa di cuoio. Non sembrava un comico, ma un medico che venisse per una visita, con aria sbrigativa e professionale. Moretta si faceva premurosa e continuava a ripetermi che il Colombi era una celebrità... Andavano a chiudersi in una stanza.

Mia madre non l'avevo mai vista ridere; ora, invece, si alzavano le sue risate squillanti. Cosa le procurasse tanta ilarità, restava un mistero. Cercavo di ascoltare alla porta chiusa. Il comico parlava sommessamente e col tono del confessore.

Poi se ne andava con la stessa fretta impersonale con cui era venuto. Gli scoprivo il volto più contratto, come se la visita avesse dato un responso funesto. Sulle guance di Moretta, c'era un segno di lacrime, forse di riso e forse no. Si sedeva e spiava la carrozzella farsi lontana col tettuccio bianco, già rimpiangendo il comico triste.

« Eppure » mi fa osservare Marianne « tua madre sapeva disperarsi alle crudeltà della Iris e assistere con amore un partigiano ferito. »

Non c'era contraddizione. Abbandonata a sé, Moretta era una. Quando la gente le dimostrava fiducia e amicizia, e la coinvolgeva nella vita comune, diventava un'altra. Per quanto piena di rancore, non aspettava che di arrossire di gratitudine. Allora nasceva, in lei, quella che a Po si chiama *la festa della servitù*.

4.

Marianne è curiosa delle mie prime volte con le donne.

« Fu a Ghiare » le dico.

Era un paese di affilatori di falci. Un grande olmo, dalla cupola verdescura, dominava la piazza. Gli affilatori sedevano in circolo, a gambe larghe, conficcando il battifalci in verticale fra le ginocchia, vi appoggiavano la lama e la lavoravano col martello tondo. Il picchiettìo si diffondeva per la campagna.

Quando passavamo in corriera per la statale, Moretta mi indicava quel luccicare di falci, come se l'orizzonte mandasse misteriosi segnali. Mi diceva che, laggiù, vivevano le *done gabjane*, impestate dalla sifilide e dallo scolo. Esse divoravano i barcari.

Per Moretta, tutte le donne erano infami.

Prima di addormentarmi, fantasticavo su due cose che mi impaurivano: salire sulla Bugatti di Anfuso, un socio di mio padre che correva i Grandi Premi e faceva i record anche sulle alzaie, lasciandosi dietro nuvole di polvere e sassi che schizzavano come proiettili; e appunto andare con le *gabjane* di Ghiare.

Mi tornava in mente anche una volta che, in un pioppeto, mi ero imbattuto in un tedesco ucciso che giaceva nella posizione del feto, coi calzoni calati fino ai ginocchi e macchie di sperma sulle cosce. Il seme sopravviveva all'uomo che l'aveva sparso e fissava, con occhi vitrei, il punto dove fuggiva una ragazza discinta, che impugnava il suo fucile. Doveva essere morto da pochi istanti. Le mosche giravano sulle macchie di sperma.

Una sera dissi a Moretta:

« Vado a Ghiare. »

Ci ritornai spesso.

Mia madre abbassava la testa e stringeva i pugni. Era il suo modo, cocciuto, di opporsi e insieme arrendersi alle situazioni contro cui non poteva nulla. Mi faceva capire di star lontano da quel maledetto paese e da "quei corpi pieni di vermi", come era solita ripetere. Prima che superassi la porta, la sua mano mi afferrava il polso. Mi liberavo dalla stretta e pedalavo verso Ghiare per provare a me stesso che le paure con cui Moretta mi ossessionava non erano che i soliti fantasmi della sua mente.

Dopo aver risuonato per tutto il giorno, il paese sembrava rifarsi con un silenzio profondo. Falci ovunque, in lunghe file contro i muri; a mazzi incrociati, come fucili, nel mezzo delle are; appoggiate ai balconi, con l'aspetto di becchi di cormorano; immerse nei bacili colmi d'acqua e abbandonate nei forni spenti, dove venivano passate al fuoco. La luna le faceva risplendere.

Mi aggiravo per le stradine, immaginandomi in un regno della Morte che, deposti i ferri del mestiere, soprassedesse momentaneamente al suo volare sulla terra. Dalle persiane accostate, udivo russare i falciatori, la tosse che scuoteva i vecchi, il piangere dei bambini, le grandi pendole che battevano nelle cucine.

Ma, delle *gabjane*, non vedevo traccia. Eppure dicevano che ce ne fossero di ogni età, anche bambine.

Una notte, mi accorsi che si era fatto molto tardi. Raggiunsi la bicicletta e montai in sella quando, da una delle ultime finestre del paese, scese un grido di donna. Un orgasmo. Aspettai. Nel grigio dell'alba, uscì un uomo. Si strinse nell'impermeabile e mi vide. Lesse nei miei occhi che anch'io avrei voluto salire, senza trovarne il coraggio.

Allora venne verso di me e levò le mani che teneva affondate nelle tasche. Le grandi palme si avvicinarono al mio viso, mentre intuivo la sua intenzione. Metà complice, metà sarcastico, voleva che le annusassi. Lo fissai senza abbassare la testa, rifiutando quella complicità virile. Ma non c'era volgarità, nel gesto. Era un'offerta di iniziazione. Poi saltò sulla bicicletta e si allontanò pedalando con energia sotto i pioppi.

Mi decisi ed entrai nella casa. Un corridoio mi inoltrò tra porte chiuse. Dalla sola semiaperta, la voce della donna, avvertita dai miei passi, mi invitava. La *gabjana* era a letto, con la schiena appoggiata a due cuscini. La lampada sul comodino, attraverso la seta della vestaglia che l'avvolgeva, mandava su di lei una luce mista a ombre, e la fisionomia ne veniva alterata. Non avrei potuto dire se fosse giovane oppure no. Un riflesso ne imbiancava i capelli, dava risalto alle sporgenze della fronte; la parte oscura accentuava il gonfiore delle labbra.

Teneva le braccia sulla coperta. Sul braccio destro, le macchie di un eczema. Mi avvicinai con paura, attrazione, ripugnanza, un'irragionevole riconoscenza.

La notte tornavo a Ghiare e, il giorno dopo, tremavo. Mi chiudevo in bagno e non facevo che guardarmi il pene.

Moretta cominciò ad aspettarmi sveglia.

« Vieni » mi diceva. Ora, con una dolcezza che non le conoscevo.

Era lei, a portarmi in bagno. Ad aprirmi i calzoni e a controllarmi. Mi lavava accuratamente con acqua e sapone, poi mi cospargeva con una soluzione contenuta in una bottiglietta, che mi bruciava. La lasciavo fare. Mi accorgevo che, all'improvviso, si dimenticava di me. Continuava a muovere le mani, ma il lavacro riguardava soltanto la sua mente, che avrebbe voluto liberare dagli ossessionanti pensieri.

5.

...mio padre lasciava la motocicletta rossa davanti a casa nostra, per farci capire che era nei pressi, ma non si sarebbe degnato di entrare nemmeno per un saluto. Io uscivo, toccavo il sedile che conservava la fossa del suo corpo, e rovesciavo a terra la motocicletta.

Poi aspettavo che lui ricomparisse. E col mio silenzio, la mia mancanza di paura, lo sfidavo a punirmi per ciò che avevo fatto. Mi scrutava con rancore, quindi sollevava la motocicletta e scompariva in una nuvola di polvere.

Marianne vuol sapere ancora di Moretta e mio padre.

6.

Lui gridava:

« Le donne sono cimici! Cimici e fachiri!... Ingoiano tutto e non rendono che figli! »

Raccomandavo a Moretta di stare ferma.

« Sparisci, cimice! »

La casa di Motteggiana era quieta nelle notti d'estate, con le finestre aperte. Finché non arrivava mio padre che fermava la motocicletta davanti al cancello. Lo vedevo alzare il braccio e agitare la torcia a vento.

Moretta dormiva nel letto di fianco al mio. Non mi dava retta. Si affacciava. Stava al balconcino di ferro, senza replicare, né fare un gesto. Tornava la donna a prora, durante la piena. Quell'immagine impassibile scaricava la furia di mio padre. Come se calasse una pugnalata, ficcava la torcia nel supporto del manubrio, avviava il motore con un colpo del tallone e ripartiva nel buio con uno strepito.

Moretta si stendeva di nuovo. Fissava il soffitto e diceva, con malinconia:

« Buonanotte, povero merlo. »

Ma chi era, il merlo?

Agli inizi della guerra, mio padre era un capobastone, reputato intrigante e imbelle. Il suo incarico alla Bonifica mascherava manovre coi traffici clandestini della *Liggera*, specie col contrabbando da Borgoforte a Sustinente a Melara. Che fossimo tornati a vivere a un chilometro dalla boaria dove si era insediato dopo il matrimonio con Margherita Tanzi – più giovane di Moretta, una di Villa Saviola, che possedeva biolche privilegiate – lo aveva sconvolto. Temeva Moretta. I suoi imprevedibili disegni.

Lei gli compariva nei luoghi e nei momenti più impensati. Se si metteva con gli amici squadristi al bar di Borgoforte, eccola che veniva a sedersi a un tavolo vicino, e lentamente sorbiva la sua bibita o mangiava il suo gelato. Se andava a messa la domenica, Moretta si sistemava nella stessa fila, spesso accanto alla Margherita Tanzi, fissandone i capelli corvini e il grande seno. Mio padre prendeva ad asciugarsi la fronte col fazzoletto.

Anche negli spiazzi dove la *Liggera* caricava le barche di frodo, e tutto era selva e palude, con lampade gialle che rischiaravano gli attracchi, o sugli argini spazzati dal vento o affogati nelle nebbie, dove i carabinieri e le guardie finanziere non trovavano i passaggi, ecco là Moretta seduta sui piccoli moli di cemento, che fissava la scena con aria assente. Si sollevava la veste e teneva le gambe nude nell'acqua.

Mio padre diceva ai complici:

« Adesso vado e l'ammazzo. »

Ma gli altri replicavano:

« Fallo dove vuoi. Non qui, che siamo di frodo. Bada al carico, piuttosto. »

A mio padre s'ingrossavano le vene del collo.

« Io ti farò impiccare per i piedi! » le gridava. « Dio asidént! »

Moretta aveva gambe molto belle, e con la sua anima di sbieco, da una parte, dentro il solicello di lanca, diffondeva una grazia di cui era consapevole. Perciò l'Anfuso faceva notare a mio padre:

« Hai fatto male, Attilio. Forse era una donna più giusta della Tanzi. Perché è più fine e intelligente. E ha le gambe belle. »

Allora, l'ira di mio padre si rivoltava contro l'Anfuso, che però era una montagna e con una sola mano avrebbe potuto spaccargli il collo; squadrista temerario, pieno di record come lo era da pilota. Mio padre lo afferrava per la giacca, ma l'Anfuso gli ripeteva sorridendo:

« Quello che dico, se vuoi lo scrivo e lo sottoscrivo. E tu sai che posso farlo. »

In mio padre spuntava il vigliacco. Si sapeva che l'Anfuso, da Motteggiana a Melara, non ne aveva salvata una, donne sia di amici che di nemici, ed era certa anche quella diceria con la Margherita Tanzi, che avevano visto più volte al Boscone Rosso in sua compagnia, e per di più alla spavalda, ossia col grammofono nella pioppaia che mandava ai quattro venti *Caminito*, perché l'idea di Anfuso era che meno ti nascondi meno ti vedono, o più fingono di non vederti.

Mio padre diceva conciliante:

« È stupido davvero litigare fra noi! »

E se si metteva alla testa dei parcellanti che andavano di corte in corte, al tempo della vendemmia, a raccogliere l'omaggio del vino che i contadini dovevano ai taglieggiatori, Moretta sbucava come per caso attraverso lo strame che le insanguinava i piedi. E poi, seduta sulla nuda terra, guardava quegli uomini bere dagli otri del loro ladrocinio, mentre i contadini, impotenti, stringevano pertiche e forconi.

Mio padre si ubriacava più di tutti, per far credere a Moretta che non gli importava niente, e alla fine andava di traverso dentro i solchi, e orinava sotto il cielo, chinando la testa come se gli costasse fatica. Nei fumi dell'aratura, il fantasma di Moretta lo seguiva passo passo; allora mio padre, con gli occhi annebbiati e lo stomaco in gola, la provocava:

« Vieni qua, che te lo do un'altra volta. Così di figli saranno due. E questo che piscerai, sarà il mostro che ti porti nel cuore. »

Moretta obbediva tranquilla e col suo muoversi da farfalla. Gli si fermava così vicino da sentirgli il fiato, pronta a ciò che diceva; ma mio padre stava sempre con la testa all'ingiù, e non si capiva se, sul sesso che gli pendeva morto dai calzoni, i suoi fossero accessi di riso o singhiozzi di rabbia. Lei aspettava con la sua calma d'aldilà, finché lui non si chiudeva i calzoni e se ne andava sbandando, perché non c'era un albero a cui appoggiarsi.

Per mesi, dovunque andasse, Moretta lo raggiunse o lo precedette. A volte l'afferrava e la schiaffeggiava, anche davanti alla gente:

« Dimmi cosa vuoi! Se vuoi dei soldi, io te li do. Non hai che da chiedermi la cifra! »

Moretta non apriva bocca nemmeno in quei momenti. E se le faceva male era contenta. Lo capiva anche mio padre. Un giorno la picchiò tanto che se gli amici non gliel'avessero tolta di mano, l'avrebbe uccisa. Vennero ad avvertirmi di andarla a riprendere ai ghiaioni di Bocca di Ganda, raccontandomi che si era lasciata aggredire senza resistenze, anzi con un sorriso sulle labbra. Era notte, e mi lasciarono solo tra le fratte. Io mi aggiravo chiamando « Moretta! Moretta! », ma non provavo disperazione. Non provavo nulla. Mi portavo il suo stesso vuoto, e mi dicevo che se anche l'avessi trovata morta sarebbe stato naturale; me la sarei caricata sulle spalle, e forse era una salvezza di Dio.

Stava rintanata nel buio tra le rane, ed era viva. Aveva soltanto un braccio spezzato. Tornammo a casa attraversando i greti. Le reggevo il braccio rotto, dalla manica arrotolata, e nell'oscurità non galleggiava che il biancore di quell'arto che mi dava la sensazione di restarmi in mano da un momento all'altro.

Mi si strinse la gola e le dissi: « Fermati... ».

Ora sembrava a me di crepare sotto lo stellato d'agosto, che non concedeva una bava, a cui ripetevo anch'io "Dio asidént", pensando che bastava una spinta: dammi una sola spinta, cane di un Dio o di un Bio, e per me sarà finalmente pace. Invece mi sprofondava in quel buco di cesso del mondo, e mi teneva le mani al collo, senza averne abbastanza.

Girai appena la testa, non mi curai neanche di piegarmi.

Il ricordo che ne ho è che vomitavo con grande stanchezza della testa verso la spalla, fermo, perché ogni altro gesto mi sarebbe costato uno sforzo impossibile.

Moretta mi fissava senza vedermi.

Conservava negli occhi lo sguardo che rivolgeva a mio padre. Le ci voleva tempo per perderlo. Vedeva mio padre in me, lasciandomi quel braccio da reggere come un cane la zampa; la scheggia dell'osso aveva lacerato la pelle.

Poi, riprendemmo ad andare. Solo quando le appoggiai il moncone sul tavolo della cucina, riuscì a distinguermi e mi prestò attenzione. Mi disse: « Non devi avere paura. Non è niente ».

Mio padre la denunciò ripetutamente ai carabinieri. Ma questi gli fecero notare che la legge non poteva impedire a una donna di muoversi dove voleva, tanto più che non profferiva ingiurie e non arrecava molestie. Era sola, discreta e zitta. Così mio padre dovette rassegnarsi a Moretta e alle sue apparizioni, come a un pensiero fisso. Non si fermò più, di notte, sotto casa nostra. Mentre, dandosi per vinto, confidava alla Margherita Tanzi: « Questa persecuzione non avrà mai fine. Quando la vedo, mi prende il panico dell'aldilà. Quasi l'avessi uccisa e mi comparisse da morta. Anche in sogno, è lo stesso ».

Abbracciava la Tanzi e la pregava: « Fai qualcosa tu ».

Ma la Tanzi si guardava dall'intervenire. Le faceva comodo che mio padre si rinfacciasse da solo le sue miserie; era un modo per praticare impunemente le proprie con l'Anfuso e gli altri; e poi per Moretta provava un'inconfessata gratitudine, da quando mia madre, nel suo spiare, l'aveva scoperta in macchina con uno, e in quel caso non ne aveva approfittato: si era limitata a passar via sfiorando l'automobile, gettando uno sguardo atono tra le gambe della donna. E quando la Tanzi era andata a chiederle il favore, lei aveva risposto che non c'erano favori né da chiedere né da fare, perché lei non aveva visto niente.

E forse diceva la verità. Ciò che registrava, in quei momenti, la sua mente lo ricordava soltanto quando tornava a "vedere", per il resto lo rimuoveva.

Venne un inverno di neve molto alta. Mio padre passava in moto, imbacuccato, e non avvistava Moretta. Non c'era traccia di donne sulla distesa immacolata e, dietro la sciarpa indurita dalla brina, egli tirava un sospiro di sollievo. Per qualche mese la neve avrebbe tenuto lontana Moretta – pensava – ma fece l'errore di credere più alla superstizione che non alla realtà degli alberi scheletriti nel gelo. Era di una tale felicità che fischiettava nella sciarpa che gli sbatteva sul naso, e si disse:

"Adesso faccio un voto e vado a portare due fiori ai miei poveri morti. Ogni giorno che non la vedrò, saranno bei fiori di carta in uno di questi cimiteri con le tombe sotto la neve."

Sfilavano il cimitero di Govérnolo. Quelli di San Benedetto Po e Portiolo.

"Vado" si ripeteva. "Così i miei morti saranno contenti."

Scelse il cimitero della Tedolda. Prima di entrare dove stava sepolto suo padre, sotto il nevischio della sua libertà, il centauro che aveva corso una volta la Milano-Taranto, si concesse qualche svolazzo acrobatico sul ghiaccio, trovandosi imbattibile.

Esultava: « Questa sì, che è pace! ».

Irruppe tra le tombe tracciando una scia che a nessun altro sarebbe riuscita. Lasciata la moto, avanzò coi fiori stretti contro il giubbotto di pelle nera. Sugli occhiali, la neve creava figure acquose. Perciò, all'inizio, pensò: non può essere, è uno scherzo degli occhiali, come faceva a sapere che mi sarei fermato qui alla Tedolda, da mio padre, e proprio stamattina? Ma, sollevati gli occhiali sulla fronte, Moretta era sempre là che camminava adagio sotto i portici, a tratti battendo i piedi, per scrollarsi la neve.

Allora mio padre si lasciò andare su una tomba. E senza chiedersi perché, affondò le braccia. Gettava via neve su neve, e quando trovò il marmo gli sembrò di poter scavare anche quello con le unghie. Ormai vedeva con gli occhi della mattana, gli stessi di Moretta. Il marmo gli pareva un cedevole terriccio appena gettato sulla cassa, dove credeva di potersi sotterrare una volta per tutte.

E Moretta lo accostò. In piedi dalla parte opposta della tomba, lo guardava, con la sua serenità, scavare e scavare. Finché mio padre non ebbe le dita che colavano sangue. Se le scrutò come se non fossero sue, riconoscendo:

« Neanche i morti mi vogliono. »

Si sollevò, dimenticandosi della motocicletta. Più non capiva da che parte stesse il cancello. Affondava nella neve ora a destra, ora a sinistra. E Moretta ferma – mentre lui le girava intorno – col suo peso da nulla, sospesa sulla coltre dentro il cappotto col collo di pelliccia.

Così si arrivò alle notti di guerra. Non appena scendeva il buio, vedevo Moretta infilarsi la gatta sotto il braccio e impugnare la vecchia lucerna. Usciva di casa dicendomi: « Torno ». Andava a sedersi davanti alla casa di mio padre e della Margherita Tanzi. Passavano aerei da ricognizione e l'oscuramento era completo; credo che dall'alto, per tutto il Po, fosse avvistabile solo la lucerna accesa che lei, immobile su una panchina, teneva tra sé e la casa, e intorno alla quale la gatta s'ingroppava con la coda dritta.

Le bombe cadevano qua e là. Come un giorno aveva scrutato la piena, Moretta fissava intensamente quella luce augurandole, con tutta se stessa, il potere di ridurre la distanza degli scoppi, fino a centrare il bersaglio. Ma forse perché il segnale si manteneva così regolare e umile, gli aerei puntavano oltre. Arrivava l'alba e Moretta, rassegnata, si riprendeva la lucerna e la gatta, tornando per il paese e facendo conto sulla notte successiva.

Mi appariva con la luce nella mano sinistra, la gatta addormentata sul petto, nell'aria già azzurra tra le case. Si stendeva nel letto accanto al mio, gli occhi aperti al soffitto.

Capitolo settimo

1.

Il *mediatore* sposò Marianne in Santa Croce in Gerusalemme.

Le ho ricordato quel giorno.

« Che ironia » le ho detto.

« Ironia? » si è sorpresa Marianne.

« Io stavo tra la folla degli invitati. »

« Lo sapevo. »

« Mi piace, essere un perfetto intruso. »

« Sapevo anche questo. E allora? »

Me lo chiede col tono di una bambina a cui si conta una fola. Proficuo atteggiamento psicologico, per i miei fini.

« Allora, ho alzato gli occhi ed eccolo là: l'arguto segno che parteggiava per me. Contro di voi. »

« Sei in luna... » ha sorriso Marianne. Ma con una punta di sospetto, oltre che di curiosità di sapere.

È vero. Ero in luna, ieri. Io sono spesso in luna, di mattina presto. In un Caffè riscaldato bene e col profumo di pasticceria e il freddo, fuori, che gela i vetri. Ma era una luna felice.

Le ho dato una spiegazione in carattere con le nostre esplorazioni.

« Devi sapere, Marianne, che la chiesa di Santa Croce in Gerusalemme fu costruita da Costantino. Per il desiderio di ospitarvi le reliquie che sua madre Elena aveva portato dai luoghi santi di Palestina. »

« E allora? »

« Nella cappella destinata a Sant'Elena, sotto il pavimento, c'è la terra che essa prese sul Calvario. Nella cappella delle reliquie, sono conservati: tre pezzi del legno della Croce, un chiodo, due spine della corona e il braccio trasversale della croce del buon ladrone, San Disma. »

Sono venuto al punto.

« E poi, un dito di San Tommaso. Quello stesso che il diffidente apostolo affondò nel costato di Gesù. »

« Te lo stai inventando. »

« Affatto. Vi sposavate sotto la simbologia perfetta delle nostre tre realtà. Il *mediatore* aveva il suo pezzo del buon ladrone, tu la polvere del tuo calvario con me, io il mio emblema. Quel dito... La vita ne combina, di questi scherzi. E al sarcasmo di Roma, non si scappa. »

« Te lo stai inventando » ha ripetuto.

Mi è toccato portarla in Santa Croce in Gerusalemme. Anche lei, era come San Tommaso. Lo sguardo di Marianne si è puntato sulla custodia dove risplende uno zaffiro: al centro, quella sorta di artiglio, lucido e nero. Sull'unghia, un orlo color ruggine, che potrebbe essere il sangue divino.

« Eccolo lassù. Lo vedi?... Mentre tu e il *mediatore* andavate a testa bassa, due treni che correvano verso il cozzo inevitabile, io fissavo l'emblema massimo della curiosità. Nella penombra accarezzata da questo stesso sole cupo e dal gioioso annuncio della cantorìa. »

Ci sono momenti in cui riesco a incantare Marianne, lasciandola sospesa, senza che ancora sappia decidersi se sia verità o un mio gioco di prestigio. Momenti magici, direi, delle nostre *lezioni*. Ma, per ottenerli, devo essere in stato di grazia. Il che non è di tutti i giorni.

« Lo capisci, ora? Che ironia, davvero, sposarsi davanti a me e avendo puntato contro l'indice la cui amputazione deve procurare serio imbarazzo, al mio Santo Patrono, nelle sue strette di mano paradisiache. Io mi ci sono incantato e ho immaginato un racconto. Potrebbe intitolarsi *Il dito di San Tommaso*. »

Non le ho aggiunto che il racconto è rimasto una delle tante idee che, quando mi siedo al tavolo, alzano bandiera bianca di fronte ai matitoni: segni variopinti dell'inutilità.

« E che dice, quel racconto? »

« Ricalca, all'inverso, *Il Naso* di Gogol. Un personaggio, che potremmo chiamare Homunculus – dato che, come in *Faust*, la sua realtà è una fiala in cui si vivono sogni di impossibile bellezza – apre gli occhi un mattino facendo un'inquietante scoperta. A differenza dell'assessore collegiale Kovalev, che si sveglia senza naso, si trova con qualcosa che, fino alla notte prima, non aveva: il dito, appunto, di San Tommaso. Una piccola proboscide scura tra le dita rosee. Sulle prime, pensa che il segmento terminale sia suo e s'interroga ansiosamente sulle cause che possono averlo annerito. Ma per quanto frughi nella memoria, non riesce a ricordare dove e quando se lo sia schiacciato. Anzi, è sicuro di non esserselo schiacciato affatto. Si tormenta. Si rassegna... »

« E allora? »

« Presto, il dito fa sentire la sua autonoma autorità. Sprigiona una forza arcana che si propaga al cervello e agli arti, funzionando come l'ago di una bussola. Qualunque cosa faccia il povero Homunculus, l'ago calamitato indica sempre la stessa direzione: il Nord Magnetico della curiosità. È come il coniglio di Alice. L'ippogrifo di Astolfo... Homunculus viene trascinato in regioni boscose simili a quelle in cui Rabelais s'imbatte dentro la bocca di Pantagruel; di fronte ai mulini a vento di Don Chisciotte. La magica energia lo introduce, al pari di Casanova, nei corpi di donne belle e brutte, lo spinge a cavalcare su innevate montagne che nessuno ha mai concepito e descritto... Finché le avventure, diciamo il sogno del personaggio, non sfumano nel reale e San Tommaso non viene a riprendersi il dito, che resta nero e un po' arricciato anche nella sua mano radiosa. Per Homunculus, tutto torna a scorrere nello squallore del quotidiano. »

Marianne si divertiva. Nelle navate dove non risuonavano che le nostre voci. Come di due ragazzi.

Ho concluso:

« Ad un tratto, mi sono trovato nella chiesa vuota. Perso nelle mie fantasticherie, non mi ero accorto che voi sposi ve n'eravate andati. Era rimasto solo il sagrestano, che si aggirava spegnendo candele intorno all'altare bardato a festa. Zeppo di mazzi di fiori. »

2.

Parliamo anche del rapporto di Marianne col *mediatore* e delle avventure, o disavventure, di quando si viveva insieme. Non cerchiamo bilanci o significati particolari. Ne parliamo semplicemente: in libertà e con l'arguzia che sto cercando di insegnarle.

« C'erano mattine che mi appostavo a Piazzale degli Archivi. E ti vedevo uscire, tenendo per mano Simone. »

Marianne sorride:

« Lo so. »

Il bambino aveva già due anni. Ma mi sembrava ieri quando lei mi aveva telefonato per l'ultima volta, comunicandomi di essere diventata madre e usando la sua soddisfazione contro di me: "Così, la partita è chiusa. D'ora in poi, ti proibisco di cercarmi o di chiamarmi al telefono. Non voglio più nemmeno sapere che esisti".

« È successo » riconosce.

Non aggiunge altro. Mi fa piacere che, nella sua voce, non ci sia alcun tono di rammarico. Soltanto la serenità con cui prende coscienza delle cose. L'ho detto: sta facendo progressi con una rapidità che mi sorprende.

La vedevo uscire, dunque, e portarsi il bambino nei giardinetti di Piazzale degli Archivi. Le andavo dietro con non poche difficoltà. Erano i tempi in cui il *mediatore* temeva sequestri: per sé e – diciamo – i suoi cari. Due gorilla camminavano l'uno avanti, l'altro seguendo la coppia. Perciò, io dovevo regolare il mio pedinamento sui passi di tutti quanti.

Ancora convenivo che la vita è un pasticcio di *impruvìs*: i mulinelli del Po. Mica vero che, sempre, ti tirano per i piedi. Spesso sono carambole e ti trovi per aria. Dipende, dicono. Da che? Dall'airone rosso che chiama le correnti. E l'airone rosso, da che dipende? Dalle correnti che lo chiamano. Punti di vista. Il mio, lo nascondevo dietro il giornale, fingendo di concentrarmi nelle pagine, secondo il manuale del pedinatore, e come nei *film sursaut*, di cui la realtà è parafrasi. Chi avrebbe detto che quell'investigatore strampalato si era lasciato investigare da Marianne, con il rigore – deprecherebbe il *mediatore* – che ignorando il giusto mezzo, ti lascia in mezzo a un vespaio?

Ero certo che saremmo invecchiati insieme. Non nel senso retorico. Intendo che, data la salute di cui gode Marianne, com'è in genere delle dalmate cresciute a mare e sole, non avevo dubbi che mi avrebbe sotterrato. Mani nelle mani, occhi negli occhi, lei magari pensava all'Alberoni, all'innamoramento e amore, e io a dirmi: queste mani, questi occhi, soddisferanno, in Marianne, la curiosità estrema che provo per me. Mi toccheranno e mi scruteranno da morto.

Come sarò, da morto?

Io non lo saprò mai. Lei, sì.

« Perché sorridi? » mi chiede Marianne. Mentre, zitto, ripercorro i tragitti dell'investigatore.

« Riflettevo... »

« Su che? »

« Sugli *impruvìs*. E sul fatto che c'è chi muore prima e chi dopo. In America, per esempio, pare che le donne muoiano dopo. »

« Mi piace che tu abbia imparato a sorridere. »

Frase tipica, e un po' atroce. Non solo delle dalmate.

Quegli anni con Marianne, erano uguali ai giorni che aspettavo Eurte con la compagnia di uno spaventapasseri lacerato dai gabbiani. Una pagina scritta per essere smentita dalla successiva. Fitta di alterchi e allegrie. Piegata a orecchio nel gran libro. E il gran libro archiviato.

Intanto mi rendevo conto che solo Mussolini, dittatore esibizionista e schizoide, poteva aver concepito l'EUR. Essa è l'altro occhio della tirannide. Quello che si compiace non di oceaniche folle, ma di diradare l'umanità con un'inquisizione atmosferica che non ammette nascondigli di sorta, né riservatezze urbane. I contorni ne sono le orbite che accerchiano il vuoto. Le geometrie delle prospettive, lo sguardo che ci scruta fino alle ossa. E le luci, le ombre, più taglienti che nette, sezionano gli esseri – in quel caso Marianne, Simone, i gorilla – come nature morte dentro il quadro.

Pedinare, da quelle parti, era un controsenso naturale.

Ma io amo il controsenso. E lo facevo. Pur sentendomi inquisito nei pensieri, specie nei dubbi. Non perdevo una mossa, tuttavia. Di nessuno.

« E come mi vedevi? » chiede Marianne.

« Come mi avevi detto tu, troncando con me. Soddisfatta. Esprimevi soddisfazione col portamento, i gesti e le parole che rivolgevi a Simone, i rari saluti che scambiavi nel piazzale. Ti chiamavo *la donna dal mare senza vento*. Con le nostre tempeste che avevano lasciato a riva un sacco di pesci morti. »

« Soddisfazione... » medita Marianne « Che sentimento è? »

« Qualcuno ha scritto che è di qualità inferiore. Incompatibile con la felicità. Però, con una sua arroganza. »

« Un sentimento EUR » ironizza.

« Brava. Vedi che ci arrivi? »

« Dunque, destinato a finire. »

« Una volta che il tuo entusiasmo per il nuovo ruolo che ti eri imposta, di cui eri convinta, si fosse dissolto. E tu avessi raggiunto il punto di saturazione. »

« ...moralismo. Ipocrisia altrui ben congegnata. Solide abitudini borghesi di cui lamentavo la mancanza con te. » Interrompe l'elenco: « Stavo affogando, di nuovo, in un bicchier d'acqua ».

« In un certo senso. Ma era un bicchiere. Non il Po. »

« Il mio vizio di cambiare. Bruciarmi i ponti alle spalle... »

« No, Marianne. Il tuo vizio consiste, o consisteva, nel costruirtene di nuovi. Percorribili in linee rette. Bisogna anzitutto imparare ad amare, prima di distruggere completamente. Di arrivare al nulla. »

« Amare, chi? »

« Se stessi, tanto per cominciare. »

« Non è una contraddizione? »

« Affatto. »

Il discorso si fa complesso. Torno al punto.

« Benché apparissi sola, negli spazi dell'EUR, non dovevi più fare i conti con la solitudine che ti procuravo io. Coi miei viaggi, il mio eccessivo dedicarmi al lavoro, anche l'isolarmi al tavolo, quando la fantasia funzionava, e allora funzionava sempre. Specie con le mie curiosità... »

Mi interrompe:

« Perché mi escludevi e... »

La interrompo a mia volta:

« Non ripeterti. Fatto è che, in Piazzale degli Archivi, ti vedevo soddisfatta degli inganni che io ti avevo evitato. »

« E se quegli inganni avessero messo radici? »

« Non gli inganni del *mediatore*. La soddisfazione che ti poteva venire da lui, non era, essa stessa, che una mediazione. Un passaggio o una sosta. Perciò non avevo mosso un dito per ostacolarti nel tuo, chiamiamolo così, esperimento. »

Marianne mi fissa. Di nuovo, senza intenzione di rimprovero. Non ha recriminazioni da fare: né con me, né con se stessa. Questo va bene. D'altra parte, ogni esperimento comporta, oltre che i suoi rischi, qualche decisione crudele.

« Non avevi firmato nessuna condanna a morte, Marianne.

Il *mediatore*, piuttosto. Con i suoi inganni, non avrebbe mai retto alla lucidità che, al momento dovuto, ti ha sempre impedito di chiudere gli occhi. »

Marianne si lascia prendere da sconforti. Che, tuttavia, si fanno più rari.

« Gente come il *mediatore* » dice « non firma mai niente. Specie le condanne a morte. A meno che non siano altrui. E rinasce dalle ceneri. Non saremo certo né tu, né io... »

« Sarà la ragione, Marianne. Anche la nostra, perché no? Essa conosce i meccanismi distruttivi dei *mediatori*, perciò può distruggerli. Specie con la beffa, che essi non conoscono. I *mediatori* si scardinano e dichiarano bancarotta quando si sentono derubati. Battuti, cioè, nella propria arroganza di derubare insuperabilmente. »

« E di cosa lo deruberai? »

« Tu, lo deruberai. Lo stai già facendo. Di te stessa. »

« Per arrivare dove? »

« A quella che io credo, da sempre, la tua lingua madre. Tu imparavi lingue nuove, e ti piaceva parlarle. Ma esse non ti avrebbero mai defraudato della tua lingua madre, anche se la portavi in te oscuramente silenziosa e inconfessata. Temevi che potesse superare la tua capacità di espressione. La parlerai. Ti stai esercitando. E non ti farà più paura. »

Non le spiego che questa lingua è la curiosità. È dal momento che mi ha fissato in automobile, che lo sa.

« Vedi, Marianne, io ero sicuro che il *mediatore* non sarebbe mai riuscito a imprigionarti nel suo schema. Un altro, forse, se ti avesse soddisfatta con rettitudine. Un uomo onesto. Quello, l'avrei temuto. »

Marianne riprende il mio racconto interrotto.

« Quando ti chiudevi nella cabina telefonica... »

« Già. Tu ti sedevi sulla panchina. I gorilla, su quella di fronte. Io scrutavo i gorilla. I gorilla scrutavano te, con uno sguardo più concupiscente che protettivo. Tu scrutavi il bambino che ti girava intorno con un'afflizione ubbidiente. Anche i giardinetti erano per lo più deserti, e non aveva altri bambini con cui giocare. Un bambino EUR. »

« Me ne accorgevo. »

« Sicura? La soddisfazione ti accecava. »

Piazzale degli Archivi, con la sua luce liquida, sembrava archiviare anche me in uno stagno remoto dalla soddisfazione di Marianne. Tanto più che, come dice lei, io mi chiudevo dentro una cabina telefonica, dove non arrivava quasi mai nessuno. A quei pochi che s'affacciavano, facevo notare la targhetta rossa del "guasto", e lì per lì giravano sui tacchi. Poi ci ripensavano e si voltavano come si guarda un pazzo, senza capire perché allora io me ne stessi col ricevitore appeso all'orecchio, a sfogliare guide lacerate dai vandali. Nelle custodie, non erano rimaste che poche, sudice pagine. Gli unici numeri che avessero un senso, erano tracciati a penna e accompagnati da osceni inviti firmati Fiorella, Lilli, Wanda. Baci impressi con rossetto fiammante.

Quei numeri, presumo di travestiti, ormai li conoscevo a memoria.

Simone si spingeva fino alla cabina e batteva contro il vetro. Arrivava uno dei due gorilla che se lo portava via: il bambino trotterellava sogguardando il rigonfio della pistola sotto la giacca dell'uomo. Se ciò non accadeva, ero in imbarazzo. Gli facevo segno di andarsene, gli giravo le spalle. Ma non serviva. Lui prendeva, a sua volta, ad aggirare la cabina e me lo ritrovavo di fronte, col suo alfabeto da sordomuto che tracciava con le mani grassocce, un'aria furba. Non mi restava che lasciarlo fare, finché non si allontanava, puntandosi l'indice sulla fronte, per farmi capire anche lui che ero picchiato.

Però eravamo diventati amici. Quando mi capitava di arrivare in ritardo alla cabina, era là che si guardava intorno e mi cercava.

3.

...ci sediamo spesso anche nelle panchine di Piazzale degli Archivi. I gorilla non ci sono più. Ma c'è Simone.

Mi chiedo: come ho fatto, quando ero in tempo, a non capire che Marianne è conformata, psicologicamente e anatomicamente, per essere madre? Basta vedere con che naturalezza si proietta in Simone, trovando le parole giuste, i gesti appropriati. Mai troppo autoritaria, né troppo cedevole. L'identificazione, tra i due, ha un suo incanto.

Ecco il mio solo errore. Senza attenuanti.

« Perché metterti incinta mi ossessionava? Come, del resto, mi ha sempre ossessionato con le altre... »

« Non ti sei ancora dato una risposta? »

Allora mi assaliva con le solite accuse che, in casi del genere, una donna rovescia sul partner:

« Tu non vuoi un figlio perché lo consideri una palla al piede e ne temi le responsabilità. Per il tuo egoismo e la tua ambizione, ammazzeresti tua madre. »

Povera Moretta. Marianne non sapeva nulla, di lei. Erano, sì, gli anni in cui facevo del mio meglio perché gli altri gratificassero quello che ritenevo il mio sincero valore, togliendomi da un'incomprensione in cui mi vedevo seduto come sulla panca di una stazione da cui non partivano che tradotte, e i pochi treni che arrivavano erano in un imperdonabile ritardo.

Ma le cose stavano ben diversamente.

Lottavo contro un senso astrale di delusione. Non per raggiungere gloriosi risultati. Farglielo capire, era inutile. Peggio ancora, spiegarle le ossessioni di cui ero io a soffrire per primo.

« Oggi » le confesso « le ingraviderei tutte. Bianche, nere e gialle. Cospargerei la terra del mio sperma e lo immagino sfarfallare come i petali dei peschi quando fioriscono a Kyoto:

una mia bianca, immensa primavera spermatica. Sogno belle pance gonfie e abitate, in allegria, dai miei geni. »

Pur di liberarmi da questa nuova ossessione di morire da pianta secca, senza neanche un'arrugginita bicicletta appoggiata al tronco. Come l'albero del Malcantone.

Ma niente da fare. Più insemino, meno ingravido. Sterilità da inconscio, concludono gli endocrinologi. Se l'inconscio si oppone alla paternità, per motivi nevrotici, non c'è testosterone che tenga. Il mio desiderio di procreare, non meno maniacale del terrore opposto, sarebbe appunto una ritorsione del mio complesso genetico. Per aver negato la maternità a Marianne e, anche per questa ragione, averla perduta.

Troppo schematico, secondo me. Ma è indubbio che, nella vita, ho sempre sbagliato i tempi di entrata e uscita. Che attore maldestro!

Marianne ignora i miei retroscena:

« Perché non lo fai? » mi chiede.

« Con chi? »

« Con una delle tue donne. Una giusta. Se ce l'hai. »

« Usi lo stesso tono di quando, non appena accennavo alle mie ossessioni, reagivi: "Storie. Fai un figlio e vedrai che ti passano". »

Arrivava il menarca, e già la parola mi spingeva a salutare un Agamennone che ritornasse trionfalmente in patria. Respiravo. L'avevo scampata ancora una volta.

« Tu mi puoi aiutare, Marianne » le dicevo. « Ma non così. Con meno intransigenza. »

« Più ti si dà corda, peggio è. Ma quella corda, ricordati, un giorno o l'altro finirà per strozzarti. »

Me ne ricordavo, nella cabina di Piazzale degli Archivi. Mi sentivo impiccato al cordone del telefono. Dovevo aprire la porta, tuffare fuori la testa e prendere aria a pieni polmoni.

« Lasciami respirare, Simone » lo pregavo. « Fai il bravo. »

Ormai, che dovrei spiegare a Marianne? Che il mio sperma, all'analisi di laboratorio, risulta come le acque del Po?

Microrganismi, leucociti, densità e omogeneizzazione scarse, aspetto torbido, viscosità diminuita, detrito salino amorfo. Esattamente come il Po, che non soffre soltanto dei mali dell'inquinamento. Ce ne sono altri. Le ruspe e i loro scavi selvaggi. Le cariche esplosive. Per cui il letto del fiume cala a vista d'occhio. La qualità dell'acqua peggiora. Il Delta facilita la risalita salina nei terreni coltivati. Affermano che il computer, presto, governerà il fiume. Ma il computer non può governare i miei testicoli.

Mi trovo a dire:

« Il Po sta finendo la sua corsa. Come l'airone rosso. »

E Marianne:

« Da quanto tempo non vedi tua madre? »

« Da tre anni. Ma il tempo, per lei, è un'altra cosa. Potrei arrivare là, in questo momento, e vedere la luce che illumina la mia cena. Mi direbbe: siediti, è pronto. Quasi fossi appena uscito di casa. »

Una volta mi sono seduto, dopo una lunga assenza. Abbiamo cenato. Poi, le ho detto: vorrei sapere come andò quel giorno o quella notte. Me lo chiedo da sempre. Moretta non mi ha chiesto, a sua volta: di che parli? Di che giorno? Di che notte? Ci siamo sempre capiti così. Da un'occhiata. Mi ha risposto, invece: « Portami ai ghiaioni di Bocca di Ganda. C'è anche una bella melonara, adesso. E mangeremo l'anguria ».

L'ho portata ai ghiaioni di Bocca di Ganda.

Un buio fondo, oltre le luci della melonara. I cani abbaiavano. Ci siamo fermati davanti a una conca erbosa, rimasta lì, intatta. Ancora, due amanti potrebbero distendersi e farci l'amore. Tra i cani, le pietre. E c'è un argine da cui resta possibile arrivare con una motocicletta rossa.

Moretta è penetrata nella conca. Ha mosso un po' il piede destro in un punto. Mi ha spiegato, semplicemente, che è successo di prima notte. Nel pomeriggio, era caduto un acquazzone. Ma aveva smesso presto. Così, l'erba si era asciugata.

L'appuntamento aveva avuto luogo e mio padre era arrivato sulla motocicletta rossa.

I piovaschi, sono degli *impruvìs*. Come i mulinelli.

Questione di ore. E io, adesso, non sarei a Piazzale degli Archivi.

4.

Il mio non voler figli è stato una delle cause della rottura con Marianne.

Il resto, come ho detto, lo hanno fatto le mie *curiosità*.

Non le ho mai nascoste o negate. Specie con Marianne. Perché mentirle su pratiche della conoscenza che confermavano, secondo me, la stabilità di un rapporto che poteva benissimo concedermele? Un giorno, Simone farà le sue prime scoperte e proverà il desiderio di comunicarle; ebbene, ciò non tenderà agguati al legame con la madre, ma ne sarà parte indispensabile.

Era di nuovo l'intransigenza di Marianne, a offuscare il quadro. Per lei, le mie curiosità erano atti impuri, nient'altro. E il suo concetto di impuro andava, dalla sessualità, all'idea stessa della vita. Gli alibi di un ipocrita, ingordigie carnali.

« Forse neanche te ne rendi conto » cominciava. « Arrivo a concederti questo: che tu non ne sia cosciente. Ma le cose non cambiano. Hai una doppia faccia, una seconda esistenza, sotterranea, che ti imprigiona nell'ambiguità. Me ne escludi. E non lo sopporto. »

Diventava sentenziosa:

« Perché non sai rinunciare a niente? La tua vita è zeppa di figure minori, realtà secondarie. Ogni figura in cui ti imbatti, assume subito un significato, per poi rivelarsi, invariabilmente, l'impersonificazione dell'inconsistenza. Una vita da cui spazzar via una quantità di scorie. »

Mi colpiva una frase: « La tua retina sembra una calami

ta ». Esatto. Senonché, di questa calamita, avevamo concezioni opposte. Per lei, restava la pietra dell'inganno ottico. Per me, un occhio capace, oltre che di sorprese, dei poteri che Eurte mi aveva insegnato.

« Senza la curiosità, la fantasia è spenta, infelice » le ripetevo, riascoltando le lontane parole trascinate nei greti. « E come potrei lavorare, senza fantasia? Sei tu, che ci inventi gli alberi maligni. »

« Vorresti dominare il mondo sentimentale e sessuale di tutti. E non ti accorgi che ne sei dominato. Che quel mondo non ha sentimenti. »

Tornava al *disincantare la montagna.*

« I tuoi sono fantasmi mitici che si vanificano a vicenda. E ti lasciano nel tuo dilemma. »

« Quale dilemma? » chiedevo col mal di testa.

Parodiava un Amleto sarcastico:

« Scontrarsi col mondo o ritirarsi da esso?... »

E poi:

« Basta così. Non parliamone più. »

Parole, invece, fino alla nausea. Notti in bianco. Nervi che si logoravano. Le dispute scoppiavano senza nemmeno più una ragione plausibile.

« Mi sono sempre sforzata di restare fedele ai miei princìpi. »

Cercavo di spiegarle quali deviazioni, in certo senso disoneste, imbocchi l'onestà quando s'impadronisce della mente come un vizio. Le facevo notare: « Princìpi che hai cambiato quando ti andava... Princìpi periodici! ».

« Può darsi. Ma, contrariamente a te, non ho mai ferito nessuno. »

Era vero. Mai un'ipocrisia, una reticenza. Non mi aveva mai tradito. Di pari passo con l'onestà, il suo essermi fedele era un'altra macchina bellica costruita per resistere alla sfida dei desideri altrui.

In pratica, la paura di perdermi e di fallire nel ruolo l'esasperava con sospetti irragionevoli; da quando aveva stabilito di essere moglie, Marianne non sapeva distinguere, nelle ombre, le insidie dalle innocue suggestioni. Mi inteneriva il suo dibattersi dove vivere non è geometria, ma zona franca di inverosimiglianze e scena in cui gli attori devono anche improvvisare senza copione. Dal suo sguardo infelice e tuttavia determinato, capivo che la causa non ero solo io, ma piuttosto l'incapacità di provare sentimenti diversi da quelli che si era imposti.

Riprendeva: « In casa di mio padre regnava disciplina. Mio padre aveva la nevrosi dell'ordine e del mantenimento delle situazioni. E lo faceva valere col pugno di ferro. Era uno specialista dell'intimidazione ».

Esitava:

« Ma anche tu, a tuo modo, lo sei. Mentre io volevo un marito che mi desse pace. La soddisfazione delle cose normali. Delle abitudini, anche. »

Non le chiedevo che intendesse per *cose normali.*

« Trovatelo, quest'uomo, se esiste. »

« Lo dici senza crederci. Sai perfettamente che potrei avere quanti uomini voglio. Ma io non faccio prove. Come fai tu. Aspetto il giorno che, guardandoti, vedrò in te un estraneo. Mi conosci: quel giorno verrà. Allora, non sarò più una moglie, ma l'amante di un altro, una mantenuta, o chissà che. » Si concedeva ironie: « Vedi? Anch'io ho una curiosità: che trasformazioni subirà il mio sentimento amoroso? Fenomeni di arresto, regressione, anomalia? Diventerà narcisismo, omosessualità, sadismo?... ».

« Questo non è Freud, Marianne. È Alberoni. Tutti, anche il Divino Marchese, Santa Caterina e il suo leccare piaghe, il Céline delle Bagatelles, l'antipaterno Swift che consigliava di mangiare i bambini, ma non l'Alberoni! »

I pensatori cari a Marianne. Avvolgendo in carta i loro pensieri, alcuni non si accorgono che il pacco che ne risulta è spesso dinamitardo in mano a certe lettrici. Intanto, dentro di me, sull'aria libatoria della *Traviata*, mandavo le parole del mio Rabelais, che passava il tempo a mettersi in situazioni disperate. Io mi sono sempre vergognato come un ladro a dire a una donna: ti amo. La frase, intendo. Avevo amici invece bravissimi, che sapevano anche correre in piedi sul sellino della bicicletta o cantare, spensierati, quell'*Aida* e *Traviata* che solo i miei pensieri canticchiano.

Ma le utopie sono altri *impruvìs*.

« L'uomo del nostro tempo, Marianne, in una donna non rispetta che i fallimenti che egli stesso provoca. Misura la grandezza femminile per ciò che non riesce ad essere. L'ideale maschile è la vostra mediocrità. Che, sì, fa vivere in pace. Ma tu non potrai mai vivere in pace, perché non sei mediocre. »

Se avesse perduto me, quali rischi avrebbe corso il suo dogmatismo in un mattatoio che distrugge le qualità la cui grazia è un insulto al miserabile furore? Quanti dei conti che pagavo, sarebbero rimasti a lei, una volta che non le fossi più stato alle spalle, a pararle colpi?

Sciocchezze, anche queste. Ma le utopie sono *impruvìs* che tirano per i piedi.

« Io non ho paura della solitudine » protestava. « Tu, sì. »

Quando la stanchezza dei nervi portava alla stanchezza delle parole, ecco la volgarità. Marianne se ne serviva, ma attribuendola a me. Lo sapevo e la prevenivo.

« Io non vado a puttane. Le puttane, come le intendi tu, sono una delle tue gerarchie asburgiche. » Alzavo la voce: « Puteus, pozzo! Ci siamo dentro fino al collo, anche io e te. Non te ne accorgi?... De ces vieilles putains la funèbre gaîté! Stiamo perdendo anche la funebre gaiezza ».

Baudelaire non serviva. Lo immaginavo alle prese coi miei stessi *suspiria de profundis*, vagheggiando maestri di consolazione, come De Quincey: "Robinson può alla fine lasciare la sua isola; una nave può approdare a una spiaggia, per quanto ignota, e portarsi via l'esiliato solitario. Ma quale uomo può uscire dall'inferno di una convivenza che tutto avrebbe per essere perfetta, tranne la comprensione?".

« Tu sei pazzo! »

« Bene, se questo pazzo si insinua nella vita di una dannata donna, e dico dannata perché non vi accorgete, voi donne, di odiarvi a morte, è per capire un modo di essere. Magari senza neanche piacere. Con tristezza. O il terrore con cui ascolto te, in certi momenti. Persino con disprezzo. »

« Se le disprezzi, perché non le lasci perdere? Io non frequento gente che disprezzo. »

« Come posso essere curioso di un albero » continuavo: « Di una luce. Prendiamo una luce a una finestra. Io guardo quella finestra illuminata, ed ecco che la vedo diversa dalle altre, provo il bisogno irresistibile di conoscere che vita può svolgersi dentro la camera sconosciuta. Il rammarico, assurdo lo riconosco, che quel mistero mi sfugga. »

« L'unico vantaggio degli alberi, è che poi non mi ossessionano con telefonate... Le stupide con cui ti perdi. S'illudono e poi seccano me. »

Ci provavo. Rinunciavo alle mie curiosità, chiudendomi in casa per giorni. Ma finivo per soffocarci, come nella cabina di Piazzale degli Archivi. Scompariva l'impagabile piacere dell'ubiquità: di perdermi nell'imprevisto di vite diverse, per lo più oscure e tempestose, subito rientrando nella solarità di Marianne. Confrontare, sulla mia pelle, il doppio della realtà.

Le pareti si facevano quelle della casa del Greco. E da esse prendeva corpo la *Dama dell'ermellino*; con gli occhi e le labbra atteggiati al sarcasmo e alla sensualità, si apriva un varco a fil di lama. Allora scappavo, a cercare le mie api selvatiche, come diceva Eurte.

Dopo, non c'erano parole ad attendermi. Il bisogno di massacro che, nei conflitti storici, si abbatte sugli innocenti, passava dalle parole agli oggetti. Facendosi concretamente demolitorio, l'alterco sanciva un'impossibilità di vedute comuni.

Come può essere venuto in mente a Eraclito che "la guerra è madre delle cose"?

5.

Avevamo arredato l'appartamento con molta cura. Esprimeva le nostre opposte mentalità e si sarebbe potuto tracciare un ideale confine tra il territorio che portava i colori di Marianne e l'altro con le mie più modeste bandiere. Sua era la zona *biedermeier*: molti i mobili e gli oggetti del trentennio che andò dal Congresso di Vienna ai moti del '48, ispirato al personaggio – Biedermeier, appunto – uscito dalla fantasia dei due maliziosi scrittori Eichrodt e Kussmaul. Il bravuomo che fa della casa il centro del suo mondo di consuetudini passive, rese il più possibile confortevoli.

L'educazione ricevuta da Marianne, si espande tuttora – ripeto, non ho toccato nulla di quanto le apparteneva – dai due mobili di Josef Danhauser, l'artigiano che sostituì il faggio al mogano, e affermò il ciliegio, l'acero, scoprendo la poesia dei legni chiari; dalla servante e dal secrétaire, per non parlare delle tipiche viennesi in dirndl, il costume dal corpetto stretto e la gonna ampia, la cui ottusità conosce la buona fattura delle porcellane augarten.

I fiori intagliati o ricamati, le humiles myricae, le silhouettes nere su vasi e cuscini, sono in realtà fantasmi mascherati dalle suggestioni decorative. Capisco le ragioni ataviche che hanno lasciato, in donne come Marianne, una stanchezza altoborghese per le avventure di tipo napoleonico e uno stato d'allarme per una rivoluzione già nell'aria, ma da cui ci si distoglieva con ingannevoli euforie: i balli alla Fanny Elssler, i fidanzamenti alla Kathi Fröhlich, le note care ad Anna Strauss.

I miei gusti risaltavano invece dalle stanze meno battute e meno esposte al sole, paragonabili, in termini geografici, a una costa piena di insenature in una regione artica. Da esse, nessuna idea precisa dell'abitabilità; vi erano confuse troppe civiltà, ciascuna con una patria e un tempo differenti. Fu confinato lontano dal soggiorno persino lo studiolo decorato con bambocci da ebanisti toscani. Anche per gli oggetti che portavo dai miei viaggi, Marianne provava rancore: le ricordavano lunghe solitudini.

Prediligo le porcellane a imitazione del Blanc de Chine; bruciaprofumi e ciotole mostrano figure incantate da cieli di smalto e l'immagine buddistica di Kuan Yin esprime la curiosità che spazia, fruga le nubi e la terra, stando del tutto immobile e praticando l'arte dell'ombelico.

Dopo la partenza di Marianne, ho ripescato dalle cantine le *celestìe*: le miniature che i trovatori di Po fabbricarono alla fine del Settecento. Si tratta di donnine nude che affondano la testa nel gomito con la grazia del daino, vergognose delle natiche enormi che sollevano in aria, e di altre creature che non si capisce se siano putti o nanetti, certo è che i loro sessi hanno incredibili forme. Un glande scoppia nei petali di un margheritone; una vagina ha un occhio al centro e un copricapo claunesco; due testicoli ridono con un ghigno da megere sotto l'asta di un omino, mentre sull'asta di un signore grasso siedono i figli e la moglie, come in una luminosa scena etrusca.

Non hanno niente da invidiare ai reperti della civiltà minoica, crioforos della Dea Madre; i colori, l'eleganza, sono gli stessi delle "Signore azzurre", del "Principe dei fiordalisi", dei delfini nel Megaron della Regina.

La distruzione aveva inizio.

Le porte sbattevano violentemente, facendo tremare le lampade ebraiche. Il Cavaliere con cavallo impennato, del barone Sorgenthal, s'impennava ora a ragion veduta. I piatti ovali dei colli bassanesi, con spartiti e strumenti musicali – avamposto delle mie forze in campo – rispondevano a Marianne con una beffarda aria di mandole. Ne portano i segni: il più grande, è bendato all'occhio perso in battaglia, come il Maresciallo Neipperg.

Sul tavolo di cristallo del soggiorno, spazzato da libri giornali e mucchi di posta, il meccanismo del piccolo automa svizzero, la scimmia che pulisce le scarpe, si rimetteva in moto; a ogni giro, la scimmietta scrollava le spalle e dava una sfregata alla scarpa. Il Buddha del periodo Hajan – ricordo di un mio viaggio particolarmente felice, e Marianne lo sapeva – cadeva a terra confermando il canto del Ramayana: "Sorridi pure, o saggio spirante". Di lì a qualche giorno, la statua tornava, con le ferite suturate, dalla bottega dell'amico restauratore, in Via dei Giubbonari. Dai cocci che gli portavo nello scatolone, egli valutava il nostro correre verso la fine:

« Ormai ci siamo » diceva: « Crescono. Crescono ».

Svanivano stelle puntate, dall'astrolabio in rame, con la stessa rassegnazione del mio sguardo; ma noi eravamo sempre fermi e sospesi, su quelle ore impetuose, come il dromedario sull'orologio a pendolo del primo Ottocento francese. Il Commodo con gli attributi di Ercole mi lanciava un sogghigno; io ritrovavo slancio verificando certi errori di valutazione. Mi fu chiaro, ad esempio, che a Marianne non stavano affatto a cuore le schiere *biedermeier*: le aveva disseminate con strategico autolesionismo, per specchiarsi nel proprio passato, provandone una segreta ripugnanza non diversa dalla mia.

Ricordo che quando scagliai una venditrice in dirndl, centrando la porta d'ingresso, ebbe un lampo felice. Allora ne lanciai una seconda, una terza. In breve, le povere ragazze viennesi, dalle gote tonde e rosse, giacquero sulla moquette come dopo una decimazione, e anziché dall'amico restauratore, finirono nella spazzatura.

L'aikuki, la daga giapponese, faceva balenare idee delittuose. Le figure incaiche con arciballo, dipinte coi segni della pace eterna, ribadivano che la morte non è poi il peggiore dei mali. Il nascere del giorno ci dava brevi tregue e il sole che rimbalzava sull'arpa diatonica in legno dorato, insinuava nel mio dormiveglia una nostalgia di musiche per sempre perdute. Le ostilità riprendevano e io mi chiedevo, di soprassalto, cosa le avesse di nuovo scatenate. Forse le baccanti dell'arazzo Aubusson, che ricordavano a Marianne le fornicatrici del puteus.

Andava in frantumi un bruciaprofumi a forma di cerbiatto dalle corna troppo lunghe e decisamente allusive. Nel vaso indio modellato invece a cranio umano, con sopra un'anitra rossa e gialla, Marianne cercava di inculcare le idee che non entravano nella mia testa, col risultato che lei si ritrovava con l'anitra stretta per il collo e io in ginocchio sul tappeto, a raccogliere i pezzi da mettere nello scatolone.

L'argenteria di Strasburgo rovinava con un suono cupo anziché argentino, quasi che brocche e saliere brontolassero con un'abitudine storica alle intemperanze padronali; quel lascito della madre di Marianne, infatti, ci era giunto con le ammaccature di altri alterchi austriaci: probabilmente, concause dei nostri.

Le raccomandavo di non rompere gli specchi. Ma lei non è superstiziosa, così partiva la specchiera dove mi guardo quando mi sveglio da certi sogni, e sarà per le incrinature mal sistemate, le zone opache nella superficie riflettente, che non capisco mai se la mia espressione tenda all'insù, all'ottimismo, o all'ingiù, verso l'abisso.

Non si permetteva atti iconoclastici – Marianne è una credente saltuariamente praticante – perciò le tappe di Cristo sulle pagine dell'antifonario usate a paralumi, si salvavano in extremis e gli angeli portaceneri volavano di rado. Finché l'armatura giapponese Yokohagi-do-gusoku non sembrava gridare basta dal buco a squarciagola della maschera, con la voce imperiosa del samurai, fra le ali dell'elmo forgiate sulle sembianze del mitico uccello Hò-Hò, i copribraccia e i paramani tesi in un gesto di cessata sopportazione

Riconosco che le cose hanno continuato a dimostrarmi una solidarietà sorprendente. Ora che sono solo, senza più battaglie, continuano a parteggiare per me contro il vuoto.

6.

...una forza che si nutriva, direi, proprio della nostra stanchezza, ci spingeva di fronte all'ultimo mobile – il letto – che non aveva altro stile che la comodità e non rappresentava altro mondo che il suo, sotto la testiera di pelle bianca incorniciata d'ottone. Si stendeva indifferente, sapendosi indistruttibile: anzi, col potere, falsamente pacifico, di dissolvere ogni residua volontà di reciproca distruzione.

I nostri alterchi avevano, come le foglie, questa capacità di mostrare un rovescio splendente e non lacerato dalle burrasche. Finivano, spesso, in intese sessuali non meno violente e assolute, con le quali riuscivamo a praticare, nell'armonia dei corpi, la sincerità così difficile da armonizzare con le parole.

Devo convenire che le felicità sessuali provate con Marianne, non le ho conosciute con altre.

Si lasciava cadere accanto a me. Il suo volto riacquistava colore, e anche dal mio stomaco s'allontanava quel mal di mare da naufraghi. Ne guardavo il corpo che una complessa storia di incroci genetici, proficua quanto distruttive si dimostravano le tramandate educazioni, aveva fatto sicuro di sé e, a differenza del suo animo, inattaccabile da competizioni e minacce. Somatizzava, in positivo, la maturità e la chiarezza mentale che altrimenti le sfuggivano.

Pensavo: come la bellezza fisica può essere morale! Nessuno cercava più di avere la meglio. Entrambi l'avevamo. Si lasciava penetrare di fianco, nella posizione d'abbandono, vigoroso e puerile, che preferiva. Quale legame tra la disponibilità con cui sapeva immettersi alla perfezione nel mio ritmo, di tempi e desideri, e l'ostilità appena consumata?

Ora pretendeva la mia vicinanza estrema, cadute le inibizioni che, nelle dispute, la raggelavano.

Alla fine, i contorni delle cose non distrutte si facevano puri. E non eravamo più sospesi su un tempo estraneo, come il dromedario di bronzo sull'orologio primo Ottocento. Ma fusi con la piccola sveglia sul comodino.

Poi Marianne andava alla finestra. La vedevo stirarsi come un gatto.

Diceva con dispiacere: « Questo tempo sta volando ».

7.

Mi dichiarò esattamente:

« Ti vedo un estraneo. »

Io la vedevo, al contrario, più che mai familiare.

« Rispondimi. Reagisci. »

Non mi riusciva. Mi sembrava di aver ascoltato un'assurdità che non mi riguardasse affatto.

« Quando cercavo di figurarmi questo momento » continuò « me lo immaginavo doloroso. Perché non mi dà alcuna emozione? »

Il suo sguardo era vuoto. Non c'era bisogno, da parte mia, di aggiungere nulla.

« Come se questi anni non fossero mai esistiti. »

« Succede. »

« Vuoi dire che è possibile che tante realtà si cancellino così, senza lasciare traccia? »

Non lo credevo. Ma le risposi:

« È possibile. »

Mi afferrò un braccio:

« Aiutami a provare almeno un'emozione. »

« A che può servire, ora? »

« Se non reagisci, significa che anche a te, in fondo, fa piacere che mi tolga di mezzo. »

Che lo pensasse pure. L'incapacità a provare emozioni, se la stava imponendo lei. Non rientrava nelle regole.

« Lo sapevi che, prima o poi, sarebbe accaduto. »

« No » le dissi sinceramente: « Non lo sapevo ».

« Ma ti avevo avvertito. Non puoi accusarmi di slealtà. »

Non l'accusai di nulla. Non l'avevo mai fatto.

« Non hai avuto nemmeno un presentimento? »

« L'ho avuto. Un istante fa. »

Mi lasciò il braccio. Non ci saremmo più toccati.

Scrutò gli alberi. Sapevo cosa stava pensando. E anche a me venne da pensare, come unica reazione, che avevamo conosciuto le nostre piccole fatalità sempre a cospetto di una natura invadente. Sembrava che soltanto l'intimità atmosferica, che esprimeva il desiderio misterioso delle cose, sollecitasse la nostra. Boschi, parchi, angoli disseminati nel verde, che Marianne, con una delle sue rare punte d'ironia, chiamava *i giardini di Schnitzler*. In questo autore, tra i suoi preferiti, torna l'immagine degli chalets in colline dove, nella buona stagione, si va a mangiare sotto il pergolato. Ma il paesaggio, quasi arcadico, può rivelarsi un'illusoria uscita di sicurezza. Accade che simili luoghi, apparentemente senza drammi, in cui i destini si intrecciano e si disfano con pudore, ci facciano inciampare all'improvviso in cadaveri, senza che nessuno abbia udito lo sparo.

Ecco allora, sotto i nostri occhi, l'incarnazione funebre del motto di Hofmannsthal: "La profondità va nascosta. Dove? Alla superficie".

Me ne resi conto tra gli alberi del ristorante di Gaeta. Mi ci aveva portato lei e lungo la strada era stata bravissima a ingannarmi. Non un segno di ciò che aveva in mente; anzi, un atteggiamento rassicurante. Né mi aveva insospettito l'attenzione remissiva, che avevo scambiato per complicità, con cui mi aveva ascoltato parlare dei nostri progetti o dei miei propositi di scrittore.

In genere, mi contrastava vivacemente.

Rispettai fino in fondo la banalità della situazione. Anche la banalità ha i suoi *impruvìs*. Le chiesi se avesse già sottomano il prototipo dell'utopia che aveva progettato per il suo cambiamento radicale. Mi rispose di no. Ma, da quel momento, avrebbe cominciato a cercarlo.

« Già » osservai senza più nemmeno sarcasmo « lo cercherai con il tuo computer asburgico. »

« Esatto. E lo troverò. »

« Si può anche vivere soli, se è per questo. »

« Ho le idee chiare. Avere figli. Essere soddisfatta. »

« Come amante o mantenuta? » le ricordai. « Come mantenuta sposata o indipendente? Narcisismo, omosessualità, sadismo?... »

Avrebbe sposato il suo nuovo ruolo. Di questo, eravamo certi entrambi. La immaginai allontanarsi, con la lanterna di Diogene, dalla mia botte, e provai terrore per lei.

Nessuno ci vide più insieme. Se ne andava, la sera, con amici che non conoscevo. Rincasava tardi; la udivo dirigersi nello studio, dove dormiva sul divano. Presi a informarmi. Venivo a sapere che ogni uomo a cui si accompagnava, nascondeva qualche trappola di cui mai si sarebbe accorta. Allora decisi che, a sua insaputa, avrei continuato ad essere, del suo dogmatismo, una deviazione ribelle, un vizio imperdonabile.

Persa per persa, l'uomo – non dell'utopia, ma del male minore – glielo avrei propiziato io. Era un'impresa in cui non serviva la sua intransigenza, ma la lunga esperienza del labirinto che soltanto un grande curioso possiede.

Forse si trattò d'altruismo, o forse dell'opposto: del peggior atto di egoismo che avessi mai commesso. Non me lo chiesi.

Capitolo ottavo

1.

Presi a meditare su quale sia l'*uomo perfetto* per garantire soddisfazione a quei familiari (moglie, figli) che oggi intendano vivere in pace alla sua ombra, per quanto si può; disposti, a tal fine, a sacrificare la dignità della ribellione, il desiderio di mutare le cose, nonché le conquiste della dialettica. Insomma, il nume tutelare di quanti, deposte le armi dell'offesa e della difesa, vogliano dedicarsi alle regole di buona convivenza che sopravvivono in una sanguinaria show-society, di cui pur riconoscono le infamie.

Un'avvertenza: al prototipo in questione competono funzioni temporanee. Egli deve durare in carica qualche anno e saper provocare al momento dovuto – specie nelle mogli mutevoli – quella repulsione tipicamente femminile che induce alla sua eliminazione, che può anche non essere fisica. Ci si aggira, grosso modo, nei paraggi del Giano bifronte: rassicurante la faccia solare, ripugnante quella della luna. Ma con un tale dosaggio, tra l'esplicito e l'occulto, da non far precipitare lo sdegno, né creare assuefazione.

Dovevo tracciare l'identikit e, in seguito, trovare l'assassino assassinabile. Arduo compito. Su un cartone da disegno, abbozzai coi matitoni la testa, gli occhi, la bocca, le spalle, il petto, le mani, il sesso, le gambe, i piedi. Erano sagome che circondavano spazi bianchi, nei quali annotai spunti e considerazioni.

La testa.

Deve avere una fronte bombée, propria dei nuovi mandarini, ossia dei *mediatori*. Il contenuto, più o meno, si rivela il seguente. Anzitutto, una certa percentuale di Dio: facciamo un trenta per cento. Un Dio considerato un happening del previsto e dell'imprevisto. Disponibile al rabbino, al sacerdote cattolico, al buddista e al marxista pentito; ma con una prevalenza di realtà cattolica, cristianesimo demitizzato, con gli occhi aperti all'economia dello spirito, da intendersi non come affare di coscienza, ma come coscienza dell'affare.

I *mediatori* atei sono degli isolati. L'umanità dei potenti, tra i quali hanno il compito di mediare, teme per sé la morte che non teme di dare agli altri, perciò traffica con le chiese. Diciamo che i *mediatori* non sono fatti per Dio; ma Dio, se in giusta percentuale, per loro. Più è crocefisso, meglio è. I *mediatori* possono anche equipararsi ai nuovi centurioni, che si giocano la tunica ai piedi della croce.

Aggiungiamo, dunque, un cinquanta per cento di sapienza affaristica. Assente, in essa, ogni sentimentalismo. Ha sempre praticato, al suo interno, un rapporto adulto, quasi non avesse mai conosciuto le ingenuità dell'infanzia e dell'adolescenza; non conosce illusioni o vagheggiamenti della memoria. L'abitudine al falso – caratteristica del prototipo – è solo un'estrema intelligenza del falso delle abitudini. Il *mediatore* sostiene che le più grandi invenzioni del Novecento sono il computer e il transistor, che hanno consentito l'intelligenza artificiale.

Sue convinzioni, diciamo epicentriche: la lotta politica impone abbracci economici; le banche sono il banco di prova; l'erotismo della banca è di natura superiore e conferma il motto "non grande che intoppi, non lungo che sfondi, ma duro che duri".

Nessuna paura di perdere la propria identità, nemmeno di fronte ai carabinieri. Non piangere sulla propria sorte, farne piangere gli altri. Concetto che l'arte è una mosca cocchiera che non modifica un bel nulla del carrozzone da cui si fa portare. Rovesciamento dell'altro motto l'*imagination au pouvoir* in *le pouvoir sur l'imagination.* Fingere di alienarsi nel lavoro riuscendo, in realtà, a rendere alienati i sottoposti. Giusta fede nella pena di morte, non nella morte come pena (i *mediatori* si ritengono immortali). Riconoscimento di una società permissiva, soprattutto delle loro azioni. Non agire in modo casuale, non dare libero corso agli impulsi, bensì soggiogarli a un fine superiore: se stessi.

Si aggiunga un venti per cento di cultura di base, tendenzialmente tecnica. Basta anche ragioniere. Forte istinto nozionistico.

Bocca.

Il totem del *mediatore.* L'organo deve essere naturalmente conformato per gli oracoli del manager, il quale dice cose che non tutti possono pronunciare. La grandiosa mutazione antropologica manageriale comincia dalla cavità orale: concetti astratti per azioni concrete; oppure, concetti concreti per azioni astratte, che tendono a ingannare l'avversario o a camuffare l'imbroglio.

Il prototipo emette frasi senza nessi e connessi come "Neopluralismo democratico"; o finto-spregiudicate come "Ho provato a guardare quel Proust di cui parlano tanto, ma non ci trovo niente"; o del tutto ipocrite come "Ho la virtù di non avere virtù, il coraggio di essere banale"; o sincere, per quanto passate da boutades, come "La sincerità è un vizio, mai mettere l'anima a nudo, si scoprirebbe che è uno scheletro".

Altre affermazioni (occasionali): "Il male del capitalismo è la compartimentazione, ossia la rottura dei vasi comunicanti, fino alle specializzazioni. Esse sono foibe. Un inferno di solitudini. Chi sa mediare, come una Penelope finanziaria, i settori separati, svolge opera morale". Segue una serie di citazioni, da pensatori più o meno celebri, manipolate dal prototipo a proprio uso e consumo. Egli le pronuncia durante le colazioni e le cene di lavoro. Un esempio, da Joseph Roth, senza tuttavia il sarcasmo dell'originale: "Signori, oggi mi sforzerò di dimostrare che la borghesia è immortale. Nemmeno la più terrificante delle rivoluzioni, quella bolscevica, è riuscita a distruggerla. Anzi: si è creata una sua operante figura borghese".

Occhi.

Sede della finzione. Si capovolge l'imperativo: a me gli occhi! No: gli occhi agli altri, affinché vedano come noi! Sguardo fittizio da coprire con occhiali. Sa produrre negli interlocutori, a seconda dei casi, apatia o euforia: manifestazioni, entrambe, della fuga interiore dalle profondità. Se vede un morto ammazzato per strada, ci si sofferma, purché la strada sia la sua. Nel prototipo, sono gli occhi che pretendono di avere intorno dei lacchè; i leccapiedi, infatti, non lavorano più sugli arti inferiori, servono per la ricezione di stimoli luminosi.

Spalle.

Da velista: forti, ma non troppo massicce. Spina dorsale dritta. Intelaiatura adatta a reggere passioni limitate, riscattate dal sesso. Qui le pose, le vanità intellettuali diventano dinamiche, come nelle gambe. Spalle da Enea, che si portano il padre, la madre, i figli, specie le mogli e le amanti, purché non intralcino il passo.

Petto.

Nessuna disperazione sorda o senso del vuoto. Peli, sì, purché non grigi. Malinconie, ma passeggere: canine, direi, per le quali basta buttare, al momento opportuno, un osso al cane. Nello stomaco, sta la concezione del mondo. E la maestria di mediarne il grado di commestibilità. Di solito, il prototipo soffre di gastrite, ma non lo dice, lo si capisce perché ingurgita furtivamente capsule piene di palline colorate. Concetti: "L'anima? È l'eutanasia del buon senso pratico". Oppure: "Niente nevrosi, è noiosa perché pensa solo a se stessa, se no sarebbe anche divertente".

Robuste inspirazioni ed espirazioni di sdegno morale.

Mani.

Sede, oltre che dello spirito adulatorio, dell'ipocrisia. Infinite possibilità espressivo-gestuali. Reprimono l'ira restando suadenti. Esperte nella stretta che sancisce l'affare, ne conoscono la tecnica a *gassa d'amante*, più nota nelle impiccagioni: non scrollatoria, come nei vecchi sensali, ma col palmo a lama, rassicurante e insieme un po' minacciosa. L'importante è lasciare, nel contraente, almeno un dubbio che l'esito possa ancora subire un voltafaccia.

Anche i gesti della sensualità e dell'amore, inghiottiti dalla corsa del tempo manageriale, vengono estratti, all'occasione, come conigli dal cilindro. Abile di mani (carezze opportune, arditezze erotiche, pugno chiuso) il prototipo può far intendere a una donna ciò che vuole. D'altra parte, non è raro che, di un assassino, una donna dica: però, ha delle belle mani.

Segmenti terminali la cui eleganza si nota specialmente quando vengono avvolti dalle manette della Finanza.

Gambe.

Sta qui il desiderio che il mondo sia di ghiaccio, secondo il concetto: il potere è degli uomini freddi. Altra massima: le difficoltà vanno affrontate con passo svelto; esse sono come i paesaggi, mutano di necessità strada facendo, e si incontra sempre un casolare in cui nascondersi.

Sesso.

Da *mediatore* democristiano. È la degenerazione della mentula, o "spiritello", termine impiegato nel linguaggio satirico latino. Qui si relegano, lontano appunto dallo spirito, quei divieti che, grazie alla mediazione compiacente del timor di Dio, una volta violati diventano un propellente per erezioni ottimali. Queste traggono lussuria dall'eccitante ipotesi dell'inferno, nonché dal senso del peccato mortale: da intendersi, nel nostro caso, quale *piccola morte*, secondo la definizione che i saggi del brahmanesimo davano dell'orgasmo gaudioso.

Dopo il fallo romano, greco-classico, detto anche a goccia di putto, l'oblungo sasso di Cuzco, per non parlare dell'indoeuropeo Bhel, la Storia ora conosce anche il pene da *mediatore* democristiano, che si differenzia da ogni altro per l'adagio popolare "che ci sia ciascun lo dice, come sia nessun lo sa".

Il sesso del prototipo pratica il coito fecondante, ma oculato: di solito, gli basta un figlio.

Concetti: niente libertà sessuale, fuorché la propria. La prima si nega per principio; la seconda, specie con le mogli volubili, per prudenza. E ancora: la donna può competere con l'uomo solo perché ha il sesso, più o meno, alla sua stessa altezza. Ma non lo si dichiara esplicitamente. Si preferisce tradurre nell'ambiguo: la parità dei sessi è un metro naturale.

Piedi.

Fatti per calzare stivaletti. Calpestano ciò che non appare rilevante e utile, a volte qualche fastidioso escremento. Non si dimentichi che Piede è, in greco antico, il nome di Edipo (esattamente, piede gonfio). Illuminante l'enigma della Sfinge, che prospetta una creatura che cammina prima con quattro piedi, poi con due, infine con tre. La tradizione intende il terzo piede come il bastone della vecchiaia. Innocente interpretazione. Si tratta, in realtà, di ben altra cosa: bastone, sì, ma del *mediatore*.

2.

Restavo a fissare l'identikit.

Cosparso di scritte come un fantoccio pubblicitario, sembrava ricambiarmi col mio stesso sarcasmo, e non riuscivo a immaginare nessuno che vi corrispondesse. Non avevo il dovuto distacco? Difficile averlo, d'altra parte, ipotizzando individui di una civiltà diversa dalla nostra e verso i quali giocano il fascino del rifiuto e un rancore sia presente che futuro.

Quella mescolanza di caratteristiche, nate dall'ironia dei matitoni, un po' fanciulli, restava un'utile parodia. Mi venivano in mente nemici e amici, o semplici conoscenti. Ma ciascuno denunciava, accanto a indubbie "virtù", l'assenza di malizie e accortezze che ritenevo indispensabili. Scoprivo che, se è vero che nessuno è perfetto, anche l'imperfezione ha i suoi limiti. Più di quanto non si creda. Faceva difetto, ai candidati, soprattutto l'intelligenza dell'ipocrisia. L'ipocrisia dilaga, ma è per lo più stupida, fragile, senza sentimento. Se non simula il sentimento, essa è strabica; non si sa mai dove cade.

Ancora una volta, mi prese di rimbalzo un *impruvìs*. Cominciarono ad arrivare mazzi di fiori. Prima con discrezione, poi con spavalderia. Erano accompagnati da biglietti che Marianne non si preoccupava di nascondere. Li lasciava in giro appunto perché li leggessi. E io trovavo sorprendenti riscontri tra le frasi scritte con calligrafia minuta e poco comprensibile, e il prototipo che stava sul mio tavolo di lavoro.

Non servono lunghi discorsi. Spesso, basta una frase, specie se è uno slogan per catturare la preda. A esprimere Mussolini, non fu tanto il balcone, quanto "Spezzeremo le reni alla Grecia".

Con quei mazzi costosi e giganteschi, il *mediatore* si insediò in casa mia. E se all'inizio si era trattato di rose o orchidee, ora gli omaggi erano un florilegio di trasgressioni alla norma. Dove andava a scovarla, il *mediatore*, la specie rara di acantholimon, con le sue spighe stellate, che cresce nelle regioni desertiche? E l'angraecum tropicale? E la grandiflora del Turkestan e del Tibet? Spediva fiori da ogni continente. E ogni specie, appassendo nei vasi, sprigionava l'odore della putrefazione cosmica.

Sembrava che il mondo intero corteggiasse Marianne cogliendo il meglio dei suoi *giardini di Schnitzler*.

Allineavo i biglietti accanto al prototipo, avendo la sensazione che esso si articolasse in quelle propaggini, completando spontaneamente lo schema che, da identikit, diventava autoritratto.

Il *mediatore* lo conoscevo. Era stato, ai suoi esordi, amministratore delegato di una casa editrice che aveva pubblicato una mia raccolta di fole e cante padane. Compreso il Barbablù della Sacca del Canarìn, la più bella ballata del Po. Strenna natalizia che, in realtà, aveva venduto pochissimo. Il che aveva indotto il *mediatore* a reputarmi un imbelle. Seppi allora come l'editoria sia una via di Damasco dove, chi abbia la malsana idea di esprimersi con la penna anziché col fucile, s'imbatte in apparizioni che, di divino, hanno solo l'improntitudine.

Non posso negare, tuttavia, che, pur preso dai suoi voli da Tarzan fra le amministrazioni delegate, il *mediatore* si dimostrò nei miei confronti perlomeno cortese. Specie dopo aver scoperto, nelle occasioni ufficiali, che lo scrittore procedeva sempre qualche passo dietro una donna altamente rappresentativa quale Marianne, tenendosi all'ombra della sua bella figura.

Ora, le sue *mediazioni* erano cresciute a mazzi, tipo quelli che invadevano la casa, striscianti, ma soprattutto perenni come le helxine che ambiscono a essere coltivate in serre fredde e concimate a sterco duro o le ranuncolacee asiatiche che, pur prendendo linfa dal sottobosco, svettano annunciando primavere feconde ai padroni di ville.

Tutte, ripeto, alla fine ammorbavano l'aria.

Il prototipo aveva un nome.

3.

Le cose tornarono a intromettersi.

Mezzi non più di frantumazione, ma di comunicazioni indirette. Mi spiego. Marianne aveva deciso di non rivolgermi più la parola; ciò non toglie che certi dialoghi avvenissero ugualmente. Senza che l'uno guardasse in faccia l'altra. Lei parlava fissando lo specchio in cui fingeva di truccarsi o il giornale che teneva aperto o la tazzina di caffè che stava bevendo. Si rivolgeva alle cose come riflettendo tra sé a voce alta. Io mi comportavo di conseguenza. Evitare di guardarci ci faceva già sentire estranei.

La stupidità umana, dice Renan, è l'unica che dia l'idea dell'infinito. Infatti, ponendo le mie domande o soprattutto dando le mie risposte, interloquivo con una zona neutra dell'esistenza che non aveva limiti di estensione. Così, ai due mobili *biedermeier* di Josef Danhauser, passando con noncuranza il dito nella polvere, o al Buddha di Hajan, accarezzandogli la testa incerottata, o all'armatura del samurai, mettendogli l'elmo per dritto, io spiegavo, forte delle mie informazioni, i segreti difetti, se non i motivi di ripugnanza, degli accompagnatori che si avvicendavano al fianco di Marianne.

E per gli oggetti che, di nuovo, si prestavano alle stramberie di un rapporto, provavo un affetto crescente, il solo di cui fossi ancora capace.

Ma quando il *mediatore* soppiantò ogni altro, smisi di servirmene, lasciando cadere domande e risposte. Mi chiusi nel silenzio. Ecco come propiziai la sua riuscita: semplicemente standomene zitto. Strano, ora era proprio lei, Marianne, a mettere in discussione il personaggio. Ma capivo che si trattava di una finzione. Se avanzava dubbi, era per sottoporli alle mie verifiche e sapere, dalle mie fonti di notizie, se esistessero ipoteche più preoccupanti.

Stando alle dicerie, il *mediatore* era un ladro di donne altrui. Affascinato, in particolare, dalle mogli di personaggi noti: ne aveva già collezionato quattro, con relazioni di varia durata, rubandone due a editori di un certo prestigio, una a un politico, la quarta a un confindustriale. Aveva fama, inoltre, di piacere molto alle donne, chissà perché. Forse per gli occhi di falco, rispondenti a quelli che avevo incastonato nel prototipo: sui suoi tratti facciali, mi facevano pensare ai pavoni di Eurte quando malcapitavano, in preda alla solitudine, nei dossi argillosi.

Il *mediatore* li sfoderava levandosi gli occhiali con seducente tempismo.

Più probabile che le sue fortune femminili si dovessero all'arte da prestigiatore con cui riusciva a infondere sicurezza; al suo farsi deposito viaggiante di angustie e desideri repressi. Dico questo perché egli mi ricordava anche i tram ecuadoriani che, a Quito, avevo visto portare sul tetto una "giardiniera" in cui, via via, le donne vuotavano le immondizie dalle finestre; alla fine della corsa, il tram scaricava, insieme ai passeggeri, le sozzure della città.

Uscite dal suo letto, infatti, le amanti se ne andavano alleggerite e non potevano che provarne gratitudine.

Confesso che l'uomo di cui si dice "piace alle donne" mi ha sempre procurato un sentimento contraddittorio, che se da una parte conosce la frustrazione, per la fatalità con cui uno nasce piacendo alle femmine e un altro dispiacendo a Dio, di contro mi fomenta una reazione di superiorità e di disprezzo. Mi succede come quando, a Po, mi mettevo a guardare l'airone pensando: beato lui che è nato per volare nei cieli; ma poi arrivavano i nuvoloni da Motteggiana, e l'airone me lo trovavo uno straccetto grigio, che se ne stava a inzupparsi di pioggia, con le ali mosce, cercando riparo sotto la gronda della mia casa.

Allora, allungando le gambe verso il fuoco, mi dicevo: così impari, poiana!

Ma le donne son fatte come son fatte, dispongono di organigrammi stabiliti dove ci sono uomini che non possono essere adibiti che alla normale amministrazione e altri predestinati alle amministrazioni delegate. Sede naturale del *mediatore* era il settimo piano, persino nel kafkiano edificio della femminilità.

La prova me la dava Marianne. Per quanto fingesse perplessità, e ne aveva motivo, in realtà era compiaciuta.

Mi limitai a risponderle, una sola volta: « È un airone libero e disponibile. Ha diritto a tutte le conquiste che vuole. Ma, stando alle indiscrezioni, è assai discreto ».

Da quel momento – ripeto – silenzio.

Lo stile del silenzio è ammirevole. Lascia trapelare, a una donna, solo ciò che lei desidera. Per leggere nel mio silenzio, che non conosceva più né gelosie né sarcasmi (mi resi conto di quanto poco si impieghi per assuefarsi al suo neutro veleno), Marianne avrebbe dovuto avere il fiuto della tigre. Quando divora il domatore, la si ritiene crudeltà. Sbagliato. Succede che la belva decifri a tal punto il silenzio del suo compagno di schiavitù, da capire che, una sera, lui ce l'ha con se stesso, si detesta; ed essa, che è diventata ciò che lui vuole, il suo pensiero domato, credendo di fargli piacere lo sbrana.

Ma Marianne, ormai, si esibiva in altri circhi.

C'erano momenti che il mio silenzio si cambiava nel sentimento con cui Don Chisciotte, sulla Sierra Morena dove si è ritirato a far penitenza, concede libertà a Sancho, che ha chiesto di tornarsene a casa, affidandogli semplicemente una missiva per Dulcinea.

Che Marianne andasse pure. Io non avevo missive per il *mediatore*. E se mi ritiravo, era in bagno, a praticare quel sentimento su me stesso, come una masturbazione. Qualunque cosa fosse: pietas o follia.

Ero solo.

Poi mi richiudevo l'anima in fretta – avrebbe detto Eurte – da masturbatore che si chiude i calzoni, e tornavo ad aggirarmi per la casa, dove Marianne compariva sempre meno e i mazzi di fiori non avevano più scopo di arrivare.

4.

Arrivò invece l'*Espace*. È quello che chiamo *il giorno dell'Espace*.

Premetto: io non sono un animale marino e mi reggo appena a galla. L'infanzia non è affatto una tenera età; per certi aspetti, è di diamante. Un bambino sopporta avversità che un adulto nemmeno si sogna; ha una filosofia dell'irrazionale, e dunque del proprio destino, fortissima. Direi che ha una filosofia per tutto, tranne che per i cataclismi. Essi esercitano il loro potere sul retroterra primordiale che, per altro verso, difende i primi passi nella vita.

Chi, da bambino, conosce il terrore di una piena, si tiene alla larga dall'acqua.

Marianne non aveva conosciuto piene. E il mare era il suo elemento. Le avevo acquistato un piccolo appartamento a Punta Ala, dove andava spesso durante l'anno e insieme passavamo l'agosto. Io me ne restavo a riva, lei, dopo avermi degnato di uno sguardo deluso, si tuffava in lunghe nuotate dove la vedevo scomparire. Oppure prendeva il largo su barche di amici. Inutile dire che rifuggo anche dalle barche e da ogni diporto nautico.

L'*Espace* mi stava ora aspettando.

Oscillava al maestrale, con un occhio di sirena dipinto a prua, che mi sfidava ironico per quel tratto che ci separava e avrei dovuto affrontare sul gommone, reggendomi al marinaio. Stesse occhiate mi venivano dal proprietario, ossia il *mediatore*, ben piantato sui piedi e messo a nudo, salvo un minuscolo slip, nell'intelaiatura che avevo pazientemente tracciato coi matitoni; nonché da Marianne che, al suo fianco, aveva già assunto un atteggiamento padronale.

Le vele si aprirono a sipario su quell'ultima rappresentazione che stava per cominciare. Le ondate superavano il bordo, poi il bordo tornava alto, sollevando contro il sole la coppia, e lui ne approfittava per stringere Marianne, offrendole un sostegno che la sua esperienza marinaresca non avrebbe richiesto.

Mi issarono con una certa difficoltà e l'*Espace*, iniziando la navigazione con sbandate capricciose, ebbe le vele gonfie a sinistra. A bordo, nessuna cosa si spostava, tranne me. La terza volta che l'imbarcazione calò sul fianco, per risalire con la poppa sopra la mia testa, si insinuò il mal di mare. Sollievo mi veniva dagli spruzzi che mi sferzavano; ma, in breve, quei voli radenti, e a intervalli, si fecero impetuosi, lasciandomi senza fiato.

« Vedi di non cascare in acqua » mi disse Marianne.

« Reggiti al parapetto » mi consigliò lui.

Mentre mi adoperavo per mettere in pratica il suo suggerimento, il *mediatore* mi descriveva le bellezze del galleggiante. Mi spicgava, come se potesse minimamente interessarmi, che l'*Espace* costava una fortuna e batteva ogni altra barca a vela, per proporzioni e lusso. Sentivo parlare di minitughe e armamenti a sloop. Ignoro tuttora cosa sia una minituga; cercavo soltanto di inchiodare il gomito oltre il parapetto.

Mi illustrò le finizioni, i legni e i tessuti pregiati.

« Chi possiede un *Espace* non deve lesinare su nulla. »

Ascoltavo dettagli di navigazione costiera e d'altura, mentre scrutavo in un altro espace, non cabinato, la sola visione familiare che mi si offriva: gabbiani dove si addensava la nuvolaglia.

Poi passò a chiedermi: « Scrivi sempre quelle fole e cante da dementi? ».

« Più che mai » risposi, ricevendo uno schiaffo biancastro.

Mi squadrò:

« Hai mai letto Rudolf Kassner? »

Ne ignoravo l'esistenza. Per me, era come una minituga. Ma domandai: « Un generale nazista? ».

« Un grande pensatore » affermò seccamente. « Mai letto il saggio di Lukács su Kassner, *Platonismo, poesia e le forme*? »

« Mai » ribadii con soddisfazione. Lui doveva averlo letto nei digesti in cui i suoi collaboratori compendiano le citazioni con cui nutrire le cene di lavoro.

Se ne meravigliò.

« Uno scrittore, certi autori, è tenuto a conoscerli. »

« Giusto » tentai di fargli capire. « Ma magari non in barca e nella tempesta. »

« Quale tempesta?! È un maestrale allegro! »

A me sembrava truce. Come quel Kassner, che non capivo cosa c'entrasse nel mio difficile momento.

« Ebbene, Kassner sostiene che è un errore imperdonabile estremizzare, come fai tu, gli elementi problematici delle situazioni... »

Che alludesse al mio abbraccio al parapetto?

« Per arrivare a cosa? A Dio? Nessuno è Dio. Siamo tutti dei Battista che annunciano nel deserto colui che deve venire... L'importante è prevedere in tempo chi sarà. Riconoscerne il potere, direi la venuta fatale. »

Ora, non vi erano dubbi: alludeva alla nostra vicenda.

Lo immaginai decapitato da una splendida Salomè.

Vedevo le sue labbra muoversi. Ma non udivo più nulla: contro i miei timpani, le ondate martellavano altri concetti. Mi arrivò, in uno squarcio: « ...Kassner sostiene che l'uomo moderno è un Amleto di cui non fu mai ucciso il padre! ».

Ricordo che provai il solo rimpianto di non averlo ucciso io, il padre di questo Amleto dei nostri giorni, a tempo debito e prima che lo generasse.

Mi voltò le spalle e, da quel momento, mi ignorò. Dalla mia, stava il fatto che avevo accettato di salire a bordo ben cosciente di come la recita sarebbe finita; anzi, per favorirne la fine. La coppia avrebbe trionfato su di me, senza alcuna difficoltà. Ma questo lo sapevo io. Magra soddisfazione. E intanto quel teatro, dal palcoscenico in bilico sull'abisso, mi trasformava, ai miei stessi occhi – in realtà ero il vero e unico spettatore – nel buffone più ineffabile tra quanti, feriti a morte nel sentimento del possesso, non possono opporre alle offese che la voluttà della parodia.

Che intuizione, in Rigoletto! Far crescere, su un essere umano, le sembianze di ciò che egli è nel cuore, della sua arma infallibile: non il pugnale – e neanche la lingua, la maledizione – bensì la parodia della vita; perciò di ogni imbroglio e deformazione che concepiscono coloro che non si credono buffoni.

Il *buffo*, nel dramma, ha una dolcissima eco.

Ebbi persino il bene di una gobba, quando Marianne pensò di insaccarmi in un giubbotto salvagente di un orrido color giallo, con il solito occhio di sirena stampato sul petto. La differenza era che mentalmente, e in mezzo agli schiocchi come spari, cantavo io, non il Duca, quell'aria senza furore: "Un dì, se ben rammentomi, – O bella, t'incontrai...".

Il Duca argonauta stava a prua e ripeteva soddisfatto:

« È un maestrale allegro! »

Anche Marianne cessò di prestarmi attenzione. Li vedevo trafficare al velame. Scivolai dunque, nel vero senso della parola, sottocoperta, infilandomi in una delle cabine di cui il *mediatore* aveva magnificato la versione a bulbo. Mi guardai intorno per capire in cosa consistesse; forse era per via degli oblò che parevano scambiare anch'essi, alle mie spalle, sguardi di dileggio con l'occhio di sirena che portavo sul petto. Perlomeno, stavo al riparo. Un cagnetto si fermò sulla porta; annusò e scrutò e, dopo essersi sincerato che del marinaio non avevo nulla, prese a lamentarsi passando oltre. Non credevo che anche i cani soffrissero il mal di mare.

Emersi due volte. Rendendomi conto, in entrambi i casi, di aver sbagliato i tempi di uscita. Mi apparve Marianne che, sui cuscini di poppa, prendeva il sole nuda: il *mediatore* fingeva di annodare cappi che mai si sarebbe avvolti al collo; in realtà, fissava il sesso di Marianne, sul quale la gamba destra, piegata, dondolava con noncuranza. Quando si accorsero di me, lei strinse le gambe, mentre il *mediatore* non abbassò lo sguardo, pur sapendo che gli stavo alle spalle.

Tornai di sotto. Le ondate di tempesta aderivano agli oblò senza più interruzione: nere, sfrangiate di viola. Quando capii che eravamo nella bocca del pescecane, mi sfilai il giubbotto e uscii di nuovo. Fu anche peggio.

Avanzavo intenzionalmente dove il mare batteva in coperta con colpi da mannaia; ma se la mia testa fosse rotolata ai loro piedi, non se ne sarebbero accorti. Si preoccupavano di condurre l'imbarcazione, dandosi cambi perfetti.

La mattina dopo, Marianne mi informò:

« Ho passato la notte nel suo letto. »

Rispettata la legge geometrica della sua sincerità, non aveva altro da aggiungere.

5.

Da allora, io non perdo d'occhio il *mediatore*.

Conosco, di lui, vita e miracoli (ne conoscerò mai la morte?). I suoi affari, le amanti che alterna con regolarità, il luogo dei suoi convegni amorosi che tiene segretissimi. Nella mia qualità di martire – nel senso greco, non cristiano, di testimone – faccio ciò che Marianne dovrebbe fare, so quello che lei dovrebbe sapere.

Ho eletto il *mediatore* tra i bersagli preferiti della mia curiosità.

È qualcosa che non ha niente a che vedere coi pedinamenti a Piazzale degli Archivi. Si tratta di un'immedesimazione e obbedisce a regole differenti. E poiché non credo che la vendetta sia la forma più sicura di giustizia, le mie intenzioni non sono vendicative, bensì protettive, anche se con esattezza non potrei dire di chi o di cosa: se della sorte di Marianne, della mia, o del principio superiore secondo il quale l'intelligenza, al contrario degli affetti, non dimentica.

Il *mediatore* non si è mai accorto di nulla. Non può. Accorgersi del proprio destino è un'arte particolare, una di quelle che non rientrano nel bagaglio manageriale.

È bello essere l'ombra di qualcuno. Spesso, uniformo le mie giornate alle sue.

Non è infrequente che, la sera, esca in furtività con qualche donna. Un ristorante, verso Fregene, si chiama *Manrico* (strana impronta verdiana in quei sordi paraggi): va sempre lì. È piacevole anche applicare il metodo della curiosità alle donne che crede sua esclusiva. Qui si produce uno sdoppiamento e la mia curiosità si esibisce in virtuosismi: se, nei confronti del *mediatore*, io sono ciò che Marianne dovrebbe essere, nei confronti delle sue donne sono ciò che dovrebbe essere lui, so le cose che lui ignora.

Il *mediatore* si alterna tra microcosmo (*L'Argo schizofrenico*) e macrocosmo (*Il Mastino bancario*). Nel week-end va in tenuta, scortato da due o tre automobili; a disintossicarsi, dice. Ma è capace di lavorare venti ore al giorno, con pause per potare gli alberi. Ha una passione speciale per gli alberi e vederlo in equilibrio sui rami, munito di sega elettrica, mi fa sempre ben sperare. Freddo e determinato sul lavoro, pianifica tutto, anche le potature. Un aspetto del quale non si spoglia mai, nemmeno quando si diverte a fare il contadino, è di cercare un tornaconto in ogni circostanza. Classifica anche i rami, oltre che i casi della vita, con un più o un meno.

Potrei distruggerlo, avendo appreso le guerriglie che un uomo del genere combatte ai confini con la legge; specie il suo bisogno, quasi paranoico, di normalità esteriore, l'ossessione della vergogna sociale.

Ho un dossier sui suoi appalti. Un altro sui suoi gorilla, alcuni dei quali si chiamano Joachim o Egon: già guardaspalle di personaggi scomodi a cui fu chiusa la bocca dal retro. Conosco certi *piccoli errori*, come dicono i Procuratori della Repubblica, che potrebbero costargli, in caso di fuga, l'estradizione. Come conosco il suo sorriso quando il governo decide, poniamo, il prezzo che ha mediato lui per il gas algerino. È lo stesso del barcaro che, a Po, avvista lo Storione Reale. Tengo il conto dei suoi debiti e dei suoi ricavi, assai meglio di un collegio sindacale, pur non avendo mai avuto propensione per la matematica. Si fa di necessità virtù.

Si è reso necessario, di conseguenza, un altro *catalogo* che ho diviso in sezioni: i fatti (dicerie e verità), le accuse, i retroscena, fondi e poteri occulti e loro rapporti con lo *sportello* speciale per l'emergenza, conti in banche intestati a diversi personaggi: i nomi che si sceglie il *mediatore* basterebbero a dimostrare lo squallore della sua fantasia.

Altre fanciullaggini dei matitoni. Io li lascio divertire.

Ma la sensazione che provo, essi la ignorano. È come quando Louis Leaky, sulle orme del primo uomo che si alzò in piedi, scoprì il cranio vecchio di quasi due milioni di anni e, da allora, spedizioni internazionali setacciano l'Africa meridionale e orientale. Con la differenza che, mentre in loro cresce oggi la certezza di conoscere i nostri antenati del genere Homo, in me questa certezza decresce. Gli scienziati si preoccupano, inoltre, del costante aumento del livello degli oceani, mentre io, che non credo nell'eternità, ho ferma fiducia che torneremo al clima dei dinosauri.

La sola maniera per capire come cambia il mondo è, insomma, appostare i *mediatori*. Una fortuna che capita a pochi. E mi riconosco un privilegiato.

A Motteggiana c'era il Deodati che si metteva a un tavolino del Caffè Centrale e diceva, a tutti e a nessuno: "Ne so delle belle, io!". E avevano timoroso rispetto del Deodati. Egli mancò in un punto. Attratto dalle vicende altrui, non badava alle proprie. Non poteva prevedere, perciò, che un giorno l'avrebbero trovato affogato alla Sacca del Gabbianello, pur avendo con l'acqua la stessa dimestichezza di Marianne. Ma questa è un'altra faccenda.

Verrà il momento che metterò a frutto le mie informazioni. Esse sono le note che scrivo sul mio pentagramma, mentre vado componendo quell'opera buffa che è quasi completa. So anche dove avverrà la gran prima e dispongo di insospettabili *violons du roy*. Sperando di non doverla intitolare *Il signor Bruschino*, con finale però non giocoso. A meno, intendo, che qualcuno non mi faccia fare anzitempo la fine del Deodati.

Capitolo nono

1.

« È un'opera buffa! » gridavo nella notte.

Loro erano in quattro. E benché i banchi del mercato di Ponte Milvio abbiano nascondigli oscuri, riuscivo a distinguere lo stile alla Joachim da quello alla Egon.

« Succede sempre, nelle opere buffe! »

Il paradossale, anche della violenza, ha sempre gli schemi dove realismo tragico e comico si fondono. Infatti, dopo che l'automobile, sbucata dal buio, aveva bloccato la mia, avevo visto uscirne Haly, il capopirata, o il Gran Kaimakano, e ora vedevo al lavoro il terzetto Pappataci dell'*Italiana in Algeri.*

Per mia fortuna, Marzio ignora sia Rossini che i *film sursaut*, ed era saltato fuori per primo. A testa bassa, senza problemi di stile. Così, se la stavano prendendo con lui, forse scambiandolo per me. Non tutti sanno distinguere nelle tenebre.

Non mi sono mosso dal posto di guida. Non mi sentivo un vile. Se qualcuno avesse aperto la portiera, avrei affrontato come si conviene, se non proprio l'aggressore, almeno la mia sorte. Il fatto è che ho sempre vagheggiato di schiaffeggiare qualche infame, ma la sola volta che ho messo in pratica il proposito, mi sono accorto che la determinazione della fantasia, passando all'azione, si perdeva per ansiose arterie: anziché un ceffone, ne è sortita una sorta di carezza. L'episodio col compagno della *ragazza del sonno* resta un'eccezione.

A Marzio non sarebbero servite le mie carezze. Perciò sono rimasto lì. Cercavo di non guardare. Se appena gettavo un'occhiata, mi sembrava, piuttosto che una rissa, un applauso osceno. Le grandi mani di Marzio sbattevano contro quelle degli avversari, i corpi contro le lamiere dei banchi.

Dopo, me lo sono caricato e gli ripetevo:

« Mi dispiace. Stavolta era per me. »

Gli ho spiegato, in poche parole, lo scopo della spedizione punitiva ordinata dal Mustafà, ossia dal *mediatore*.

Ma ho capito che Marzio era contento. Finalmente, poteva lasciarsi pulire il naso dal sangue per una ragione che, almeno lui, reputava nobile: la mia difesa. Ha abbandonato la testa guardando lontano un'altitudine trasognata. Piazza di Ponte Milvio era tornata deserta. E io maledivo Ponte Milvio, la notte, e tutti i maiali che, da quando sono nato, vorrebbero coprire di sterco la mia vita. Dovevo, tuttavia, farmi forza. Non poteva ripetersi la scena del Commissariato: che fosse ancora Marzio a consolare me.

L'ho portato a casa mia.

Quando ci viene, Marzio è rispettoso. Capisce al volo se ho voglia di starmene in silenzio, a comporre geometrie coi matitoni. Chiede il permesso di prendere dalla biblioteca quello che chiama il libro delle figure. Si tratta del grande album *Le favole erotiche dell'Oriente*, che mi ha regalato Sybille, illustrato dai rotoli della pittura nanga, dalle stampe ukiyoe del "mondo fluttuante" e dalle scuole naturalistiche di Osaka, Okyo e Kyoto. Egli si incanta sulla regina di Aoki Mokubei, che attende alle libagioni mentre ammira entusiasta il membro dell'amante, il cui glande ha appena finito di incoronare; sulle coppie di amanti di Kyoto, legati da vagine come crepacci sanguinanti e falli nodosi come alberi. Il tutto spiato da una quantità di occhi attraverso le fessure dei paraventi di bambù.

Le visioni di quella vita gioiosa e senza complicazioni, dove scopre che i suoi vizi furono, in tempi remoti, abitudini quotidiane di rispettabili signori, lo mettono in pace col mondo.

Sono le favole che nessuno gli ha mai raccontato e gli racconto io, quando sono in vena di chiacchiere. Gli piacciono, in particolare, le storie della principessa Ukifune e dell'imperatrice Shotoku, che dimorano in palazzi affollati di nobiluomini e servi, e mentre la corte anima intorno i suoi intrighi, si fanno possedere dai monaci. Il monaco Dokyo risulta uno sterminatore di belle regnanti, e stampe in azzurro e oro lo mostrano col membro a pannocchia sorretto da una corda avvolta al collo.

Mi chiede notizie sulle leggende della copulazione animale, *Juchiku koketsu - ho*, dove un anonimo Esopo dagli occhi a mandorla illustra i segreti della saggezza servendosi di cavalli, cervi e cani.

Lo informo su quegli imperi in cui la passione dei sensi, prima soffocata da una corazza di doveri morali, esplose incontrollata e sconvolse princìpi ritenuti inviolabili. Soffermandomi sulle immagini del "mondo fluttuante" gli parlo, un po' inventando, delle *città senza notte*, e senza aggressori e *mediatori*, che sorsero alla fine del Seicento negli agglomerati urbani di Edo, Kyoto, Osaka: rifugio per i gaudenti in cerca di facili amori, punto d'incontro per scrittori e attori che vi si muovevano liberi, ripagandosi della noia quotidiana. Li compiacevano prostitute di basso rango, ma anche cortigiane raffinatissime. Mentre gliele descrivo, io stesso vengo preso in un sottile incanto:

« Le cortigiane amavano alla follia, incuranti dei pettegolezzi e delle convenzioni. Nelle notti di luna, tenevano accesi sulle porte dei lampioncini, per far capire di essere disponibili. Quando fiorivano i ciliegi di Ono e i pini di Takasago mettevano i germogli, esse trattavano, con magica sapienza, le erbe amorose, e tutti si abbandonavano ai loro artifici. »

Marzio ha, davvero, l'espressione di un bambino.

« Indossavano vesti maliziose, dalle maniche larghe e i risvolti rosa. Si dice che le loro sopracciglia gareggiassero con le falci lunari e le labbra ricordassero gli aceri purpurei di Takao. Inventavano tecniche del piacere, chiamate *le rugiade delle foglie di bambù* e, nei giorni di festa, si aggiravano per le strade agitando nell'aria le pertiche degli uccellatori. »

« Bisognerebbe, anche noi, andare lontano » conviene Marzio, con uno sguardo all'infinito.

Ieri notte, dopo la rissa, questo sguardo era più triste del solito.

« Le donne!... » ha esclamato.

Capivo che alludeva a Marianne col *mediatore*.

« Marianne non c'entra nulla, te l'assicuro. Anzi, è come se avessero aggredito anche lei. »

« Le donne c'entrano sempre. »

Per un po', non ha aggiunto parola. Sono momenti in cui lo induco a spiegarsi standomene ugualmente zitto.

Allora ha avuto una di quelle sortite che mi lasciano stupefatto:

« Perché tu non gli hai mai fatto paura. Né a loro, né ai *mediatori*. Sei sempre stato troppo gentile. »

Intuizioni che escono oracolari dal suo abituale mutismo, mentre scruto le sue sopracciglia cespugliose, inarcate, gli occhi puntati sulle mani che rivolta come mannaie.

« Fargli paura » ha ribadito.

Ha bloccato le mani tra le ginocchia. Ho immaginato il collo di una donna dentro quella morsa d'acciaio. Ma poi mi è venuto da sorridere, pensando alla moglie e allo sciame di femmine in mezzo alle quali vive nel palazzone del Quadraro.

2.

...mi porta là, dove si arriva, come lui stesso riconosce, sempre *di sghimbescio*, per strade che puntano a una destinazione che sembra la giusta e non lo è mai; bisogna svoltare, prendere traverse. La macchina gira ora a destra ora a sinistra, e io guido lanciandogli occhiate: Marzio sta rigido sul sedile di fianco, con l'aria persa nella serata chiassosa di passeri.

Accenna al proprio passato. Una vita di circonvallazioni, vie fuori mano, borgate cresciute addosso ai quartieri, per espanderli malamente verso desolati orizzonti.

« Di sghimbescio » ripete.

Si arriva a un capolinea. Due autobus fermi puntano il vuoto coi fari accesi e, dentro, il personale di servizio gioca a carte. Una pensilina senza un'anima. Intorno, casette mezzo costruite: tutto appare sospeso a metà, tra scarpate e terrapieni dall'aspetto di trincee, anneriti dal fuoco. Lumi brillano sulle marane piene di ranocchie, e sembrano cimiteri.

Cani abbaiano in grandi gabbie; non è un canile, perché le gabbie sono incustodite, le bestie magrissime e affamate, con la bava che cola dalle bocche. Marzio, come al solito, non mi dà spiegazioni.

Anche l'interno del palazzone è di sghimbescio. Saliamo da una scala all'altra, fino all'ultimo piano, dove una porta non ha nome. Ci sediamo subito a tavola. Io, lui e una vecchia che presumo sua madre. Per un po', non appare nessuno. La madre mi scruta e capisco che persino i suoi pensieri devono essere invecchiati di sghimbescio, pensieri suburra, intorno a paludose rassegnazioni. Mi lancia sorrisi tra il losco e il furbo; poi, accennando a Marzio, esce in una frase ambigua:

« Se sta a allenà pè traversà fiume... »

Come se il fiume evocato fosse lo Stige, questa profezia di morte emessa con un sogghigno di gengive nude, fa il pari con la squallida lampadina che ci rischiara nella stanza. La vecchia appoggia la testa sul braccio e si addormenta. Marzio non batte ciglio. Siede a capotavola, scrutando la porta da cui si aspetta l'arrivo di qualcuno. Sento pesare su di me l'ostilità di quel sonno da megera o sibilla, a lato del piatto, col gozzo che trema come gelatina.

La moglie scivola dietro di noi, senza che me ne accorga. Regge un vassoio fumante. Marzio solleva prima il mio piatto, poi il suo, e lei vi lascia cadere le fettuccine. Serve anche la vecchia, in previsione che si svegli.

Ne ignoro il nome. Marzio evita le presentazioni. Cominciamo a mangiare e la donna non se ne va: ci osserva non capisco se con odio o sottomissione, dall'espressione del viso dovrei dedurre che si augura che il cibo ci vada di traverso, ma potrebbe trattarsi di una rozza facciata. Marzio inforca fettuccine senza degnarla, né pronunciare parola. Sono io a dire: « Buone ». Però lei resta di pietra, avvolta in una vestaglia aperta sulle gambe, i piedi nudi infilati in babbucce; le labbra che rosseggiano sotto un'ombra di baffi, si aprono e si chiudono: all'inizio ho avuto l'impressione che boccheggiasse, ora mi rendo conto che sono parole mute. Anziché articolarsi nel suono, si nutrono di un astioso silenzio, inghiottite sul nascere dentro lo stomaco tra espanse mammelle.

L'orlo del mio piatto conserva le impronte delle sue dita. Quando si decide a scomparire, ha movenze da cannivoro e, insieme, un'aria da domatore.

Arrivano le altre. Attorniano la tavola tra il buio e la luce, nel cerchio della lampadina si protendono solo le mani con le unghie dipinte: ci sfilano di sotto i piatti, non appena abbiamo finito l'ultimo boccone, e ricaricano con altre pietanze. È chiaro che ci incalzano, puntando a una frettolosa conclusione della cena. Cambiano le portate anche alla vecchia che russa.

Una ragazzona sui vent'anni si aggira con un fare da generalessa, come dietro le mosse del nemico, trascinandosi una voce arrochita. Non si capisce cosa dica, e a chi, tranne che non siano imprecazioni, che allora si stagliano chiare in fondo al corridoio, dove deve stare la cucina. Chiunque sia, una figlia di Marzio o una cognata, ha la strafottenza della viziata di famiglia.

Il fritto di carciofi e la coda alla vaccinara vengono salutati da un piovasco contro i vetri. La stanza si fa soffocante, la carne sudata delle donne emana goccioline color rame. Una apre la finestra, ma quando la pioggia è cessata; c'è una luna che picchia su un paesaggio di prati abbandonati, pieni di monticelli.

Al dolce – ciambelle e zinne di Frascati – mi sbuca accanto una bambinetta dagli occhi lustri. Mi stringe la mano, con un inchino, e torna via di corsa. Marzio la guarda fuggire con tenerezza, dev'essere certamente sua figlia.

Di là, si sente risuonare uno schiaffo. Poi, il rimprovero della generalessa: reputa sconveniente che la piccola mi sia venuta a salutare. Anche i gatti transitano di sghimbescio tra i nostri piedi. La porta d'ingresso sbatte. Un grido femminile. Qualcuno rincasa con furore. Dai passi, si capisce che è un uomo. Un giovanotto passa per il corridoio scrollandosi di dosso la moglie di Marzio, che vorrebbe abbracciarlo. Immagino che non si sia fatto vivo da un pezzo e che ritorni da un mondo di rapine. Altra porta sbattuta: nella stanza attigua, i due confabulano affannosamente, scoppia un diverbio e si spegne, la moglie piange.

Finiamo di mangiare.

Marzio resta seduto davanti alle bottiglie di Rosso Baccanale di Campagnano, coi suoi pensieri che i lumi lontani delle marane, un passaggio di treni, chissà dove, colmano di foschi propositi. Io mi alzo e perlustro la casa. Il corridoio, costellato di porte chiuse, è lungo e ampio, ha qualcosa del viale dove i cani si avventavano contro le sbarre arrugginite. Le donne sono scomparse, ma le sento che parlottano qua e là. Non è romana, questa numerosa parentela uxoria, bensì meridionale; di che origine, difficile dirlo. Tendo l'orecchio e ho il dubbio che chiacchierino tra loro, fitto fitto, non per comunicarsi cose particolari, ma perché gli è rimasta nostalgia del dialetto della loro terra, qualunque essa sia, e scambiarsi inflessioni e timbri, da cui risalta un'eco della loro sorte, forse le rende meno sole.

Apro a caso una porta. Un ambiente buio ha il solo biancore intermittente degli occhi puntati su di me da bambini ammassati sui lettucci. Mi inoltro nel ristagno dei loro fiati e quel battere disarmonico di palpebre sui globi che hanno la lucentezza dell'insonnia e della paura, mi ricorda un tucùl. Me ne vado. Entro in un'altra porta. Mi trovo in un bagno piastrellato dove la luce lunare sbianca un ennesimo bambino che siede sulla tazza fissando la parete, tra biancheria intima femminile appesa a un filo che corre fino alla finestra. Un'anitra di gomma troneggia sotto una doccia che pare secca da tempo; un paio di calzoni spenzolano da un gancio, con mutande rovesciate lungo la cinta. Il mio sguardo è attirato da un pacco messo furtivamente in un angolo, macchiato di sangue, forse mestruazioni.

Continuo a introdurmi in camere e ad allontanarmene con un malessere crescente. Nell'ultima, una forma si rivolta sotto il lenzuolo che viene sollevato per coprire in fretta qualcuno; c'è una lampada schermata, sul comodino, e prima che la ragazza la spenga con un movimento energico, faccio in tempo a scorgere che lei, girata sul fianco, con grosse natiche, mi dà le spalle, ed esse in effetti nascondono un uomo, di cui spunta una gamba piegata.

Arrivo al finestrone in fondo e guardo le nuvole che si alternano alla luna piena. La singolarità di Marzio, così segreta anche nella disperazione, nasce dunque da qui; egli ha imparato a essere un uomo-isola entro una cintura di meduse, dove la costernazione esistenziale non è la conseguenza di una realtà funebre ma, al contrario, la sua attesa.

È schiavo di queste meduse: schiave, a loro volta, di ciò che a Roma chiamano la pennica arruzzonita de le ombre. Una torbida parentesi di sonno nella tragedia sempre pronta a esplodere: se ne sta acciambellata come il gatto sul davanzale, che d'improvviso s'ingroppa e mi soffia contro con ira.

3.

La notte dell'aggressione, l'ho finita a casa di Sybille.

Volevo parlargliene. Ma era furibonda. Ha cacciato via gli ospiti. Con malagrazia. Mai vista una Sybille così.

È rimasta sola con me. Io non le ho detto della rissa. Lei non mi ha spiegato le sue ragioni. Si è spogliata e si è messa a letto. Mi sono aggirato e ho spento le luci. Stavo per andarmene.

« Resta a dormire con me » mi ha pregato.

« Ti fa piacere? »

« Cosa c'entra il piacere? »

« Allora, perché? »

« Non lo so. »

Ho accontentato Sybille. Ci eravamo appena addormentati, che ci siamo svegliati di soprassalto. Con nostra sorpresa, stavamo facendo l'amore. Una beffa del sonno. Prendendo coscienza della situazione, ci siamo detti:

« Scusa. »

Mancava poco perché facesse giorno.

4.

Marianne, in genere, sorvolava sul *mediatore*.

Ero io che cercavo, non di provocarla, ma di stimolarla a un discorso. Lo facevo con una lucidità non animosa, spesso con pudore. Per rispetto di Marianne e anche mio. C'è una linea di confine, ormai, e lui sta oltre, leggibile; noi di qua, col piacere di leggere ben altro.

Quando se ne parlava, Marianne era come se esitasse a metter piede in una casa dove si sa che è morto qualcuno, più esattamente che vi è stato ammazzato. Negli occhi, un desiderio di salto, di volo: volare sulla casa, vederla a distanza. Ma poi finiva per abbassare la testa ed entrarci. Era come se la lasciassi su una porta buia. E le dessi la mano, prima di ascoltarne i passi allontanarsi nel labirinto. La sua scomparsa mi comunicava una sorta di rimorso.

Ma dopo la notte di Ponte Milvio, le cose sono cambiate. Marianne lo ha saputo, è chiaro. Anche se non ne ha fatto cenno.

Sono accaduti due episodi sorprendenti.

Giorni fa, mi ha proposto di accompagnarla da quella che chiamo *la mondina-mondana*.

« È assurdo » le ho detto. « Ma ti rendi conto? »

« Voglio che tu venga. »

Era irremovibile. L'ho assecondata.

La *mondina-mondana* è stata l'ultima amante del *mediatore*. Prima di una burrascosa rottura. Almeno quattro donne, a Roma, hanno le sue stesse caratteristiche. E spesso capita che la confondano con le altre. Moglie, separata di fatto, di un industriale del nord: conte del regime. Perciò contessa. Per Stekel: "L'orgasmo più intenso può prodursi soltanto se viene raggiunto lo scopo segreto dell'individuo". Scopo della *mondina-mondana* è la cattura di uomini che contano. Compensazione del suo lato "mondino": nasce, infatti, a Polesine dello Schiavone, vecchia zona risicola; risaie oggi scomparse, ma che la videro, ragazza, alla monda e alla distruzione delle erbe infestanti.

Si racconta che cominciò battendo lungo il ponte di barche sul Po delle Tolle. Quarantotto chiatte!

Altra definizione sarebbe: *la donna del sesto potere*. Quello che desume, sessualmente, dai potenti. Salotto esclusivo. Riviste femminili, anche francesi e americane, l'hanno definita: gaia, comunicativa, molto spontanea, la Madame D'Aulnoy dei pranzi. Artisti, grossi nomi romani e internazionali, spreco di Andy Warhol e Roger Peyrefitte, ma soprattutto conduttori di banche e politici.

Negli ultimi tempi, Marianne deve averla frequentata spesso. Le ho viste baciarsi sulle guance. Sono stato introdotto, con familiarità, nel salone da cui si ammira il Foro Romano.

In due ore ho appreso, sul *mediatore*, più di quanto non abbia scoperto in tre anni. Il che dice tutto. La *mondina-mondana* era esasperata. Con un'energia combattiva nell'informarci e nel formulare strategie vendicative. Il suo concetto è che bisogna affidare la parola alle cose che accadono, le cose stesse hanno il diritto di parlare, e noi dobbiamo trovare nome e voce a questi fatti, spesso sconvolgenti. È enorme l'oscurità, la difficoltà a illuminarla, ma quel nome va trovato.

Per la *mondina-mondana* il nome è uno: morte. Mi veniva in mente il *Rinzairoku*: "Se incontri il buddha, uccidilo. Se incontri i genitori, uccidili. Se incontri i parenti, uccidili. Solo così potrai ottenere la salvezza dell'anima".

Ci intratteneva seduta sul letto in damasco rosso, sormontato da una riproduzione del disegno di Leonardo: l'*Accoppiamento*. Sezione della verga. Marianne non perdeva una parola.

Poi la contessa se l'è presa con me. Mi ha assalito dandomi dell'inetto. Il *mediatore*, secondo lei, non si riduce a un trafugatore di capitali.

« È un assassino! » ripeteva. « E va eliminato. »

Ha un vero talento per l'orrore. Descriveva le fosche trame che si addensano alle spalle di uomini simili: « Essi prosperano sulle carogne ». In campo femminile, sulle *ex*: ex mogli, ex amanti, ex confidenti, ex puttane. Ex donne, insomma: ruderi!

Mi ha persino ricordato che la moglie di Erode si chiamava Mariamne.

« Lo sapevi? » mi ha chiesto feroce.

Lo ignoravo. Non si finisce mai di imparare.

« È un segno del destino. Tienilo a mente. »

Non so a che scopo, ma le ho assicurato che cercherò di ricordarmelo.

Si è sentita male. Abbiamo suonato a diversi campanelli. Il personale di servizio sembrava scomparso. Ci ha fatto cercare sedativi. Ma i contenitori, in bagno, erano vuoti. Ho trovato in compenso altri astucci che ben conosco. Hanno funzionato. Tanto che, a un certo punto, voleva denudarsi. Perché guardassimo com'è fatta una donna che ha praticato il ponte sul Po delle Tolle. Sono esperto in materia, le ho detto.

Siamo usciti che era buio. E il tempo era cambiato. Ventate aspre, come di cenere.

5.

Secondo episodio sorprendente.

Marianne mi ha introdotto nel forteto del *mediatore*: l'*Argo schizofrenico.*

L'ho seguita senza discutere. Mi faceva strada e non le ponevo domande. D'istinto, mi pareva di leggere nelle sue intenzioni, oltre che nel suo desiderio di non dare risposte. Abbiamo superato la cancellata e attraversato la distesa dei cani con le code che, via via, segnalavano l'allarme.

Il parco è più vasto di quanto supponessi. Dagli alberi, veniva qualche verso d'uccello, in risposta al sordo brontolìo dei mastini che mi annusavano le scarpe. Ormai, non mi sorprendo più di nulla. Non batterei ciglio nemmeno se mi comparisse Marco Polo per inoltrarmi tra i miraggi della Tartaria.

« Vieni » mi ripeteva.

Ho superato la soglia della dimora del *mediatore*. Avanzando nella penombra cercavo, chissà perché, di non far rumore. Marianne ha sollevato le tapparelle e mi sono trovato nel salone inondato di luce. Tubi, lastre marmoree, poltrone di quelle che si plasmano intorno al corpo di chi vi si adagia. Alle pareti, pannelli multicolori, incomprensibili, forse quadri di idoli, planimetrie, paesaggi ameboidi. Spaesati in tanto invadente risalto, ecco i Seurat, i Klimt e gli altri fiori rari di cui avevo sentito parlare. In un angolo, un bar ben provvisto. Mi sono servito.

Ho notato uno stereo col disco inserito. Ho messo in moto. Ritmi tribali, tamburi e un'atmosfera new wave. Ho spento immediatamente. Sull'etichetta: *See Jungle*.

« E il *mediatore*? » ho chiesto a Marianne. « È fuori Roma? »

« No » mi ha risposto con determinazione. « Deve tornare da un momento all'altro. »

Niente commenti, da entrambe le parti.

Sono passato in uno dei corridoi laterali, con una successione di specchi, di ogni dimensione, tutti in vario modo deformanti. La mia testa si espandeva per subito ridursi a una fessura o farsi a pera: devono essere destinati al personale di servizio. Quando ho aperto la porta di fondo, ho visto che dava sull'office. Abbiamo rifatto il cammino e imboccato il corridoio di destra. Qui non c'erano specchi, ma immagini sacre. Alcune esprimevano pessimismo religioso, altre religiosa intransigenza. Marianne mi seguiva passo passo. Ora ero io, in un certo senso, a farle strada.

Ho individuato la camera degli sposi.

Mi ha sorpreso il letto. Oltre che spazioso, è rotondo. I letti non regolamentari mi danno un'idea di licenziosità. Degli stridi, un colpo sordo, mi hanno spinto a sollevare lo sguardo e mi sono accorto di una lastra ovale di vetro, che affaccia la stanza al cielo. Lo stormo dei rondoni si è fermato un istante, poi è fuggito via. Da un po', nessuno era salito a togliere gli escrementi dei volatili, che proiettavano desolazione.

Mi sono ricordato che Marianne ha un sacro terrore dei fulmini e dei temporali e che, quando dormivamo insieme in alberghi privi di tapparelle o persiane, si metteva la mascherina.

« Come riesci a prendere sonno? »

Ha alzato le spalle.

Ho continuato il giro della villa. Notando, nei punti strategici, lumi di Tiffany: cristallo piombato a forma di libellula. Un timer ne regola l'accensione; di giorno si spengono e riprendono la vigilanza al tramonto. Per chi avesse in animo profanazioni, resta da superare – oltre al muro di cinta, la cancellata a mannaia e l'Argo schizofrenico – anche quell'illusione che il luogo abbia un'interiorità domestica sempre sveglia nei suoi illuminati sentimenti.

Complicati orologi, a forma di meduse e pitoni attorcigliati, assommano il loro ticchettìo, a smentire che il tempo abbia il passo leggero. Nelle stanze, le ore marciano come truppe. La biblioteca mostra scaffali di quercia inglese che ricoprono le pareti laterali; di inglese, nient'altro, nemmeno gli elisabettiani d'obbligo. Sotto un paralume anch'esso Tiffany, il tavolo da biliardo, una delle poche cose che abbia dimensioni regolari. Di fronte, la rastrelliera delle stecche e una vetrina con fucili da caccia e pistole. Un secondo bar e una dozzina di pipe: strano, non avevo mai notato che il *mediatore* fumasse la pipa.

Ho guardato con più attenzione negli scaffali. Il classico, come stile sia di conoscenza che di arredamento, all'*Argo schizofrenico* è decisamente bandito. A meno di non far rientrare nel genere una serie di memorie intonse, e rilegate in pelle, di ignoti parassiti della Versailles pre-rivoluzionaria. Tutti presenti i volumi in cui il padrone di casa si è imbattuto nel corso delle sue amministrazioni delegate in case editrici. Per lo più, manuali di vela. Mancano solo le mie fole padane. Ma nessuna traccia anche di Rudolf Kassner.

C'è una camera dei tesori. Sottovetro, distese di Krugerrand, le monete d'oro che i sudafricani coniano per chi vuole investire.

Dominata da un grande lume d'ottone, sempre munito di timer e dalle fattezze del robot (spandeva una vaga rassomiglianza tra Boris Karloff e Bela Lugosi), la stanza del piccolo Simone. Con lettino spaziale Ufo di invenzione giapponese. Il bambino mi ha salutato muovendo la mano con una malinconia molto europea e terrestre.

L'esplorazione era terminata.

Le conclusioni che potevo ricavarne erano: l'*Argo schizofrenico*, nel suo insieme, apporta una variante al convincimento di Freud, secondo il quale "le imperanti leggi della logica – il principio di non contraddizione – non hanno alcun peso nell'inconscio; esso potrebbe essere chiamato il regno dell'illogico". D'accordo. Ma ciò che Freud non poteva conoscere era l'inconscio manageriale. Esso fa caso a sé e va perfettamente d'accordo con un tipo di logica: la sua. Dove trionfa il più avanzato principio di contraddizione.

Tutto vi oscilla tra artificio e funzionalità, lontano dai due estremi per impossibilità di scelta, alla stregua delle lampade a timer, la cui luce piove, appunto, neutra. La casa del *mediatore* è l'opposto della mia, non tanto per le proporzioni e la ricchezza, quanto per il gusto delle cose, da me predilette, qui neglette. Esse mi circondavano ignorando che, dietro di loro, esistevano laboriose storie di uomini, epoche in cui i re e i buffoni erano ricorsi agli oggetti con qualche scintilla creativa.

Ma un comune legame c'era. Quale? La sensazione che ci fosse mi aveva accompagnato fino a quel momento, senza precisarsi. Le vidi: sembravano aspettarmi, familiari e confortanti. Crepe, incrinature, soluzioni di continuità sulle superfici. Era l'integrità stessa delle cose messa in discussione. Mi rendevo conto che anche i metalli vili e i materiali sintetici, come i prodotti artigianali di un prestigioso passato, conoscono le infrazioni delle battaglie domestiche. La guerra, benché ne progredisca la tecnologia, distrugge sempre al medesimo modo. Certo, a rimarginare le ferite, dovevano essere chiamati, all'*Argo schizofrenico*, specialisti di un'alta chirurgia che il mio amico restauratore di Via dei Giubbonari non conosce. Ma lo stile di Marianne, il suo tocco dirompente, mi facevano festa come vecchie conoscenze.

Passavo il dito sulle crepe. Per un momento, lei si è rasserenata.

Poi è arrivato il *mediatore*.

Si è controllato, esclamando: « L'ospite è sempre l'ospite ». Una frase alla Rudolf Kassner. Tuttavia, dal tono, ho capito la svista della *mondina-mondana*. Perché cercare, in me, l'Erode di Marianne? Era già lì, il re di Giudea.

Mi ha imposto: « Siediti! ».

Ho obbedito.

Impassibile, Marianne seguiva la scena. Si sarebbe potuto dire: mai tanta crudezza, in lei. Ma, dal suo sguardo, ho colto al volo un altro tipo di ferocia: della curiosità, quando si aggira in situazioni estreme. Ne era oggetto il *mediatore*, non io. Anche lui ha afferrato quello sguardo. E pur ignorando, da sacrilego naïf, la storia sacra, vi riconosceva la Mariamne che, stando ai fatti, metteva in riga Erode. Non poteva concedersi passi falsi. Solo la falsità della camminata con cui mi aggirava.

Pensavo di veder entrare qualche Egon o Joachim. Non è avvenuto. Il *mediatore* mi ha puntato come, *il giorno dell'Espace*, aveva affrontato il velame.

« E adesso » ha detto « il nostro ospite ci racconterà una delle sue fole da demente. »

Ci siamo guardati con Marianne.

« Raccontagliela » mi ha pregato, implacabile. « E per bene. » Ha aggiunto qualcosa, senza parole, con un lampo sarcastico. Ho capito che dovevo raccontare la più lunga fola del Po.

Ho scelto quella del Moscati. A Moffa Baluffi c'era anche il Moscati, che ripeteva: "Io sogno quello che voglio sognare, e dunque sono più forte di Macalone, che arriva dalle Sacche e nelle piazze piega i metalli con la forza degli occhi. Macalone, che è saltimbanco e Strione, vola sopra la testa della gente, benché pesi un quintale. Ma io sono meglio di lui, perché dico: adesso sogno uno storione che fila da galante dietro la storiona, e giù che lo sogno. E ancora: adesso sogno mio padre morto, e gli spiego cosa avrebbe dovuto sapere per non morire, questo mio povero padre, perché c'è chi non sa che qualche volta basta sapere per scansare la morte, che in fondo è ignorante, come tutti quelli a cui non importa che l'umanità cambia, come l'aria si fa più chiara o più scura, e ti accorgi di essere già a marzo o novembre".

Detta così, sembra semplice. Ma, in realtà, non c'è fola che meglio consenta, al barcaro illuminato dalla malvasia nelle veglie, di tirar mattina con impensabili varianti. Infatti, quando mai si finisce di vedere dentro i sogni di uno? Le veglie, a volte, duravano dalle prime stelle al primo sole. Benché non avessi bevuto malvasia, io ero più in vena d'un barcaro. Ho raccontato superbamente. Come mai nella mia vita. Peccato che non sia stato registrato.

Alle due di notte, il *mediatore* era ancora lì che ascoltava la fola del Moscati. In maniche di camicia. Sbottonato. Cereo. Ha tentato di intervenire. Ma quando ci provava, Marianne gli diceva:

« Hai avuto una buona idea. Nelle fole è imbattibile. Lasciami vedere come va a finire. »

Ho smesso solo quando si è fatto giorno.

Il *mediatore* dormiva in una delle poltrone che si plasmano intorno al corpo di chi vi si adagia. E forse sognava coi sogni senza fondo del Moscati.

Abbiamo riabbassato le tapparelle. Marianne mi ha fatto strada tra gli argo schizofrenici, imbestialiti oltre misura per essere stati costretti, anch'essi, a passare la notte in bianco, facendo la guardia a una fola. Prima che calasse la cancellata a mannaia, ci siamo detti: « A domani ».

Ho camminato a lungo, senza meta.

6.

Al *Re Polacco* erano felici.

Ho detto agli amici della statua del Re. In breve, nel cunicolo di destra c'era una ressa. Tutti volevano guardare attraverso il foro aperto da Marzio. Il barbaglio d'oro illuminava, via via, i profili tesi.

« È un dito! »

« Io vedo anche un occhio! »

« Guardate la mano. Fa un gesto! »

« Quale gesto? »

Sono stati ore a tentare di decifrare il gesto del Re. Da domani, entreranno in azione i tecnici.

Io e Marzio siamo stati vivamente complimentati.

Ci siamo seduti da una parte, di fronte alla grata del cunicolo di sinistra. Io penso sempre alla stessa cosa. Togliere la grata, mettere piede in quel regno segreto dove si aggirano malviventi di ogni risma. Gli affanni sarebbero finiti. Si spaccherebbe, una volta per tutte, questa maledetta lastra di ghiaccio, dove continuo a muovermi col cuore stretto.

7.

Ho avuto, oltre a Eurte, altri maestri di curiosità. E ne parlo a Marianne. Molto ho appreso dai poeti di questo desiderio, e ho saputo ricambiarli con la mia stessa curiosità inesauribile per il loro genio.

Il *Re Polacco* è il luogo ideale dove rileggerli, riascoltarne le musiche.

Nelle opere dei grandi curiosi, esiste il progetto di una società nuova, di un nuovo tipo di uomo. L'ho sempre individuato anche da un semplice segno. Nel guanto di Rabelais, orlato d'oro, che mi figuravo sotto una bifora del convento di Puy-Saint-Martin, con la penna accanto, ho ravvisato l'harmonia mundi della curiosità. Nelle parole di Amleto, il suo spazio ("Ci sono più cose in cielo e in terra...") ma anche il limite che consiste, da parte del principe, nel volersi impadronire del dubbio. Se è vero che il sogno è soltanto un'ombra, quell'ombra delle cose che è la curiosità, come le cose lo sono a volte di lei, mai porrà in discussione il proprio essere. Né si lascerà sedurre dalla conclusione: "Morire per dormire. Nient'altro... Dormire, forse sognare".

La curiosità sogna, infatti, nel cuore sveglio della vita.

Ho già avuto modo di accennare all'Hidalgo che, incuriosito dalla pietas, sulla Sierra Morena concede libertà a Sancho. E poco potrei aggiungere, a quanto è stato detto, sulla mente mobile di Mozart, se non ribadire la sua insofferenza per abati, luogotenenti della Polizia, intendenti dei piaceri del Re.

Arlecchino intorno al quale volteggiano le Colombine. Cherubino che canta. "Ricerco un bene – fuori di me, – non so ch'il tiene, – non so cos'è...". Come poteva essere più luminosamente espresso il bene della curiosità?

Che lungo elenco e che sublime scuola ramificata nel tempo!

Vorrei soffermarmi su Paul Léautaud.

L'avventura umana e letteraria di questo scrittore francese, morto nel '56 e ignoto a molti, è tra le più singolari. Poeta dell'amore fisico e sostenitore, come Proust (che non volle mai leggere), dell'incomunicabilità amorosa, fu delizioso, conciso, originale senza spavalderia e sincero senza enfasi. Non oltrepassò mai i confini di Francia e si mosse poche volte da Parigi, magari per recarsi a trovare l'amante, Madame Cayssac, battezzata *Il Flagello*.

Al *Re Polacco* mi porto il suo *Journal Littéraire*. E ringrazio la sorte di aver messo questo clown dello spirito sul mio cammino, in un momento cruciale: nei primi anni Sessanta quando, cronista di nera al "Messaggero", rincasavo nottetempo in una cupa stanza della Pensione Valadier.

Ieri, ci sono tornato con Marianne. Non l'avevo più rivista. Ero emozionato.

Ricordo quando l'odore del sangue – risse, omicidi, suicidi – mi restava addosso. Ma non appena entravo nel mio buco e accendevo la luce, ecco i libri di Léautaud lievitarmi incontro dal tavolino addossato a una finestra insidiosa di spifferi, gonfi per le orecchie che andavo facendo alle pagine. Mi sedevo, sfogliavo a caso.

Leggevo: "Quando mi occupo di una cosa, preferisco l'altra. Credo che morirò senza avere scelto". Aforismi graffianti mi deliziavano con quello che ritengo debba essere il carattere di uno scrittore: scorbutico e partecipe.

Nel sapermi ignorato dall'umanità, si insinuava la certezza del giorno che anche di me si sarebbe detto: "Chi l'ha visto, non lo dimentica più, tanto il suo aspetto e la sua intelligenza sono insoliti". Gli occhiali di tartaruga mi pesavano sul naso, ma io mi figuravo di portare le lenti con le sottili stanghette di metallo da cui Paul scrutava il mondo: subito, il peso della montatura svaniva, gli occhi cessavano di bruciarmi, per farsi aguzzi, l'impazienza di spiare li sollecitava.

Anche la tetra Via Valadier subiva metamorfosi. Assumeva i contorni del Faubourg Saint-Jacques, di Rue des Martyrs, delle strade limitrofe a Place Pigalle, battute dalle prostitute per cui Léautaud aveva rispetto. Se egli fu, come dicono, un misogino, anch'io lo sono; senonché la misoginia di quell'uomo, solo tormentato, è un'altra menzogna. Diciamo che le sue idee e fantasie mi confermavano, nelle notti della Pensione, che io sarei stato principalmente un curioso delle donne: definizione che mi attribuisco con amabilità, non sussistendo nulla che racchiuda, con più perfezione della donna, l'essenza soggettiva e oggettiva della curiosità, persino nell'errore e nella delusione.

Un'ebbrezza di superiorità mi spingeva ad alzarmi e ad aggirarmi. Attraverso di essa, non mi apparivano più una prigione, da cui era impossibile evadere, le pareti nude, la gabbia dei canarini senza canarini, il piumino macchiato dalle eiaculazioni di chissà chi, il lavabo a cui mancava sempre il sapone.

Le affinità con Léautaud!

Anche la mia infanzia esigeva una volontà di vendetta e d'innocenza. Paul era nato a Parigi dagli amori irregolari di una piccola attrice, Jeanne Forestier, che finì per sposare un medico di Ginevra, e di Firmin, crudele ed egoista, che dovette smettere di recitare per un difetto di pronuncia. Pensavo a Moretta e alla sua tenacia nell'essere il difetto di pronuncia di mio padre.

Trascurato da Firmin, il ragazzo Paul aveva l'abitudine di rifugiarsi sotto il tavolo da pranzo, in compagnia di cani e gatti. Io mi ero rifugiato sotto gli spaventapasseri di Eurte, con gabbiani e serpi.

Le differenze. Léautaud non si fece mai rinchiudere nella gabbia coniugale (lo legò, per qualche anno, solo Blanche, ma a causa dell'amore di entrambi per gli animali). Io ero certo che mi sarei lasciato imprigionare. Paul, inoltre, credeva saldamente nel principio: "La prima patria che abbiamo quaggiù è la vita. Secondo me, niente vale il sacrificio della vita. Niente!".

Io non la penso così.

Avrei avuto, comunque, avventure *curiose e strane* (aggettivi su cui i critici di Léautaud insistono), molte amanti, nonostante il mio carattere che ne avrebbe disperso i rapporti fra rotture e riconciliazioni. Ma chi sarebbe stata la mia Blanche, che lo scrittore aveva chiamato Virago? Quando sarei morto, chissà se nel mio vestito avrebbero trovato, come in quello di Paul, un astuccio con due fotografie: una dell'amante preferita, l'altra di una sconosciuta giovane e nuda, coi capelli sul viso per non farsi riconoscere; sul retro, una calligrafia incerta, senza firma: "Se mi capitasse di andarmene, non parlare di me, mai. Nessuno deve sapere e nemmeno sospettare che ti ho amato. Conserva questo ricordo in te, come un segreto". Quale compagna avrei scelto io, per legare il ricordo della mia persona, celata metaforicamente sotto molti panni, all'idea della nudità splendente?

Uscivo dalla stanza come i gatti prediletti da Léautaud, che li descrive con maestrìa strusciarsi contro le sordidezze dei vicoli. I gatti hanno un'ironia che li induce a vedere, anche in un cartoccio, una prova generale della creazione. Con la sua prospettiva catacombale, la difficoltà di affondare nel sonno, la Pensione Valadier si dimostrava alla prova dei fatti un harem della vita.

Metterci piede significava diventare, non c'era scelta, o un vizioso o un eunuco.

8.

La Pensione era stata ricavata ponendo tramezzi nelle camere troppo vaste, come se ne trovano nei vecchi appartamenti ai Prati. La tenutaria aveva allestito scomparti dove sostavano coppie per lo più illegittime, spesso clandestine, alle quali si aggiungevano sposi in viaggio di nozze che, dopo qualche giorno, ripartivano per i loro paesi e cittadine di provincia.

Io ero l'unico pensionante che, di clandestino e forse di illegittimo, non avesse che la compagnia delle sue immedesimazioni.

Sapevo tutto di ogni coppia, comprese le meno abitudinarie. Di quel campionario umano, registravo consuetudini e pratiche intime con una facilità di cui per primo mi sorprendevo. Si creava, nelle mie veglie, una comunione di esaltazioni e angosce che trovavano ragione per me nei libri, per gli altri in ciò che chiamavo, con un'astrazione che era un modo per sentirmi affine, la lettura e la rilettura dei corpi. Finché il sonno non arrivava con lo sferragliare dei tram mentre, nelle fessure, lame di sole si sostituivano agli spifferi.

Mi inoltravo tra amori incontinenti, difficili, maniacali; il corridoio si snodava in mezzo a donne fuggite o cacciate di casa, inseguite o che inseguivano evasioni, che non si erano mai mosse da Roma o erano approdate alla Pensione dopo avventurosi viaggi; uomini che le illudevano e, in prevalenza, le maltrattavano.

Perché soggiornavo alla Valadier? Prendevo a pretesto che

la tenutaria – una padana, di Sermide – mi chiedeva una pigione irrisoria, e la sua stramberia mi piaceva (Sermide è nota per un'industria di orologi da torre; ebbene, uno troneggiava nella sala da pranzo, con le aste ferme verso il soffitto). In realtà, trovavo stimolante che il via vai mi coinvolgesse e insieme mi lasciasse estraneo.

Quando uno degli amanti andava in bagno, qualche porta restava socchiusa. Intravedevo schiene di donne in attesa, oppure maschi che fumavano con lo sguardo in aria. Conoscevo, a sazietà, i riti da cui provenivano colpi sordi e piccole grida. Non era dunque per eccitarmi a un turpe esercizio del sesso che percorrevo il tracciato soffocante della Pensione, dove lampadine schermate rischiaravano i numeri di metallo affissi sulle porte, ricordandomi l'obitorio urbano che il mestiere di cronista mi costringeva a frequentare.

Spiavo, ascoltavo, immaginando un irreale labirinto attraverso i mondi postribolari o le gaie strade parigine come Léautaud li aveva narrati. Quegli orfani di un asilo decente evocavano grandi infami e femmine folli sul palcoscenico di un'Europa che viveva la sua sontuosa decadenza. Erano momenti in cui riuscivo nello scopo che sempre dovrebbe proporsi il curioso in stato di grazia: cambiare il senso delle cose, oppure asservirlo. Infatti asservivo – alla nostalgia di una Parigi che mai avevo visitato, ma che pure mi pareva racchiudesse la vita che mi era mancata – gli amanti stanchi o che si possedevano rabbiosamente, nelle luci che, dagli abat-jour, si diffondevano sui letti.

Léautaud avrebbe detto: “So dove non sono”.

In altri casi, il benessere fantasioso non riusciva a prevalere sul malessere con cui un'umanità accatastata mi faceva da parte. Come avrei potuto cambiare con l'immaginazione la realtà delle camere contrassegnate dal numero cinque o sette o nove? In quest'ultima, un uomo sui cinquant'anni, calvo, sospettoso anche a tavola o davanti al televisore, infieriva sulla compagna, che piangeva in continuazione. L'afferrava per i capelli, sbattendola contro la parete. Una parola si scandiva dietro la porta: « Fogna! ».

Léautaud cessava di venirmi in soccorso, restava l'alibi di un ragazzo già violentato dalla Roma di ogni giorno, soltanto testimone dell'abiezione altrui. È allora che ho capito come la curiosità, essendo un desiderio superiore, può venire uccisa dal basso.

Svoltavo verso il fondo. Andavo dove sentivo giusto che andassi, per identificarmi non più con le fantasie, ma col posto più avvilente. C'era un unico bagno. Una lampadina spandeva un biancore di ghiaccio sulle piastrelle corrose. Spegnevo la luce, lasciando la porta accostata, e mi appostavo sul bordo della vasca. Al chiaro di una finestra che dava su un cortile interno, le sensazioni si sdoppiavano tra inerzia e allarme.

Dalla mia camera, avevo udito le donne entrare in bagno, per farsi docce o bidè. Forse aspettavo il loro arrivo, o forse no. Aspettavo, semplicemente.

Gli uomini entravano col sesso sempre nascosto. Chi non portava i calzoni del pigiama o gli slip, teneva asciugamani alla vita. Accendevano e, vedendomi, si scusavano tornando sui loro passi. Con le loro compagne, era differente. Solo poche badavano a coprirsi. Esse contavano sulla rapidità con cui si poteva raggiungere il bagno, oltre che sulla connivenza carnale degli ospiti della Pensione, coinvolti nella medesima clandestinità. Qualcuna si affacciava nuda. Scoprendomi, le teste si sollevavano di scatto, ma allo sconcerto seguiva una sia pur impercettibile complicità.

All'opposto degli uomini, non facevano subito marcia indietro. La complicità imponeva un tempo. Vi leggevo l'esperienza che abitua certe donne ai sotterfugi e ai falsi equivoci, con la convinzione che ovunque esistono maschi in malafede, e l'innocenza è un disguido. Era questo a renderle così padrone del proprio corpo da ignorarne l'effetto esibizionistico.

Scrutavo seni sudati; sessi dove immaginavo le penetrazioni appena subìte; piedi scalzi o infilati nelle pantofole e nelle scarpe coi tacchi alti. Alcune apparivano molto pallide, altre arrossate; su altre ancora, evidenti, i lividi. Si andava dalla viziosa vitalità alla frustrazione, alla spavalderia frequente nelle amanti clandestine. E lo si capiva dagli occhi, che scintillavano di malizia o erano appannati o di una lucentezza vicina alle lacrime; dalle labbra esangui o alonate di rossetto; dal modo di portare le spalle.

Mai più l'inferno dei rapporti intimi avrebbe buttato alla superficie un tale campionario, affinché io ne avessi dimostrazione completa di com'è una donna dopo che l'amore cessa di essere brutalità e squallore. Se prima il corridoio e il bagno mi avevano richiamato l'obitorio ora, in un'altra ottica deformata, mi vedevo raggiunto da larve. Benché, oltre la porta, la vita spremesse i suoi succhi e inventasse i giochi della procreazione.

Alla Pensione Valadier, la mia curiosità subì gli alti e i bassi più violenti, e le sue possibilità di supremazia furono messe a dura prova.

9.

Racconto a Marianne che, con una delle ragazze, si creò uno strano legame.

Aveva un volto geometrico, gli occhi grigi. Mi guardò senza imbarazzo, fin dalla prima volta.

« Mara » si presentò, affiancandomi sul bordo della vasca. Poi, con un cenno al compagno rimasto in camera: « Ma lui mi chiama la *foresta*. Perché sono istriana, di Pola. Un po' matta come tutte le istriane. Quelli un po' matti sono sempre degli stranieri, dei *foresti* ».

Sapeva che facevo il giornalista.

« A mio modo, anch'io ho studiato. E mi piace leggere. »

Mara capì d'istinto le ragioni per cui aspettavo nel buio.

Prendemmo confidenza come accade con la panchina di un parco, un albero in aperta campagna, un sentiero. Essi diventano familiari a emozioni che, in genere, restano inespresse. Mara si sedeva con me, accendendosi la sigaretta, come si sceglie sempre quella panchina, si infila quel sentiero.

Ci incontravamo verso le tre di notte, dopo il mio rientro dal giornale. Mi liberavo dei vestiti, mi mettevo i calzoni del pigiama e andavo in bagno, facendo quel tanto di rumore per avvertirla. Udivo lo scatto della serratura, qualche camera più in là, parole sommesse col compagno: pretesti per raggiungermi.

Incontri brevi, logicamente. Se ne conservo un'idea senza tempo è perché acquistavano un misterioso spazio, una familiarità dispersa negli anni. Eppure, le confessioni di Mara erano di un'estrema crudezza. Mi raccontava cosa avveniva, tra lei e il suo uomo, nella stanza contrassegnata dal numero quattro. Non la spingevano né la mia curiosità, né un suo proposito di provocarmi. Io stavo zitto. Mara sembrava parlasse a se stessa.

« Hai presente il finale della *Dolce vita*? La ragazza, con quella voce sulla spiaggia, e poi il pesce mostruoso? Io sono per metà la ragazza, per metà il pesce. Ma ormai la voce s'è arrochita e i mostri non impressionano più. »

« Credo che una donna... »

In realtà, non credevo niente. Cercavo che il discorso non cadesse. Ribatteva infatti: « Una donna serve alla fantasia. Ma dov'è finita, la fantasia, negli uomini? Il loro cervello è buio. Violentano senza fantasia ».

Con Mara, la mia fantasia invece galoppava.

« Un tempo, almeno, erano dei fattucchieri. Oggi sono come un chirurgo che ti opera. Lavora sul tuo corpo, può ucciderti se vuole. Ma cosa spartisce con te? Solo il fatto meccanico che, alla fine dell'operazione, tu sia ancora viva, e magari soddisfatta. Per la sua soddisfazione di tagliatore... »

« Perché tiri avanti così? Perché non cambi? »

« Avrai pure un libro nel cassetto, no? »

L'avevo. Anche più di uno.

« Continuo a inventarmi fughe che poi tengo nel cassetto. Mettiamola in questo modo. »

Il compagno la chiamava dalla camera. Senza desiderio, annoiato. Una volta, non vedendola tornare, uscì e venne verso di noi. Svelta, Mara girò la chiave e aprì la doccia: guardammo il getto d'acqua trascinare sul fondo grumi di capelli, ciuffi d'ovatta, mentre lui scuoteva la maniglia e insisteva: « Fammi entrare! ».

Ci vedemmo, in due o tre casi, anche di giorno. Dopo colazione, al Bar Valadier. Ma non era come di notte.

« È tutto così allucinante che il guaio, per una come me, è che peggio fai, più ti accorgi ormai di rientrare nella norma. La norma è terribile. Solo gli uomini non lo capiscono. Sessualmente, per esempio, nel loro intimo credono di essere degli anormali, e se ne compiacciono. Invece, non sono che ridicoli. Prevedibili mostri, tirati in secca come il pesce della *Dolce vita*. »

« Dunque » le chiedevo « uscire dalla norma, da questa nuova norma allucinante di cui parli, per te è impossibile? »

« È possibile solo in un modo. Non vedo altra soluzione. »

« Quale? »

« Ammazzarli... » Lo affermò con calma, persino con una punta di sorriso. Ma capivo che diceva sul serio: « Ammazzare un uomo. Almeno uno ».

Forse era *foresta* e folle. Certo, determinata. Alla sua sicurezza, non seppi replicare. Testimone, ogni notte, di omicidi, anche i più assurdi, mi vedevo non meno *foresto*: specie alla logica umana.

Avevo spiato Mara quando ancora non ci parlavamo. E, avviati i nostri incontri, alla mattina aspettavo che uscisse col suo compagno dalla Pensione. Entravo quindi nella camera prima che arrivasse il personale delle pulizie. Mi stendevo sul letto. Fissavo gli asciugamani buttati a terra, sporchi di sperma e di rossetto. Spesso, di sangue.

Non sapevo definire lo stato d'animo con cui insinuavo il mio corpo nei vuoti scavati dalle forme del suo. E poi mi alzavo, per scrutare le fotografie che la ragazza aveva infilato nella cornice dello specchio. La ritraevano in costume da bagno. In una, appariva bambina. Dopo i delitti per Roma, al cronista di nera toccava il compito ingrato di farsi consegnare, dai familiari, un'immagine dell'uccisore e dell'ucciso. Mi pareva che il volto senza sorriso di Mara si collocasse, contemporaneamente, in entrambi i ruoli.

Una notte mi confidò:

« Io, due uomini, ho già cercato di ucciderli. Il primo, a sedici anni. Uno slavo. Passavo l'estate in una casa di montagna. C'era una vallata d'erba così alta che una persona a cavallo ci scompariva. Mi piaceva camminarci dentro, facendomi largo col falcetto. Lontano dagli occhi che mi sentivo addosso, perché il mio corpo era già formato. Sopra di me, non volavano che grandi farfalle. All'improvviso, spuntò lo slavo. Ci avevo scambiato qualche parola. Era un ragazzo molto bello. A tutte le donne piaceva. Quella mattina, portava un maglione bianco. Si mise a ridere e il lampo dei suoi denti non l'ho mai dimenticato. È davvero bellissimo, mi dicevo. E stavo lì, ad ammirarlo, anche quando fece uscire il cazzo dai calzoni e tentò di violentarmi... »

Mara si concentrò. Sembrava che il racconto si fosse bloccato.

« Ammiravo anche il suo cazzo. Bellissimo, ripeteva come un'altra da me. E lasciai che mi violentasse. Finsi di opporre resistenza. Ma lo desideravo. Con tutta me stessa. O meglio, una Mara teneva impugnato il falcetto, mentre l'altra si lasciava fare... Finché le due Mara non tornarono una sola e io capii che avevo voluto quella violenza per il movente di ucciderlo. Un colpo col falcetto, e mi sembrò di avergli tagliato la gola. Dalla bocca, non gli uscivano più né parole né lamenti di piacere, solo sangue. Me lo tolsi di dosso e restai a fissarlo. Muori, gli ripetevo, senza paura, né odio. Muori... Ma non riusciva a morire. Mi guardava soffrendo orribilmente, come a pregarmi di dargli un altro colpo di falcetto e finirlo. Fuggii. Lo trovarono. Si salvò. E mi salvai anch'io, per via della violenza... Aveva, sulle spalle, altre violenze carnali. »

Non sapevo se crederle. Appariva sincera.

« Ti dirò che è stato peggio la volta con un vecchio. Allora, con i miei, ci eravamo trasferiti in Italia. Sul Piave. Avevo diciott'anni. Non ti succederà niente, mi diceva il vecchio. Ridendo, anche lui. Era coperto di rughe, di un colore terreo, gli occhi sparivano come nella corteccia di un albero. Poi, per l'eccitazione che gli stavo procurando, la pelle si fece più liscia, lo sguardo tornò vivace. Adesso mi diceva: voglio fare l'amore con te, poco poco, ma voglio farlo. »

Mara mi fissava. Come Moretta, a volte.

« ...anche il fienile era decrepito e un torrente scorreva sotto le pietre. Così, quando lui mi sdraiò, mi sembrò di sprofondare dentro quel rumore. Di andar giù, all'inferno. E che il vecchio fosse sbucato dall'aldilà. Ecco come capitò: e gli feci tutto ciò che mi chiedeva. Finché non smise di chiedere. Non aveva più neanche la forza di una parola. Di dire basta. Respirava con una gran fatica. Ma continuai a fargli ciò che ora desideravo io. Lo stavo ammazzando come avevo tentato di ammazzare lo slavo. Se non fosse arrivata gente. Prima che entrassero, ebbi il tempo di vedergli negli occhi la fessura acquosa che è la morte. Non so se ti è mai capitato di notarlo: è così che la morte comincia... »

Lo notavo ogni giorno.

« Mi nascosi. E anche il vecchio lo salvarono. Quando tornò dall'ospedale, io passavo apposta davanti al fienile, perché lui sedeva al sole e non aveva il coraggio di alzare la testa, però la mia ombra lo sfiorava, dandogli un brivido, e sapeva cosa significava quell'ombra. »

« Uccidere un uomo, a che ti porterebbe? »

« È difficile da dire. »

Cercò di mettere a fuoco il suo proposito omicida: « Sarebbe come quel giorno, sempre sul Piave... Andavo a fare il bagno tra i massi. Le cascate nascondevano ogni rumore umano. Incontrai il cervo che dicevano *della fola* e nessuno aveva mai visto. Si abbassò per bere e, accanto alla sua, apparve la testa della femmina, con occhi neri e lucenti, poi un cerbiatto piccolo piccolo, che scese nell'acqua e venne a trovarsi a mezza strada tra me e la madre. Quando questa volle controllare dov'era, il suo sguardo cadde sul mio corpo. La cerva si irrigidì e mi studiò domandandosi se fossi un sasso o un animale in grado di muoversi. Teneva le orecchie dritte e in una c'era un foro, certamente di un proiettile, attraverso il quale passava la luce... Restammo a guardarci e io smisi di respirare, per farle credere che ero davvero un sasso. Stavo rendendo felice una creatura, la vita, apparendo una pietra, sentendomi una pietra ».

Mara tornò a fissarmi:

« Mi sentirei così, dopo... Capisci? »

« Morire » le dissi. « Anche tu. »

« No. Diventare ciò che la vita vorrebbe che fossi. Un fossile. Ma dopo essermi vendicata. »

L'ultima notte, concluse:

« Diamoci la mano. Domani mi tocca partire. »

Quando fu sulla porta, si girò:

« Fammi gli auguri. »

Sapevo a cosa servivano, quegli auguri. Al sogno di uccidere un uomo. Glieli feci.

Capitolo decimo

1.

Stiamo in terrazza, da me.

Marianne, stanotte, non è tornata nel forteto del *mediatore*. Ha rimesso piede nel nostro appartamento. L'ordine perfetto in cui ha ritrovato le sue cose, non l'ha sorpresa. Le ha dato, piuttosto, un senso di pace. Si è confrontata con le fotografie. Le sollevava, ci rifletteva. Un tempo, mi avrebbe fatto molte domande. Ora, si aggirava in silenzio. Non avevo bisogno di seguirla. Ne immaginavo i movimenti, così come riconoscevo, dall'una all'altra stanza, il suo passo. Il passo della curiosità.

La notte è pulita. Roma, più illuminata del solito. La guardiamo, piacevolmente seduti. La cerva-fiore ci fa compagnia.

« C'è stato un periodo della mia vita » le dico « che il caso mi aiutava. Ero un privilegiato del caso. Ciò che desideravo, lo avevo. Fantasticavo Eurte, e finivo per frequentarla. Fantasticavo Parigi, Léautaud, i miei cari maestri. E finivo a Parigi, sulle loro tracce. »

Perché questo meccanismo si è bloccato? Perché non avvengono più quei piccoli prodigi?

« Lo vuoi tu » mi risponde.

Ma non me ne fa una colpa. Né cerca di stimolarmi in alcun modo. Usa, soltanto, la sua estrema attenzione di testimone.

A Marianne non nascondo nulla. Nemmeno che una volta andavo per il mondo, lo descrivevo (descrizioni apprezzate), mentre, in questi tre anni, ho deciso di sbagliare. Intuivo esattamente la realtà entro la sua cornice, ma la cornice la spostavo altrove o la lasciavo sul vuoto; nulla accade per capriccio, ma quel capriccio io lo trovavo. Liquidavo la realtà altrui come liquido la mia: con lucidità, per il puro piacere di farlo. Così ho ottenuto due scopi: adeguarmi agli istinti bugiardi della nostra società; ottenere un ponderato discredito dal giornale, dove ormai sono un tollerato, in nome dei rispettabili trascorsi e dell'anzianità di servizio.

Mi lasciano in pace. Nessuno mi spedisce più come un pacco per il mondo, che non ha certo bisogno delle mie descrizioni. Alla fine del mese, vado e ritiro quel tanto che mi basta. E mi basta sempre meno.

Le racconto, dunque, di quando – non erano passati che pochi mesi dalle notti della Pensione Valadier – il "Messaggero" mi promosse da cronista a inviato speciale. Cominciarono i miei viaggi: Parigi fu la prima destinazione.

E i primi passi, ripeto, sulle tracce di Léautaud.

2.

Chiedevo nelle portinerie. Mi rispondevano, con sospetto:

« Malo non c'è più. »

A volte, un'indicazione:

« Rue de... »

Riprendevo la caccia. Cercavo Malo che, mi assicuravano, era stata l'ultima amica di Léautaud. Aveva ventisei anni: nel '52, dunque, soltanto sedici. Qualche biografo sostiene che, fino alla morte, lo scrittore fu innamorato di due donne contemporaneamente.

Mi aggiravo per Parigi alternando i sempre nuovi indirizzi di questa Malo nomade ai luoghi praticati da Paul. Ecco le strade dove, come il padre Firmin, si lasciava seguire dalla banda dei suoi gatti; o visitava le amanti; o se la prendeva con gli agenti perché certe sue faccende non erano "convenienti alla pubblica via"; o si recava, d'abitudine, alla sede del *Mercure de France*, alla tipografia delle *Nouvelles*.

Quand'era scomparsa la trattoria all'angolo di Rue de Condé con Rue de l'Odéon? Ricostruivo, con l'immaginazione, la Gare du Luxembourg; Place Médicis, dove lo scrittore portava le amiche a mangiare le paste; Rue de Sèvres con la sua Sgualdrina, Rue de Dauphine con la sua Signora; il rione Martyrs e l'Avenue Trudaine, invasa dalle cavallerizze del Circo Fernando. Salutavano gli spettatori, lanciando appuntamenti.

Battevo quelle strade anche la notte, tra le boîtes, i bar coi banconi a ferro di cavallo e i piccoli alberghi in cui, sempre chiedendo di Malo, mi trovavo con uomini di malaffare. Mi informavo in botteguccce con le porte a vetri, il campanello che risuonava; scoprivo le segretezze, tutte francesi, dei retrobottega.

Come, muovendomi tra le camere della Pensione Valadier, mi ero figurato perso per i labirinti parigini, ora, spiando negli alberghi di infima categoria, nei cortili e nelle scale immersi nello squallore, mi rivedevo nel sordido corridoio romano. Persino i numeri civici richiamavano quelli, di metallo, affissi sulle porte dalla tenutaria. E così la Senna, se mi appoggiavo alle spallette dei ponti, insinuava lo stesso ansioso conflitto della Via Valadier: commettere un peccato imperdonabile; essere, noi stessi, una violazione.

Capitai, infine, in una costruzione periferica dall'intonaco azzurro, circondata da un giardinetto. Era un mattino di luglio, caldissimo. Molte rampe, poi l'appartamento di Malo. Avevamo preso un appuntamento telefonico. La porta era accostata. Anche nel soggiorno, si respirava un buon odore di campagna. Sopra il caminetto, un veliero in miniatura; alle pareti, quadri con velieri. Un attaccapanni di bambù. Calze e vestiti qua e là.

Lei non si vedeva. Ma il soggiorno dava su una veranda

da cui una scaletta saliva in terrazza. La chiamai: udii, da lassù, la sua voce.

Malo prendeva il sole, seduta su una stuoia. Portava un cappello di paglia e, da quel che mi parve, nient'altro. Stava mangiando. Sollevò la testa con un lampo ironico degli occhi, di un celeste appannato dal piacere del cibo. Aveva il viso tondo, il corpo di un'opulenza passiva, spalmato di crema.

« Dammi quell'asciugamano! » mi ordinò.

Se lo infilò volgarmente tra le cosce. Scusandosi con noncuranza: « Fa un caldo feroce. A casa mia, ho tutto il diritto di stare in libertà ».

Poi, senza preamboli:

« Paul era un persecutore. Mi voleva e mi perseguitava. E io provavo piacere nell'essere costretta a cedere. Se era cattivo? Dipende. Qualche volta, come quando faceva il critico teatrale. Anche le mie, d'altra parte, erano recite. Lui, le pretendeva. »

« In che senso? »

« Paul aveva l'ossessione della seduta erotica. Le nostre lo erano in senso letterale. Mi obbligava a sedere: come sto ora, con te. Mi guardava. Quasi che, al posto mio, ci fosse una fotografia oscena. »

Stavano uscendo certi lati della *grande amica*, di cui Léautaud aveva mitizzato l'idea, facendone risaltare con sarcasmo gli aspetti di quella "contraddizione" femminile che restava, per lui, un male fatale.

« Non ne parlo con disamore, bada. È qualcosa di diverso. Pur senza toccarmi, Paul otteneva il suo scopo: diventare il mio specchio, una parte di me, che mi tormentava. Che ancora, dopo anni, mi tormenta e mi esalta. Non saprei definire altrimenti quel sentirmi una copia vivente delle sue fantasie. »

Malo non aspettava le mie domande.

« Spesso, restava fino all'alba. Finiva per addormentarsi. Allora, mi comportavo come lui diceva di aver fatto col padre, quando mi parlava della sua agonia. Ossia, vedendolo addormentato sul divano, prendevo una lampada e mi avvicinavo, per scrutarlo io, ora, nella smorfia del suo dormire, simile alla smorfia di uno che muore... Un modo di vendicarmi. Gli occhi del persecutore erano finalmente chiusi. Li immaginavo chiusi per sempre. E mentre non poteva più vedermi, facevo, su di me, ciò che avrebbe preteso da sveglio... »

Ebbe un sorriso di superiorità.

« Paul ripeteva: amo la vita che si distrugge, momento per momento, sotto i miei occhi. Ebbene, davanti alle sue palpebre calate, mi toccavo il corpo con gesti osceni. Mi masturbavo con il gusto crudele che lui metteva nel guardarmi. Oppure, sola a sopportare una situazione assurda, scoppiavo a piangere. Perché restava il burattinaio che tirava i fili, anche dormendo, io il burattino. »

Un invincibile clown spirituale, l'aveva definito Cocteau.

« Mi chiamava "la mia Sharazàd". »

Pensavo alle donne che aveva chiamato Flagelli, Virago, Pantere.

« Invece, con me, era lui Sharazàd. Rimandava la sua morte, di notte in notte, lasciandomi intuire ogni volta una storia diversa. Gliele leggevo nello sguardo, le sue storie. »

« E i suoi libri, li hai letti? »

« Sì. Qualcuno. »

« Ti pagava? »

« Per cosa? »

« Perché ti lasciassi guardare, perché... »

« No. »

« Léautaud sosteneva che suo padre cambiava una donna a notte. E lui, in questo strano modo di far l'amore con te, ti era fedele? »

« I suoi occhi mi erano fedeli, sì. E non stanchi, ma vivi, come quelli di un fanciullo assetato. Eppure sapeva che io, invece, di uomini ne avevo tanti. Per amante fisso, uno che suonava in una boîte e rientrava verso le cinque del mattino. Non dava importanza alla presenza di Paul. Si buttava sul letto vestito. Così, erano in due a dormire. E io sveglia, che mi tormentavo per non riuscire a prendere sonno. »

« E non si confidava? Con le parole, intendo. »

« Qualche volta... Quando il padre gli mise nel letto (Paul aveva diciassette anni, ma ignorava il sesso) una giovane cameriera, perché imparasse. E Paul, nel dormiveglia, scambiò la peluria della donna per il pelo di un gattino, limitandosi ad accarezzarla... Chissà se gli era accaduto realmente, ma sapeva raccontarlo così bene. Era il più sincero bugiardo che abbia mai conosciuto. »

« Credi che sia stato un buon amante? »

« Da vecchio sì, con gli occhi. Gli occhi non conoscono la sessualità monotona. A differenza del membro. A Paul, l'uso del membro deve aver procurato molta noia. Succede, a chi ha avuto un padre, al contrario, vizioso del proprio membro. »

Era un'osservazione acuta.

« Lo pensi tu, Malo, o te lo diceva lui? »

« Me lo diceva lui... »

Restò a riflettere. Con un sorriso meno sprezzante.

« Era una bestia, Paul. L'unico cane e l'unico gatto che abbia davvero amato, gli stavano dentro. Perciò era tanto litigioso, anche con se stesso. Cane e gatto non possono che azzuffarsi... E credo si sia divertito, sinceramente, una sola volta. Quando fu dato per morto durante la guerra, e sui giornali lesse tutto ciò che gli altri pensavano di lui. Cose feroci, come puoi immaginare. La falsa notizia della morte, dev'essere stata una sua trovata. Era capace, di simili colpi di testa. »

« E quando morì sul serio? »

Non mi rispose.

Restai un mese a casa di Malo.

3.

In attesa di definitive sistemazioni, proseguo nel mio inventario insieme a Marianne. Manoscritti a parte, ci imbattiamo in altre presenze che nemmeno io supponevo.

Tante cartelline anche per le fotografie. Specifico date e circostanze. Mi trovo di fronte a me stesso bambino. Aria intelligente, sguardo dignitoso, se si considera che il soggetto, già allora, batteva solitudini e veniva indotto a inventarî. Marianne mi fa notare che, stranamente, assomiglio a Simone. Glielo lascio credere. Ma non c'è paragone. Del resto, una madre non può capire quanto deleterie siano le tracce genetico-manageriali. Convengo che persino i vecchi squadristi padani, come mio padre, erano meglio dei *mediatori*.

Spuntano le scolaresche delle elementari e delle medie. Confuse alle foto dei miei successi. Di scrittore, di regista. All'inferno! Eccomi lì, con quel sorriso: troppo Correggio, troppo poco Parmigianino. Colpa del volto, che non corrisponde al carattere. I padani scivolano sulla propria faccia come sulla *esse*: Mussolini, che sdrucciolava sulla parola fascismo, fu salvato dalla calvizie. Coi capelli, avrebbe avuto l'aria di un qualsiasi *mediatore*.

E ancora io, nei miei viaggi per il mondo, circondato da gialli, mulatti, e negri dal sorriso bellissimo.

E il Po, le feste.

Una fotografia mi mostra con uno storione che sembra un missile. Tengo il piede sulla preda, con un arpione in mano. Ad arpionarlo, per la verità, è stato il magrolino che si sporge dalla mia spalla sinistra. Chi frugherà qui, nel futuro, crederà che sia io il capitano Achab, che ha catturato il suo astuto e feroce Moby Dick. È l'unico merito, non mio, che mi attribuisco. Nelle altre didascalie, mi sono attenuto scrupolosamente al vero.

Ma chi sarà l'Ishmael che, sopravvissuto a questo *Pequod* che è la mia vita, ne racconterà la storia non scritta? È per lui che vado catalogando, mettendo ordine. Sarà Marianne? È possibile.

Anche schedare le fotografie delle mie donne, mi fa piacere. Le tenevo nascoste. C'è un cassetto segreto, nel mio tavolo di lavoro: chissà cosa ci custodiva il vecchio prete di Mantova, che mi vendette il tavolo. Memorie di femmine, scommetto, come me. I segreti, in fondo, sono sempre gli stessi. Specie quando, anziché angeliche figure, il ripostiglio porta dipinte amazzoni scatenate.

Marianne è molto incuriosita dal *Catalogo delle mie curiosità*. Mi chiede notizie. Le rispondo. Mentre lascio che ne sfogli i capitoli. Compresi quelli che si riferiscono alle donne, di cui già ho fatto cenno: *Le più sorprendenti*, *Le grandi amanti*, *Le Sanseverine*, *Le gelose*, *Le più intelligenti*, *Le favolose*, *Le oscene*, *Le misteriose*, *Le donne dei miei viaggi*, *Le mie attrici...*

4.

L'*intelligenza* di Silvana Mangano. Specie nel decifrare i segni della femminilità, propria e altrui. Qualcuno l'ha fatta passare, banalmente, per curiosità omosessuale. Può darsi che questa curiosità ci fosse. Ma a sollecitare l'enigmatica attrice, aspra e intollerante col marito, e con chi non le andava, era ben altro.

È la donna che più mi ha ricordato la *Dama dell'ermellino.*

Quando mi ospitava nella sua villa di Cap Martin, o a Villa Catena, a Roma, la sensazione di muovermi nella casa di Calle Samuel Levi, a volte mi turbava. Con la luce che batteva, oltre che sulle mani di Silvana, sul bastidor, il telaio totem. Le donne, per la Mangano, erano la tela di Penelope: un mezzo, anche ironico, per sfuggire alla tirannide maschile e a una vita, di esteriorità e di affari, che molti volevano imporle.

Gli uomini, che cercavano di compiacerla senza capirla, assomigliavano alle *caricaturas tan absurdas* del Greco.

La vedevo accarezzare, di preferenza, quelle che la psicanalisi chiama le "carmelitane della nevrosi": le donne condizionate da un'infanzia infelice, che ricercano la sofferenza sotto varie forme; le "rinunciatarie" di Freud. Le sue carezze erano, sì, bisessuali. O meglio, esprimevano il conflitto tra l'io maschio e l'io femmina. Come quando Eurte faceva passare le dita sullo stemma con le croci greche che avvolgeva il corpo del barcaro ucciso dallo Storione Reale, per scongiurare l'idea della morte, così Silvana cercava, da una parte, di allontanare dalle amiche l'idea della rinuncia, riportandole con forza virile all'impulsività, dall'altra divideva una tristezza che era anche sua.

Una volta, l'ho sorpresa mentre copriva con uno scialle le spalle di Marianne, che sedeva infreddolita in giardino, e mi è parso che quel freddo lo allontanasse da sé.

Le mani della Mangano, capaci come poche del gesto magico, sono le sole che posso avvicinare a quelle di Eurte. Gliele toccavo. Le stringevo. Era più di un atto sessuale. E lei lo sapeva.

Non esitava a sfiorare lo scandalo e si metteva sempre in gioco. Perciò veniva esasperata dal dogma altrui e dal culto della reputazione. Ricordo quando le raccontai il contrasto tra Jung e Freud:

« Mio caro Jung, mi prometta di non abbandonare mai la teoria della sessualità. È la cosa fondamentale. Lei mi capisce, bisogna farne un dogma, un bastione. »

« Un bastione? E contro chi? »

« Contro la marea di fango dell'occultismo. »

Freud ebbe un sogno. Jung cercò di analizzarlo. Aggiunse che avrebbe potuto far meglio se Freud avesse fornito qualche particolare sulla sua vita privata.

E Freud, sorpreso, diffidente:

« Non posso certo mettere in gioco la mia reputazione. »

« Fu in quel momento » afferma Jung « che egli la perdette ai miei occhi. »

5.

Edith Piaf, la *sorprendente*.

Quando ci conoscemmo, mi canticchiò, improvvisando la melodia, quel passaggio della "Canzone delle Guardie Svizzere" con cui si apre *Voyage au bout de la nuit*, di Louis-Ferdinand Céline, uno scrittore amato da entrambi: "Notre vie est un voyage – Dans l'Hiver et dans la Nuit, – Nous cherchons notre passage – Dans le Ciel où rien ne luit".

Mi avvertiva. L'artista riceve amore molto spesso per ragioni estranee all'attrazione e al sentimento: la vanità e l'ambizione del partner, il desiderio di essere invidiati. Diceva: è un destino amaro, sia per un uomo che per una donna.

E della mia curiosità:

« Una forma di falsa ascesi. Frutto di un'ossessione autodistruttiva. A suo modo, un'autopunizione. »

Secondo lei, la morale ipersensibile di un certo tipo di asceta ha le radici nel sadismo, che può ritorcersi. La biografia di un Sant'Ignazio di Loyola o di un Tolstoj potrebbero servire da esempio.

Sembrava un rimprovero. Ma poi concludeva, sorridendo: « Anche la mia curiosità è simile alla tua ».

Aveva scritto canzoni che – famosa per *La vie en rose* – mai avrebbe potuto cantare in pubblico. Una, atroce, sulla deflorazione e lo sposo primitivo che delegava la funzione di sverginatore o a un prete o a un signore, evitando in tal modo il "rancore femminile del dolore", di cui parla Marie Bonaparte. Un'altra, dolcissima, sull'*auparishtaka*, la parola indiana che definisce il coito orale reciproco. Illustrata sulla ruota cinese dell'amore di Sho-Lon.

Fra i pittori, mi citava Max Ernst.

« La tecnica che usa, a volte, è come la mia vita, molto più color sangue che rosa. La grafite, strofinata su carta adesiva, fa apparire le nervature del legno, le venature di una foglia, la grana di un sasso. E da qui, si creano mondi immaginari. »

Si sentiva assalita. Le pareva che tutti volessero avvicinarla per saccheggiare la sua biografia per molti aspetti misteriosa e violenta. Le piacevano le citazioni e le similitudini. E ne abusava, almeno con me. Tornando ossessivamente sulle dolorose esperienze dell'infanzia, le paragonava anche a Ipazia, la bella neoplatonica che faceva scuola ad Alessandria e, un giorno, si sollevò la tunica e mise in mostra il sesso, invitando uno studente a scegliere tra questo e l'insegnamento: « Io non sono mai riuscita a scegliere... »

Stava già male, ma ripeteva: « Tutto deve ancora cominciare ». Salvo smentirsi subito dopo, con un cenno alla sua prossima morte: « Diranno di me: ha vissuto in un tempo in cui l'innocenza veniva venduta in piazza, ma il suo piacere non è mai sceso a patti ».

Riconosceva che i suoi uomini erano spesso degli aggressivi. Però di un'aggressività dove degenera l'opposto, la mitezza, quando la realtà la umilia e la combatte. Un giorno, fece un raffronto tra Céline e Marcel Cerdan, il pugile che aveva amato: lo scrittore si era servito delle parole come Cerdan dei pugni; parole e pugni coprivano intime ferite mortali.

Dicono che nei suoi amori ci fosse un'ombra di incesto e lei, in ogni uomo, fosse sempre alla caccia di un figlio per consumare quell'incesto. Una diagnosi superficiale. Amando e detestando, la Piaf non cercò alcun figlio, bensì di identificare, a suo modo, il mistero incestuoso che ci lega alla maternità stessa della vita.

6.

Zarah Leander, la *misteriosa.*

Fu il fenomeno divistico più clamoroso del Terzo Reich. Con questa attrice nata a Karlstad, in Svezia, l'UFA tentò di colmare il vuoto lasciato dalla Dietrich, quando si trasferì negli Stati Uniti. Il suo profilo ricordava sia Marlene che la Garbo. Ma solo la sua voce di contralto, dai toni rochi, rimpiazzò degnamente quella dell'*Angelo Azzurro.* Osteggiata da Goebbels (il quale considerava una prova di incapacità che il nazismo non avesse creato una Garbo veramente tedesca) e protetta da Goering, Zarah venne considerata l' "interprete più aderente dello spirito germanico".

Una delle sue canzoni, *Io so che una volta accadrà un miracolo*, resta leggendaria.

La incontrai ad Amburgo, dove recitava allo Haus Vaterland. Mi disse per prima cosa che lei, la star più pagata dalla Filmwelt, si rifiutò sempre di prendere la cittadinanza tedesca. Mi raccontò molti aneddoti. Sugli anni di un'altra sua canzone famosa: *La Habanera.* E su quando l'OKW, il Comando Supremo della Wermacht, dopo la proiezione di *Un grande amore*, si ritenne moralmente insultato dal fatto che la protagonista, interpretata da Zarah, avesse indotto un eroico aviatore a passare una notte con lei.

Mi mostrò una nota di Goebbels:

"L'OKW insiste che un tenente dell'aviazione non dovrebbe trascorrere una notte nel letto di una celebre cantante. Ho avuto una conversazione telefonica con Goering che, al contrario, sostiene che un tenente dell'aviazione che non sfruttasse una situazione del genere, non sarebbe un tenente d'aviazione. Goering prende in giro la sensibilità dell'OKW. Tutto questo porta acqua al mio mulino perché l'OKW mi crea un sacco di difficoltà nel mio lavoro cinematografico. Nella circostanza, potremo riferirci a Goering come al massimo esperto di Aeronautica e non dovremo temere ostacoli di carattere giuridico.”

Fu Zarah a portarmi, una notte, davanti a un bar d'Amburgo. Mi pregò di fermare a una certa distanza. Aspettammo. Entrò un uomo e lei mi disse che si chiamava Horst. Era ancora agile e forte, col viso ben modellato. Attraversò il bar semivuoto.

Fissandolo, Zarah citò: « “Chiediamo che ogni ariano eroico debba unirsi soltanto con una ragazza ariana bionda, fisicamente senza pecche, provvista di occhi azzurri, pelle biancorosea, soprattutto vergine” ».

Non capivo.

Zarah mi indicò una donna che si aggirava tra i tavoli e poi raggiunse la cassa, portando il denaro di un cliente. Mi invitò a guardarla con attenzione:

« Si chiama Luise. E sulla sua scheda fu scritto: “Il soggetto è sedicenne, provvisto di capelli biondi, occhi azzurri. Sanità assoluta”. Sottolineato in rosso: *vergine.* »

« Continuo a non capire. »

« Horst e Luise si prestarono agli esperimenti nazisti per la razza superiore. Il motto era: raggiungere l'uomo perfetto. Horst fu uno dei campioni ariani che si sottoposero di propria volontà alla copula programmata per ottenere *il figlio di Dio.* Mentre Luise, figlia di un presunto traditore del regime, scampò in questo modo a ben altre prove: l'iniezione di malaria o le camere di decompressione o la sterilizzazione. »

Horst aveva appoggiato i gomiti al banco. Beveva assorto. Un uomo si avvicinò alla cassa.

« È il marito di Luise » mi informò Zarah.

Con i gomiti ugualmente sul banco, Luise scorreva un giornale, a non più di mezzo metro da Horst.

« Il regolamento impediva ai due *eletti* di conoscere la reciproca identità. Luise è stata per tre mesi la “collaboratrice” di Horst in una villa di campagna che aveva molte stanze e ciascuna ospitava una coppia perfetta. Ebbero un figlio. Se ne ignora la fine. »

I profili di Horst e di Luise quasi coincidevano nella prospettiva illuminata del bar. Come certe teste di regnanti in una moneta. Ci fu un momento in cui lei si distrasse dal giornale e scrutò il volto dell'uomo. Dando l'impressione di riconoscerlo. Horst abbassò di scatto il bicchiere che teneva alle labbra, affinché i suoi lineamenti apparissero nella luce piena.

Ma Luise tornò a leggere il giornale.

« Quando Luise restò incinta, i due vennero separati. L'uno non seppe più nulla dell'altra. È stato Horst a rintracciarla. Ma lei continua a non sapere chi è, nonostante venga spesso in questo bar, per vederla. Poi lui mi telefona. Mi parla, ossessivamente, di ciò che prova. »

Chiesi: « Horst sa che siamo qui, a guardarlo? ».

« No » mi rispose, dopo un'esitazione.

Pensavo a tutto ciò che esisteva nel mezzo metro che divideva i due: in realtà, una distanza cosmica, dove non sarebbe accaduto nulla, come sembrava non essere mai accaduto nulla. Tra le loro fronti piegate, collocavo le tempestose immagini del fanatismo nazista, che Zarah mi andava evocando; le pianificazioni sulla "creatura della perfezione assoluta" che quei due artigiani della procreazione fabbricarono accoppiandosi per tre mesi tra i fucili delle sentinelle a guardia del *Lager* della felicità. Zarah mi parlava anche del suicidio di una ragazza che non aveva retto all'esperimento. Sul letto rimasero i fogli del suo testamento spirituale. Il cadavere venne cremato in un rogo purificatore, davanti alle coppie inquadrate.

Il marito di Luise si sorprese vedendo che Horst tendeva la mano alla donna, con un sorriso. Luise guardò la mano, guardò il marito, ebbe di nuovo – chissà – un lampo nella sua oscurità inconsapevole. Ricambiò la stretta di Horst e anche lei sorrise.

Horst uscì dal bar. Camminò nella strada lunga e diritta col suo passo da guerriero stanco.

7.

Le chiamo *le due donne dello sbadiglio*: Lina – la Bella Otero – e Marlene Dietrich.

Conobbi Lina qualche anno prima della sua morte.

Sbadigliò mentre stava descrivendomi una recita di beneficenza, a Roma, di cui non rammentava l'anno, ma aveva precisi i dettagli: il Conte Boni de Castellane, che l'accompagnava, la presenza della Regina Margherita, dei Principi di Napoli e della Duchessa di Genova. Oltre agli applausi, che definì interminabili.

Girò appena la testa verso la Promenade des Anglais, senza scusarsi, né preoccuparsi di portare la mano alle labbra. Gli occhi le si illuminarono d'arguzia. Lasciò che la bocca mostrasse la sua cavità di un rosso vivo, per farmi capire che lo sbadiglio non veniva da una prostrazione dell'età o da noia esistenziale, ma da un sonno che scendeva su di lei ancora con la golosità dei vent'anni.

Lina saliva a dormire.

L'aspettava un letto squallido, in una stanza che non aveva conosciuto nessuno degli amanti principeschi. Ma i gesti erano gli stessi con cui, canticchiando "Tengo dos lunares", si preparava alle cene che vedevano dominare la sua fame imperiosa. L'avidità del sonno riportava alla superficie i sintomi di quell'appetito capace di far scomparire, velocemente, dieci sorbetti alla fragola.

Parlava di Colette. Mi chiedeva se conoscevo le pagine che aveva scritto su di lei.

« Diceva che ero puro ornamento. Ma si rallegrava al solo ascoltarmi. »

Lina trattava il proprio corpo, tra i più celebrati, con gratitudine. Incrociando lo specchio, per un riflesso delle antiche passioni, ritrovava lo sguardo malizioso che, dove ora non c'era che il vuoto, aveva spiato uomini famosi denudarsi come vermi – era una sua espressione – prima di possederla.

« A Colette ripetevo: ricordati che nella vita di un amante, per quanto avaro, c'è sempre un momento in cui allarga tutte quante le dita. E lei: il momento dell'abbandono? No, le insegnavo, quello in cui gli torci il polso. »

Si guardava intorno. Come se al mio posto, da una parte, sedesse la grande modista a cui chiedere consigli per inalberare le piume di struzzo. Aggiungeva: « Niente è stato più possibile, dal giorno che ho perso la limousine blu ». Descriveva la limousine, così alta che si inclinava mollemente a ogni curva.

Poi, la vedevo concentrarsi sul ventre. Quasi l'aspettasse il complicato lavoro di sguainare il busto, togliere le stecche lungo le anche e sciogliere gli infiniti laccetti e stringhe: quando, di lei che sfiorava solo la maturità, già si diceva che disdegnasse la vecchiaia. Restava, di quel tempo, il profilo testardo di statua greca. Ad assisterla, non c'era nemmeno più la dama di compagnia, Maria Mendoza, la spagnola dall'aspetto di sauro inglese, eppure, appoggiando i vestiti qua e là, Lina aveva l'aria di affidarli a un'aiutante invisibile.

Tra i seni, che Colette aveva ammirato sodi e rialzati in punta, non scendevano collane, né splendevano diamanti. Incisa da solchi rossastri che ricordavano i graffi dei gioielli che Lina si vantava di tenere durante gli amplessi, la pelle mostrava una superficie rugosa dove i capezzoli sembravano aver spremuto le mammelle, facendosi grandi e violacei.

Infine, le reni si drizzavano e il piede nudo, sollevando dal pavimento la sottoveste, riacquistava il sarcasmo temuto dai potenti, per il gesto rituale che precedeva il coito. Contro le facce di re e zar in attesa, il piede scagliava allora la sottana di broccato, dalla gala lunga tre metri. Accompagnata da una risata. Ora, la sottoveste finiva contro lo specchio che non rifletteva che un corpo di vecchia.

Ma la risata era la stessa.

La Dietrich l'avvicinai in un retropalco, nell'intervallo di un concerto londinese. L'avevo vista perdersi tra le quinte e l'avevo seguita, incuriosito.

Mi scorse e mi gridò:

« Vada via! »

Mi allontanai, continuando a spiarla. Rimasta sola, sbadigliò. Si era nascosta per concedersi quello sbadiglio che cercò di nascondere anche a se stessa. Fu uno strappo nel viso, che aveva dell'osceno. Mi parve che il suono rauco della sua voce trasformasse, in bestemmia alla vecchiaia, il "Sono piena d'amore dalla testa ai piedi" di Lola-Lola. E non avrei più dimenticato il trapasso, alla furtività funebre, dalla finzione di poco prima, sulla ribalta, dove Marlene si era fatta inondare di luce, nel vestito a lustrini, per occultare le proprie ombre.

Quando penso alla vecchiaia femminile, mi ricordo anche di Nàiva: *Neve.* Per tutta la vita, fece la *dona gabjana* sulle rive del Po, dove suo padre l'aveva obbligata a battere fin da bambina, minacciandola, se no, di tagliarle le braccia. Per cui sarebbe stata una *dona gabjana* dalle ali mozze. E le puttane fiumarole, del gabbiano, hanno sia il destino di frugare tra i rifiuti delle barche, sia la consolazione di volare via, quando gli va.

A ogni *gabjana* si dava un soprannome. Il suo era *Nàiva* perché, arrivando l'inverno, lei, ferma ad aspettare come un salice, s'imbiancava alle nevicate, dentro le quali si rintanava, dicendo che più la neve ti cresce sulle spalle, meno il freddo lo senti.

Sostenevano che, con gli anni, ci aveva guadagnato; come succede agli alberi, che più invecchiano più diventano belli. E gli uomini si meravigliavano: « Ma cosa le è mai capitato, a *Nàiva*, che adesso ha un che di speciale? ».

Con stupore e indignazione, le donne giovani venivano a sapere che i mariti e i fidanzati la frequentavano. Allora aggredivano *Nàiva* lanciandole pietre. E io difendevo *Nàiva*, provando ripugnanza per quelle furie sugli argini che avrebbero voluto ammazzarla.

8.

Le favolose...

Marie-Laure de Noailles e le sue amiche "raccontatrici di donne".

La casa di Parigi, dove lo scalone d'ingresso era dominato dai Goya, portava i segni dinastici con lo stesso stile di colei che l'abitava: la sua policromia, che affondava nella penombra, venandola di rossi e di azzurri, era specchio delle malizie che, in Marie-Laure, affioravano in continuazione.

Dalle stanze praticate, un tempo, da cardinali e arcivescovi coinvolti nelle contese tra giansenisti e gesuiti, diplomatici avversi agli ugonotti, vedevo uscire le *raccontatrici*, di ogni età; il loro apparire ricordava le maestre di mondi meravigliosi per il bambino che puntava contro di sé un cannoncino d'oro tirato da una pulce e che sarebbe divenuto il Re Sole.

Percepivo, qua e là, il predominio del raso nero, i ricami d'argento, un senso di ballo eseguito alla perfezione. Le *raccontatrici* avanzavano verso di me come se avessero appena lasciato le feste del Carosello delle Tuileries, gli scudieri muniti di ali, i cavalli con la coda e la criniera coperte da serpenti intrecciati. Incarnavano Mademoiselle Lhéritier, la nipote di Perrault, Madame de Murat, Mademoiselle de la Force e Madame d'Aulnoy, favoleggianti sull'alta società di Versailles. E introducendomi in un aggiornato *Cabinet des Fées*, cercavano di convincermi che la Francia si manteneva il compendio del mondo.

Il raccontar di donne, viventi o realmente vissute sulla scena internazionale, era un mandar segnali ben al di là di quelle stanze: a una società femminile su cui avevano il potere di imporre, oltre che il loro gusto, odi capricci e simpatie.

Il mio omonimo Boileau la pensava come l'abate Faydit: non gli piaceva la corte dei "Perrault e Perroquets", mentre io ne restavo affascinato; mai sarei riuscito a tagliar panni ai potenti con tanta raffinata crudeltà. Regine, Presidentesse, amanti di Capi di Stato o dei più grandi *mediatori* che la Storia avesse conosciuto, venivano messe a nudo, ma sempre col tono di annunciare incantesimi.

Marie-Laure sopraggiungeva per ultima, magnificando la civiltà delle penombre secolari che la casa aveva conservato. A differenza della luce e del buio – diceva – la penombra rifiuta i miraggi e gli spettri: è femmina. Solo una donna capisce la penombra e le sue metamorfosi, sa praticarle, anche nell'amore; la sua presenza nel chiaroscuro è già un invito. L'estasi di Santa Teresa del Bernini, è in realtà un supplizio del fulgore.

« La luminosità bruna di Giovanni Bellini, nel Cristo benedicente, persino nella Trasfigurazione, è stupenda. La stessa dell'alba. »

D'altra parte, non avrei "incontrato" la *Dama dell'ermellino* nell'atmosfera sfumata della casa di Toledo?

Marie-Laure lanciava una drammatica profezia:

« L'Europa sta per suicidarsi nella paranoia della luce! Essa racchiude l'angoscia della morte e del potere. Il terrore del caos. L'Europa alza le luminarie sulla propria sete di massacro! » Mi fissava: « Anche per te verrà il giorno in cui subirai l'abbaglio della fine e cercherai, forse invano, salvezza in una penombra ».

Come penso alla verità delle sue parole, in questi giorni dei miei roghi in terrazza, delle "luminarie" che il *mediatore* mi accende intorno per accecarmi, e tutto sembra fuggire verso la luce di cui gli altri si inondano con l'illusione di essere vivi, come la Dietrich nel suo vestito a lustrini. Mentre mi tenta, in effetti, solo la penombra, oltre la grata del cunicolo al *Re Polacco*, dove filtra un chiarore, anche quando è notte, che si ignora cosa sia e non rischiara a sufficienza l'umanità silenziosa che vi si aggira.

Le *raccontatrici* mi si radunavano ai lati con l'aria solerte di dirsi: raccontiamo, prima che sia troppo tardi! Discriminavano quella che definivano *gargouille*: il doccione dove, negli edifici gotici, scola l'acqua, e che prende la forma di chimera e di arpia. L'edificio gotico, nella metafora, era l'uomo; la *gargouille*, la femmina che si presta ad esserne l'appendice e lo scolatoio, destinata a mostruose follie.

Sembravano incalzarmi:

« Salvati dalle arpie! Dalle chimere! »

Quando le storie cessavano, le mie ospiti erano soddisfatte ed esauste: raccontare le donne è un'arte difficile. Sostenevano che, per praticarla bene, bisogna gettare sulla realtà lo sguardo del servo; esse l'avevano imparata spiando la loro servitù. Le vedevo scomparire, una dopo l'altra, nella penombra. Anch'io muovevo un ultimo sguardo del servo sulle stanze dove le cose apparivano toccate da un misterioso riverbero, che Mallarmé colloca "sous un ciel antérieur". Lì si era detto con sarcasmo di Freud: "Come? Quest'uomo così puritano ha pubblicato tante opere ciniche sulla sessualità? Figuratevi che non ha mai tradito la moglie". E molto si sapeva della vita di Proust.

« Proust... » mi sentivo rispondere. « Abbiamo usurpato una sua frase sulla letteratura. Non solo i bei libri, ma anche le belle donne sono create come in una lingua sconosciuta. Perciò, a ciascuna, ogni uomo dà il proprio senso, che spesso è un controsenso. »

9.

Archiviate anche le mie attrici predilette, la mia scena... Qualche volta mi è capitato di animarla bene.

Sipario!

Romy Schneider è stata la protagonista del mio primo film. Ho ritrovato il diario di quei mesi sul Po. Pagine scritte nell'estate del '70.

15 giugno

Cos'è un'attrice famosa?

L'oggetto di una frode collettiva. Il divismo è la soggezione delle masse, non all'attrice, ma al culto della propria conflittualità (frustrazioni e aspirazioni, gli stimoli anche più abbietti; specie l'idea del successo come compenso all'infelicità, o l'inverso). È l'ansia di edificarne il simulacro. Agisce l'intento occulto, e immorale, di certe favole: la bella addormentata e il principe, la massa appunto.

È la massa, la diva imperiale. Essa specula sulla lesione psicologica, latente nelle donne e prodotta dalle violenze della Storia, che porta a rendere schiava la propria grazia. Schiava di un'altra violenza sociale.

Romy se ne rende conto. Perciò appartiene alle *signore dello schermo*. Sfiora il cinema senza fanatismo, senza concedergli gran che della sua intensità; certamente non la sua immagine segreta.

18 giugno

L'ho vista col figlio David. Non si dicevano nulla. Solo un gioco di sguardi. Come se non si incontrassero da molto tempo.

25 giugno

Le ho fatto attraversare il Po, su una barca primiera.

Era la notte di San Giovanni.

Sono cominciate, da riva a riva, le musiche che hanno sempre salutato gli eventi. Le loro meraviglie come le loro tragedie. Dai contrafforti, la mongolfiera con le labbra rossofiamma del Bio che ride su un fondo azzurro cupo, si è trascinata verso la Via Lattea. Ha girato su se stessa, per mostrare ai paesi la sua immensa risata, poi ha galleggiato sull'orizzonte.

Romy agitava il braccio verso i cortei remoti negli argini, punteggiati dalle torce.

2 luglio

L'ho vista perdersi nella solitudine assoluta dei greti.

Scrutava i segnali dei livelli lasciati dalle piene. Contro i muri delle case abbattute, alberelli con gemme rosa. Si è lasciata cadere sul bordo di una barca arenata, sommersa dalla sabbia, tra le anitre di legno che servono per richiamare gli uccelli di passo, e che ingialliscono a mucchi sotto il sole.

È rimasta a lungo con la testa fra le mani.

Ha continuato a bere per tutta la notte. Stamattina, era di un pallore mortale.

Viene presa da queste crisi di disperazione. Apparentemente, senza una causa.

4 luglio

Parliamo, spesso, della bellezza femminile.

Romy la paragona alla muraglia cinese, che deve sempre essere rinforzata per difesa, finché finisce per soffocare, tra le sue pietre, l'impero che vuole difendere. Esso viene assorbito dalla muraglia, ridotto a muraglia.

La bellezza esaspera la mediocrità altrui. Sconvolge le pratiche abituali di questa mediocrità. Il bell'edificio lo si vede come un santuario e si tende a sconsacrarlo.

Sembra che la natura stessa, dopo averla creata, se la giochi con un'ansia tragica e ingorda.

8 luglio

Romy ignora la propria androginia.

È un'arte difficile affascinare entrambi i sessi. Se una donna, non solo un'attrice, seduce fortemente gli uomini, incontra, quasi d'obbligo, l'ostilità femminile. Provoca un impulso vendicativo. Dalla Schneider, anche le spettatrici si sentono attratte, con un'inconscia partecipazione omosessuale, stimolata già da come lei si muove, facendo forza sulle spalle, e con l'andatura del ragazzo.

Quali altre attrici esercitarono questo fascino bivalente? Per lo più, nomi del passato: la Garbo, la Dietrich. O un'italiana, Luisa Ferida, oggi ricordata per la sua scandalosa morte; si lasciò fucilare dai partigiani, accanto all'amante fascista Osvaldo Valenti, nel suo soprabito rosso, davanti ai fari di un camion.

Romy è l'ultima della specie.

Mentre la dirigo, cerco il massimo della sua espressività androgina. Essa risale a una latenza bisessuale che la scena, con magia, assorbe dall'inconscio della protagonista per trasmetterla a quello del pubblico. Si conferma, nella finzione dello schermo, il pensiero degli alchimisti medioevali che, per spiegare la separazione della specie in due sessi distinti, sostenevano che l'uomo, all'inizio della creazione, sarebbe stato maschio e femmina insieme, e avrebbe goduto di una potente felicità dei sensi.

La scissione della creatura perfetta sarebbe frutto di un castigo.

Da allora, le due metà dell'androgino si cercherebbero. Soltanto il coito, dando l'illusione di rifondere la coppia, colma, pur nella sua fugacità, il vuoto dell'individuo. Il mito dell'androgino è una reazione allo scandalo che rappresenta, per la ragione, la diversità sessuale. Le donne scenicamente androgine, anche nella vita, appagano nello spettatore il bisogno genetico della completezza, addolciscono il trauma primordiale della scissione e sono la raffigurazione vivente di un coito che si produce nel loro unicum.

Vale ciò che Sartre afferma di Flaubert: "Era androgino. Emma è lui, ma non nel senso in cui si è ripetuta la citazione *Madame Bovary c'est moi.* Piuttosto nei fantasmi, nelle immagini. È una maniera d'essere, di concepire il mondo".

Quanto poco contava, il partner, per la Dietrich e la Garbo. Il loro ascendente nasceva da una forte affermazione di autosufficienza e le storie d'amore si consumavano, ben oltre l'intreccio, tra l'efebo e l'amazzone coesistenti nella loro personalità. Con Romy, penso ai baci della Dietrich, diretti da Sternberg: il volto dell'uomo era come se scomparisse e Marlene, in realtà, baciava se stessa.

10 luglio

È di una curiosità insaziabile. Incapace di saziarsi di un mondo che reputa, in uguale misura, superfluo e indispensabile. Ma capita spesso, alla curiosità di una donna, di non dominare con le dovute astuzie le realtà che investe e di lasciarsi saccheggiare dall'opportunismo maschile.

Il cinema è, per Romy, uno dei mezzi per questa sete di immedesimazione e di metamorfosi. Come il sesso. La sua sensualità non si cautela; si traduce in sessualità tiranna, sempre a caccia di prodigi e, anch'essa, dibattuta tra il superfluo e l'indispensabile. Si adegua al partner con un mimetismo che ricorda quello, recitativo, della scena.

Si serve delle sue notti come di amuleti contro un'angoscia senza rimedio. L'erotismo viene incalzato, agli eccessi carnali, da un senso apocalittico; ma poi l'alba riflette, sul pallore del viso, che il mondo c'è ancora, un altro giorno avanza. Soltanto una donna conosce, profondamente, la solitudine di quando la vita volta le spalle.

Anche il corpo di Romy è fatto di contraddizioni. È bello perché disarmonico. Accoppia l'aggressività popolare all'alterigia regale. È narciso. Gli si perdonano molte cose. Come a lei.

13 luglio

Mi piace rivisitare il Po con Romy, dopo tanti anni.

Qui – le ho detto – vivevano gli *strioni*, che erano qualcosa di più e di diverso dagli stregoni. Interpretavano per noi i segni della natura e sostenevano di aver trovato il bandolo della vita e della morte. Quando le anguille si disseccavano in stagni trasformati in pietraie, con lo stesso gabbiano reale che girava in aria senza sapere più che stagione fosse, o il fiume acquistava al contrario la violenza distruttrice di un mare, se ne andavano nelle notti con delle stoppie ardenti. Li vedevano aggirarsi con quelle fiamme che tenevano sospese sulle mani, e solo la prima luce le faceva scomparire. Dentro gli aloni che si spostavano seguendo un calcolo magico, le loro teste sembravano di angeli dalle ali viola.

Si diceva che, una volta, arrivasse il reggimento degli Ussari di Piacenza, con il ricco czako di panno che faceva accorrere i bambini, per dar la caccia agli *strioni*. Li mettevano al palo. Ho mostrato a Romy i pali di ferro, con pezzi di catena, ancora eretti nelle piazze di certi paesi. Lei ascoltava, con molta attenzione, queste fole vere.

I barcari si scambiavano sulle acque i richiami della fine del giorno.

« All'orsa! » gridava uno. Mentre i falchi di palude calavano obliqui.

« Invòlta! » rispondeva un altro.

Infine: « Nottêee! ».

« Nottêee! »

Non è rimasto, intorno a noi, che un mondo di sterpi, lastroni, ginestre bruciate.

« C'era una baracca, qui, un tempo » le ho indicato. « La chiamavano *La baracca dei pavoni.* »

Romy si è inoltrata tra le assi spezzate.

« Ci abitava una donna. Il suo nome era Eurte. »

21 luglio

Romy vorrebbe interpretare il personaggio di Maria Luigia d'Asburgo. L'affascina il suo odio per Napoleone. Nel suo legame, per molti versi assurdo, con il Conte di Neipperg –

che ne fu prima amante, poi marito morganatico – ravvisa i propri rapporti sbagliati.

Siamo rimasti soli, ieri, nel Museo Lombardi di Parma.

La guida se n'è andata dopo le consuete, retoriche citazioni, compresa la nota del Pezzani: "Nel giudizio della Storia, attraverso la fredda interpretazione delle cose e il capzioso gioco delle induzioni, Maria Luigia vede la sua maestà regale di Donna sommersa da un fiume di ombre e di fango".

La Schneider si è fermata davanti ai vestiti della Duchessa: il sole del tramonto, attraversando le teche, dava colori crudi e sanguinanti alle rose delle cinte, ai ricami delle gonne. Sembravano appena sfilati da un corpo pugnalato a morte e proiettavano negli occhi di Romy un destino solitario in cui si immedesimava al punto che vedevo le sue mani premere il vetro come per infrangerlo. Sentiva sue quelle forme vuote.

Si è verificata una scena sorprendente. Romy pretendeva che le teche fossero aperte. Voleva, a ogni costo, indossare i vestiti.

Si è calmata raggiungendo il ritratto dell'Aiglon, raffigurato negli anni dell'infanzia. Il bambino ha, più o meno, la stessa età di David, e gli assomiglia molto. L'immedesimazione seguiva, ora, altre vie misteriose. Romy mormorava parole a fior di labbra e io capivo che l'idea del figlio lontano si trasfigurava nell'Aiglon: quel fanciullo infelice, ma dagli occhi così vivaci e presenti che quando il sole è scivolato verso il basso della parete, lasciandolo immerso nell'oscurità, è parso incantarsi alle nostre due presenze. A sua volta, egli trasfigurava Romy nell'immagine della madre perduta.

Un reciproco sguardo, di rara intensità, che per un attimo ha uniformato la vita dell'una, la morte dell'altro in una dimensione arcana dove il silenzio è simile alla voce, il passato al presente. Romy ha avvicinato le labbra a quelle dell'Aiglon; poi si è staccata bruscamente e, allontanandosi, si girava verso il dipinto – che rientrava tra gli artefici della Storia, con una sorta di esilio e di estraneità – come si controlla un figlio che torna a farsi segreto alla vita che lo circonda, inoltrandosi nei nascondigli prediletti tra i suoi alberi.

Il buio ha avvolto la sala. Si è accesa una piccola luce rossa, in alto. I vestiti di Maria Luigia mandavano ancora qualchc lampo.

23 luglio

...la mia vita è attraversata, fatalmente, da donne di sangue austriaco. Esse si assomigliano.

Anche Maria Luigia sapeva essere, insieme, sottomessa e autoritaria, impulsiva e geometrica. Anticipò, di mezzo secolo, il divismo femminile che inaugurò il Novecento con figure di un'indiscutibile classe scenica, su un trono come su una ribalta, ma con l'infelicità a portata. Nei fasti delle corti e dei teatri, esse dimenticavano i drammi.

Romy non ha avuto il privilegio di quei fasti. È nata fuori del suo tempo. La capisco quando si dichiara *non contemporanea*, aggiungendo: « Anche se tutto ciò che è anacronistico, è osceno ». In che consiste questa non contemporaneità? Nella vocazione ai grandi modelli di un'epoca chiusa dalla Storia, ma presente nell'ereditarietà spirituale e sentimentale che, per esaurirsi, richiede il trascorrere di generazioni.

Vivere, oggi, in una società all'opposto, produce in loro disperazione. Lo spirito umano, specie quello femminile, tende a riprodurre, nella sua individualità, la corsa alla tragedia che fu propria del tempo da cui si sente generato.

Donne dalle mille esperienze, eppure facili a cadere nelle mani di uomini come il Conte di Neipperg: mediatori di mistificazioni, con un occhio bendato anche nella coscienza.

25 luglio

...Romy mi parla degli uomini che ha avuto. Di uno, in particolare.

Da cosa nasce lo scarto fra il suo istinto, fortissimo, e la fragilità psichica che l'ha coinvolta con amanti così sbagliati?

Le dico che in *Les sentiments d'infériorité*, di Brachfield, lo scarto viene definito, in modo pittoresco, complesso di Brunilde. Indica la tendenza di alcune donne a inseguire il superuomo, il ritorno del faraone; ma allorché il reputato eroe si rivela, alla prova dei fatti, un Icaro che precipita nell'abisso della propria mediocrità, ecco frustrazioni che provocano una strategia dell'autodistruzione.

Queste donne si difendono allora degradando il partner, specie dopo il matrimonio. Da qui, la nozione di *Distanzliebe* di Freud, o "amore a distanza": il soggetto femminile si dimostra incapace di un vero coinvolgimento a due di lunga durata.

Nella sua sete di produrre mostri, fu soprattutto il nazismo a sfruttare il complesso di Brunilde, costretto poi a intervenire, con le tecniche dell'olocausto, per soffocare le delusioni delle adepte.

Rimprovero a Romy di aver cercato eroi a ogni passo.

Continuerà a cercarli. E sarà questo a perderla.

2 agosto

La porta era socchiusa.

È l'invito più perfetto che una donna possa fare a un uomo: scivolare nell'intimità della camera, lasciandosi alle spalle la porta accostata; ogni distanza viene soppressa, senza bisogno di dir nulla. Ho parlato di perfezione perché il gesto di una donna che avvicina dolcemente i battenti, evitando lo scatto della serratura, ha un'armonia che soltanto la musica conosce, quando esprime, con poche note, la felicità che si insinua tra il suono e il silenzio, e chiama chi sta in ascolto a farne parte.

Aspettava, alla finestra.

Le ho inventato io quella pettinatura, coi capelli legati sulla nuca. È soprattutto il suo stare di profilo che rende la bellezza della pensosità: le labbra, gli occhi di un celeste-grigio, passano dalla malizia alla durezza. Dietro di lei, si vedevano le acque lontane e, sull'argine, una contadina che portava a spasso una capra.

Ne abbiamo ascoltato la cantilena.

Al crepuscolo, Romy inseguiva, in sé, il tramonto di qualcosa, inesprimibile. Si è girata a fissare la contadina con la capra. Ho capito che invidiava la sua serenità nel contemplare, semplicemente, il calare del sole, tra i gabbiani reali.

6 agosto

« Come si dice *addio* da queste parti? »

« Amàu » le ho risposto.

« Che significa? »

« Tutto e niente. »

Forse accadde, le ho spiegato, che un giorno due si salutarono su un argine. Un uomo e una donna, magari. E lei, dopo essersi allontanata per un tratto, si è voltata e ha detto ancora qualcosa: il suo ultimo messaggio. Ma, a causa della distanza, a chi rimaneva non è arrivata che quella parola senza senso. Come un avvertimento o una premonizione.

« Amàu, allora » mi ha detto Romy.

10.

Anche Jean Seberg è stata la protagonista di un mio film.

Di nuovo, per alcune settimane, fummo sul Po.

« Stanno per uccidermi » mi ripeteva Jean.

Mi parlava di quanti complottavano contro di lei. Io l'ascoltavo e non le credevo. Pensavo a una sua mania di persecuzione. Il mio errore fu di non ritenere verosimili le mostruosità che prospettava e che, dopo pochi anni, si sarebbero manifestate sulla scena dell'Europa.

« Tu mi devi credere » insisteva.

« Le ragioni. Dimmi le ragioni. »

Si chiudeva in se stessa. Perciò, ancora oggi, esse mi restano oscure. Jean era un'anarchica. La sua anarchia spirituale, forte come può esserlo in una donna, si era tradotta in sovversivismo contro gli *assassini di Ninive*. Così definiva l'America (a Ninive, si trovava un catalogo dei mostri osservati in Assiria): CIA, Dipartimenti di Polizia, Procuratori Distrettuali, membri del Senato.

Ma anche nella sua cerchia personale, vedeva intrighi.

« Un amante dalla mente malata » affermava « non è da meno di un sicario di primo grado assoldato dai Servizi Segreti. La tecnica dell'assassinio è simile. Tra gli assassini, esiste un grande potere di alleanza. »

Faceva oggetto di analisi il rito della propria morte. Convinta che si sarebbe svolto esattamente come lo prevedeva. Con una serenità che ho conosciuto in poche donne, mi spiegava che l'idea di eliminarla era questione di riscatto per il sentimento di impotenza di molti, troppi mandanti. E i nevropatici non si accontentano di uccidere; devono dare una forma scenica ai loro delitti. Intanto, cercavano di spingerla in un vicolo cieco.

Quando seppi della sua atroce fine a Parigi, che avvenne come mi era stata descritta, ciò che provai per non averle creduto, non so esprimerlo che con la parola rimorso.

Penso a quando mi faceva entrare, furtivamente, nella sua roulotte. Le notti del fiume invitavano a scegliere una delle trattorie che si affacciavano ai ponti di chiatte; comunque ad andarsene, respirando l'aria dei pioppeti. Invece, finite le riprese, Jean restava chiusa. Leggeva o scriveva al tavolino del trucco: tutte accese le lampadine incastonate nello specchio.

Dagli argini, la roulotte illuminata assomigliava a una nube sospesa sul buio dei greti, dentro il chiasso delle rane. Spesso, Jean riceveva visite che la troupe riteneva misteriose. Personaggi provenienti da paesi stranieri, preferivano incontrarla lì piuttosto che in albergo e parlottavano con lei fino all'alba.

Mi apriva ripetendomi, con ironia, le parole dell'appuntamento concesso da Clelia a Fabrizio nella *Certosa di Parma*: « Entra, amico del mio cuore... ». Mi sedevo e cominciava a intrattenermi, per "farmi sentire bene come uomo" (era una sua espressione). Non mi voleva come amico, in realtà, ma come complice.

« Tu mi devi credere. »

E tornava a spiegarmi cos'è un assassino.

Una notte, le raccontai la storia di Rosa Balestri, detta Rosellina l'Infame, che ancora viveva all'Isola Schiavi. Durante la Repubblica di Salò, da ausiliaria delle Brigate Nere, era diventata un capo. Con Iris, fu la più spietata rappresentante femminile di un regime ridotto a macabro rituale. Ma le due donne erano all'opposto. Nel sadismo di Iris, agiva una degenerazione della sessualità attiva, nonché il perverso velleitarismo di una mediocre. Il caso di Rosa era più complesso. Il suo solo modo di esistere – essendo in lei tutto morto da sempre – consisteva nella manipolazione della morte altrui. A sua immagine e somiglianza.

Si era inventata una divisa. Camicia nera con distintivo da braccio della *Feldgendarmerie*, calzoni di panno grigio con banda nera, stivaloni. *Totenkopf*, il teschio sulla bustina. Così abbigliata, e col seguito degli scherani, faceva irruzione nella palestra dove i partigiani venivano ammucchiati dopo la cattura. Li passava in rassegna e con rapide occhiate sceglieva:

« Questo, sì! Questo, no! »

No significava: nessun diritto di vivere. I prescelti, in tal senso, finivano nelle camere di tortura. Erano altre donne a strappargli le unghie e a praticargli iniezioni di benzina. Rosellina mandava a morte solo i giovani più belli del Po. Dando sfogo al suo odio per la bellezza e la virilità, che non l'avevano mai degnata. Si diceva che non conoscesse contatto con un uomo. Ciò aveva generato la frigidità, la frigidità l'isteria, l'isteria l'istinto del carnefice. Anche i barcari e i contadini capivano che la decimazione era la sua ars amandi.

I brutti si salvavano. Al momento della cattura, il partigiano dal corpo sgraziato provava, per la prima volta, la felicità di essere brutto. Sapeva che sarebbe sopravvissuto. Di sua mano, Rosellina evirò col rasoio ragazzi di una giovinezza splendente. Gli scherani giravano via la testa; lei badava soltanto a non sporcarsi la divisa e fissava i testicoli che scivolavano a terra, tra le gambe divaricate dalle assistenti, per mezzo di corde legate alle caviglie.

"Mi richordo anchora" si dice a Po.

Ho ascoltato, da bambino, i racconti delle sue imprese. Stavano raffigurate in tavolette di legno, simili a quelle dove i maestri antichi dipingevano gli ex voto, appese sulle porte delle case, per rinfacciare ai demoni le loro infamie. Vi dominavano gli occhi di Rosa. Prima che il rasoio calasse, il partigiano reagiva automaticamente con un'erezione impressionante, come un grido alla vita. Allora, negli occhi dell'Infame, si produceva la magia delittuosa: da grigi, si facevano neri e senza iride. Due piccole lune in eclissi.

Lei sapeva quanto sia difficile castrare un uomo. Ma conosceva l'arte. Il polso ruotava da sinistra a destra e la precisione doveva essere micidiale. Il minimo errore impediva di recidere i legamenti con un solo colpo.

E il suo vanto era: « Un colpo. Non più di uno ».

Veniva dal "Reparto Speciale di Polizia Repubblicana", comandato da Pietro Koch. A *Villa Triste* aveva appreso la tecnica delle sevizie. Koch era venuto una volta a Sermide per incontrarla, e l'avevano visto condurre sottobraccio Rosellina per gli argini di Ganda.

Come due fidanzati, si raccontava.

Poi, nella piazza, Pietro aveva tenuto un discorso: « Rosa Balestri, con la vostra intelligenza e fedeltà voi onorate la Repubblica! Siamo impegnati in una lotta spietata. Avete ascoltato il Maresciallo Graziani: una lotta al coltello! Bisogna sterminare i banditi dovunque si annidino. Questione di sopravvivenza: o le loro opere o la nostra civiltà!... Perciò la repressione è anche cultura! ».

Rosellina l'Infame sosteneva che, arrivata la vittoria, il salto di qualità sarebbe stato immediato: come Adolf Eichmann, di cui ammirava il linguaggio burocratico a commento delle esecuzioni capitali, confidava nel genio di ricercatori quali il dottor Josef Mengele, che si occupava degli esperimenti della "selezione" e tentava di aprire nuovi spazi alla mente.

« Condizioneremo il pensiero dell'uomo. Disporremo di un cervello funzionante nella sua totalità! »

Dopo la Liberazione, Rosellina non fu fucilata. La chiusero in una cappella del cimitero di Sermide e ogni giorno, insieme al cibo, le portavano bare che contenevano i resti dei partigiani che erano stati seviziati e giustiziati per suo ordine. Le schiodavano e le scoperchiavano. Per due mesi, l'Infame fu costretta a mangiare, dormire e pensare – se ancora le restava un lume di ragione – tra quei corpi divorati dai vermi.

Quando uscì dalla cappella, dimostrava cento anni. I capelli le erano caduti ed era di una magrezza impressionante. Andava supplicando che qualcuno le sparasse in fronte. La relegarono, invece, in una baracca che venne chiamata *Salò* e le ordinarono di indossare la sua divisa di aguzzina.

La vita tornò a esploderle intorno. Dai pioppi ai gelsi, al grano alto e dorato, ai sopravvissuti. Costoro passavano, pieni di futuro, davanti alla baracca. E agli occhi dell'Infame, che un tempo avevano avuto il potere di diventare neri e senza iride, non restava che guardare come si fa l'amore sugli argini o si passa cantando in bicicletta o si scala un ciliegio o si fa crescere una distesa di rose selvatiche dove non sembra esserci che sabbia.

Jean Seberg mi chiese di incontrarla.

Entrammo nella *Baracca Salò*. L'Infame sedeva a terra, appena somigliante a una figura umana. Benché fosse estate, stava rannicchiata sotto una coperta. Jean le si avvicinò e prese lentamente a scoprirla: si diffuse un fetore insopportabile.

Pendeva, dall'alto, una spada da ufficiale; il cordone e la nappa erano slargati, come se Rosellina, nei suoi deliri, avesse cercato di impiccarsi a quell'effimero cappio.

Jean non tradì alcuna emozione. Si limitò a fissare un esemplare di assassino che non riusciva ancora a morire, mostrando, tra le mosche che si avventavano, come un essere vivente può trovare uno spazio per sopravvivere dentro il proprio sterco.

Capitolo undicesimo

1.

Marianne, col mio aiuto, ha arredato l'appartamento dove è andata a vivere con Simone. In Via dei Tre Orologi.

È stato semplice. Abbiamo trasferito, da casa mia, i mobili e gli oggetti della *zona biedermeier*. Comprese le fotografie. Via dei Tre Orologi è tra le strade romane che preferisco: ha un suo mistero, c'è molta quiete. A un passo dalla Via Flaminia come da Piazza Ungheria.

Lei finisce di sistemare, nelle camere spaziose, ciò che è suo. Io sistemo, ben diversamente, ciò che è mio. Mi sono liberato dei libri, tanto per cominciare. A che mi servono, ormai? Li ho consegnati a Porta Portese. Mi è stato offerto un prezzo.

« Non voglio niente » ho risposto.

Si sono fatti sospettosi. Giravano le pagine, col timore che contenessero qualche diavoleria. Hanno preteso che prendessi quei pochi soldi, per tenersi i libri. Mi sono liberato dei quadri. Ora le pareti hanno toppe bianche. Il gallerista non riusciva a capacitarsi; è stata la stessa cosa che coi venditori di Porta Portese.

« Ho capito bene? Ha detto: niente? »

« Ha capito benissimo. »

« Significa che sono falsi? »

« Sono verissimi. »

« Aspettiamo l'expertise. »

« Expertise? Ma io glieli sto regalando. »

« Abbia pazienza. E se è roba che scotta? E poi, non posso riempirmi di croste. »

« Non scotta. E non sono croste. »

Ha replicato, con una vaga minaccia: « È quello che vedremo ».

L'expertise è arrivata.

« Sono autentici » mi ha telefonato sbalordito.

« E allora? »

« Mi dica lei. »

Ho dovuto firmare numerose carte. È difficile anche dimostrare che sono nostre le cose di cui siamo padroni e che diamo in regalo. Il nulla fa terrore. Per quanto si siano consultati, e mi abbiano interrogato, non hanno trovato un convincente perché al mio nulla.

« Un perché » insisteva il gallerista. « Cosa le costa darmi un perché? »

Mi sono liberato dei mobili. Mentre gli operai facevano sparire, lo sguardo dell'antiquario correva da me a loro. Era sulle spine. Si aspettava che gli dicessi, da un momento all'altro: indietro, ho scherzato. Solo quando il mobile se ne andava per le scale sulle spalle dei portatori, sospirava di sollievo.

« Non c'è più! » esclamava con un sorriso cretino e battendo le mani, come si fa coi bambini.

Gli rispondevo tranquillo: « Lo vedo ».

Le pareti apparivano nude, con altri pallori a nube geroglifica, e le mani dell'antiquario sfioravano le impronte lasciate qua e là.

« Toccare il nulla mi fa ribrezzo » affermava. « A lei no? »

« Un tempo. Ora non più. »

« D'altra parte, dopo che uno ha passato la vita tra i mobili di pregio, come me, è comprensibile. Un feticista? E va bene, lo riconosco. Mi piace più accarezzarmeli, magari da solo, quando nessuno mi vede, che venderli. È come accarezzare una donna. Anzi, meglio... Riesce a capirmi? »

« Perfettamente. »

« Ma lasci almeno che le faccia un presente! »

Nei giorni successivi, mi ha chiamato al telefono.

« Tutto bene? È sicuro di non soffrire di qualche fastidio? Non so: capogiri, allucinazioni. Sono amico di medici bravissimi. »

« Stia tranquillo. »

« I mobili sono qui. Direi che ci stanno bene. Hanno già fatto amicizia con gli altri. Ma sono suoi, se li rivuole. »

Capivo che non mi telefonava solo per i mobili. Ma per ridurre, sia pure per pochi istanti, il vuoto da cui mi immaginava circondato, di cui udiva l'eco nel ricevitore.

« Le auguro... »

Non ha trovato parole. Ha chiuso.

Con gli oggetti, è stato più facile. Li ho regalati al mio amico restauratore di Via dei Giubbonari. Li ho ringraziati d'aver parteggiato per me nelle battaglie con Marianne e, in questi tre anni, d'essere stati benevoli testimoni di nefandezze di vario genere. Ho sfiorato, per l'ultima volta, le scaramantiche donnine nude dei Trovatori di Po, che affondano la testa nel gomito con la grazia del daino, e l'ombelico di Kuan Yin.

Mi è parso che l'armatura giapponese Yokohagi-do-gusoku indugiasse sulla porta, guardandomi dal buco a squarciagola della maschera. Il mitico uccello Hò-Hò non saluterà più, dall'elmo, i miei stralunati mattini.

Così, quando il *mediatore* ha mandato per spaccarmi la casa, gli Joachim e gli Egon non hanno trovato che il letto.

2.

La parete è crollata.

Ci si è presentata una caverna di ombre, dove risplendevano soltanto il dito d'oro e un occhio che ci fissava dal fondo della crosta di terra.

A tutti i soci del *Re Polacco*, me compreso, batteva il cuore. Ci sentivamo parte viva dell'incantesimo. Lo ha rotto Marzio, che sembrava il meno emozionato. Ha cominciato a liberare, dallo strato che le ricopriva, le estremità inferiori della statua. Ci sono apparsi due piedi per la verità assai più piccoli di quanto si pensava. Ma abbiamo sorvolato. Ora, con Marzio, lavoravo anch'io, febbrilmente.

Sono venuti alla luce i bordi di una veste sfarzosa. Capitava che un Re indossasse tuniche, manti o altri paludamenti tipo clamide.

All'altezza del petto, due piccole gobbe.

« Pettorali di corazza! » ha esclamato con sicurezza il socio Basilio.

Io e Marzio abbiamo affrontato la testa. Tranne l'occhio splendente, al fondo come di un cannocchiale, era così incrostata che non arrivava mai. Quando dal naso ha preso a dissolversi l'estremo velo di polvere, è scoppiato un applauso. Si è subito spento.

« È una Regina! » ho annunciato.

3.

Ormai, avevo bruciato e catalogato tutto. Non restava che un manoscritto. Mi aveva sorpreso, trovarlo. Credevo, e forse speravo, che fosse andato perso.

Un progetto, abbozzato dieci anni prima. Quando ancora meditavo il gran libro. L'avevo intitolato *Doradus*.

Doradus è la più splendente nebulosa della Nube di Magellano, la galassia prossima alla nostra. Essa contiene una "stella impossibile" che sconvolge la scienza: più calda di ogni corpo celeste finora conosciuto, supermassiccia, di tremila masse solari. È una delle grandi anomalie del cosmo.

Ero convinto, allora, che si dovesse guardare la realtà da un unico punto di vista: la fine del mondo. Per troppi secoli, la riflessione dei filosofi era partita da Dio e dalle origini dell'uomo. Bisognava invertire l'orientamento. E la morte del sole era cominciata con la Storia stessa.

Ecco la ragione del titolo. Pensavo che *Doradus* esprimesse l'anomalia del tempo umano: la Storia.

Che maestra, folle, contro il proprio dogma! Il suo atroce sberleffo alle nostre spalle non è mai cessato. Intendevo scrivere il gran libro sui suoi frammenti di pazzia tra le rovine del tempo, tradotti come in una geometria di cristalli: trascinati, alla fine, da un vento stellare che raggiunge le più alte velocità mai osservate. In un "impossibile" astro di fuoco.

Sognare è un'attività pericolosa. L'ho imparato all'inizio di questa vicenda. Da quando mi è accaduto, sto in guardia. Anche ora, ero certo di avere gli occhi bene aperti. Eppure, sfogliando il manoscritto, mi sentivo spinto in uno spazio dove si cancellavano distinzioni e confini tra personaggi ed eventi, e la scena era un continuo succedersi di visioni: l'una divorava l'altra.

Stavo male. Era un mio collasso fisico a provocare il collasso dei segni della logica? Stordito da un senso di beffa crudele, afferravo, nei miei appunti febbrili, quei lampi, quel brontolìo di uragani remoti, e subito vicinissimi, in cui mi sembrava di distinguere le risate che la Storia si era concessa: affollata e accecante come l' "ammasso" di *Doradus*.

...le sue follie avevano inizio con una falloforia.

Le prime raffigurazioni umane: le Donne-Sesso del Trasimeno, i Falli-Femmina di Sireuil e le Veneri di Lespugue o di Mar Khareistoun, i personaggi itifallici di Altamira o di Isturitz, i bassorilievi della Magdaleine o di Laussel. La teoria si snodava lungo una collina brulla e i portatori alzavano una nube di polvere.

Nella nube si udiva la voce di San Paolo, dalla *Prima epistola ai Corinzi*, che scuoteva la terra: “Non l’uomo è stato creato per la donna, ma la donna per l’uomo!”. E diradandosi sia l’eco della voce, sia la polvere assorbita da un cielo di cristallo, su un crinale apparivano in solenne processione, portando un grande Orecchio d’oro al posto della Croce, i Padri della Chiesa, secondo i quali la Vergine Maria avrebbe concepito dall’orecchio, anziché dal ventre, il Verbo incarnato, frutto dello Spirito Santo e non di Giuseppe, umile padre falegname.

Tutta la terra, con le sue piante e i suoi fiumi, stava ora in ascolto verso l’Orecchio errante sui fiammeggianti colori delle mitre, dei pastorali e dei manti.

...un grido. Non scendeva dai cieli, ma si chiudeva entro i rami scheletrici dell’alberello a cui Onan veniva appeso dai carnefici, per aver trasgredito alla legge che gli imponeva di generare con Thamar, la moglie del fratello defunto. Dal suo sesso, il seme sgocciolava, come succede agli impiccati, su un fondo di ortiche. Era un uomo piccolo, Onan, in ogni senso, e la Storia lo confinò in una delle sue infinite menzogne: che quel seme fosse stato sparso per lo squallido piacere di una masturbazione.

Doradus accoppiava i vivi e i morti nell’assurdo dell’amore.

...Erode pugnalava Mariamne, e la Storia dice che egli si tenne accanto i resti della compagna per sette anni. E Carlomagno, da vecchio, non si separava dalle spoglie dell’amica tedesca: passava in rassegna gloriosi soldati, poi entrava con passo malfermo nella tenda, a piangere in solitudine sulla teca dove, sotto le torce, splendevano intatti e bellissimi soltanto i capelli biondi. E Giovanna, regina di Castiglia, viaggiava per tre anni attraverso la Spagna col corpo senza vita di Filippo il Bello, facendolo vegliare in permanenza da un drappello di armati, col compito di impedire ad altre donne di avvicinarsi.

Doradus...

...questa era la Barca Primiera che scivolava sul Po di Sermide: una madre sollevava, oltre il bordo, il catino pieno di sangue di gallo, e il sangue versato copriva dolcemente un tratto della scia, segnalando ai Gabbiani Reali che per la figlia primogenita era iniziato il flusso mestruale. La Barca salutava l'evento portando i musicanti di *celestìe*; ma in un tronco di fronte alla casa della bambina mestruata, veniva conficcato il *mangàs*, l'accetta sacrificale. La lama colore dell'oro, il manico nero, erano a loro modo un grido di guerra e simboleggiavano il rapporto carnale, il *gusär*, che in senso letterale significa "dar d'accetta".

La bambina raggiungeva il *mangàs* e piangeva appoggiando la fronte al tronco.

Doradus attraversava, col suo vento astrale, il vuoto lasciato dalle cose nelle mie stanze e anch'io provavo il terrore di essere trascinato nella sua remota sfida a ogni legge esistente. Mentre il Vescovo di Cordova istruiva i boia dell'Inquisizione sul modo di torturare le donne senza cadere nel peccato di lussuria, a causa "di quei tortuosi movimenti che hanno le femmine a contatto con le fiamme". Tra l'uno e l'altro bagliore della luce "impossibile", la voce di Lautréamont, dai *Canti di Maldoror*, risuonava da una porta aperta sull'abisso: "Oh, se invece di essere un inferno, l'universo non fosse stato che un immenso ano celeste! Guardate il gesto che io faccio verso il mio basso ventre: sì, avrei spinto il mio membro dentro lo sfintere sanguinante e avrei spezzato, coi miei colpi di reni, le pareti del suo bacino. Così non mi avrebbe gettato negli occhi intere dune di sabbia e avrei scoperto il luogo sotterraneo dove giace la verità addormentata!".

Mi sono sorpreso a pronunciare la parola: "Signore".

Il paradiso e la gloria eterna sono forse là, in *Doradus*.

...

Marianne mi è apparsa di fronte. Non mi ero accorto che fosse entrata. Mi scuoteva il braccio. Eppure anche la sua testa mi sembrava lontana: gli occhi fissi su di me e insieme persi in una logica cosmica che sapevo non appartenermi.

« Vieni » mi ha detto.

La guardavo senza risponderle.

« Devi venire » ha ripetuto.

Sono riuscito ad alzarmi e l'ho seguita. Mi teneva sottobraccio, ora, con forza. Capivo perfettamente che era successo qualcosa, in un punto del mondo. Ma lei non parlava. Né io le facevo domande. Siamo scesi in strada. Cominciava a fare giorno. Mi ha aperto la portiera e sono montato in macchina.

4.

...mi si è presentato il tratto della pineta di Castelfusano, compreso tra Viale Mediterraneo e Via della Villa di Plinio. Lo conoscevo bene: è chiamato il *macello*. In un raggio di qualche centinaio di metri, sono stati scoperti delitti tra i più misteriosi degli ultimi anni.

Viale Mediterraneo è provvisto di cancelli. Erano tutti aperti. Agenti andavano e venivano. Tre auto della polizia. Un piede spuntava da un cespuglio.

Avevano ucciso Marzio poco dopo la mezzanotte.

La scoperta era stata possibile per una segnalazione anonima. Marianne mi ha portato al cespuglio. Marzio non aveva scarpe. Stava in posizione prona, con i segni di colpi inferti probabilmente da un bastone e macchie di sangue.

Ora rigiravano il corpo per permettere il sommario esame del medico legale: la bocca di Marzio era colma di fogliame. Sentivo dire: l'assassino ha prima tramortito la vittima servendosi di un oggetto contundente, che ha provocato una violenta emorragia. L'ha uccisa in un secondo momento, con la sola forza delle mani. Poco distante, una cinghia di quelle usate per gli avvolgibili, servita a trascinare Marzio privo di sensi e forse ancora in vita.

Il fogliame conficcato in gola non veniva interpretato come un rituale della malavita. Era stato un tentativo di tamponare l'emorragia.

Un agente si è inginocchiato e ha preso a togliere foglie dalla bocca di Marzio. Allora ho visto Marianne che si staccava da me, si avvicinava e anche le sue mani toglievano foglie. Le labbra di Marzio si sono ricomposte. In un'assurda serenità, mi è sembrato.

Quando l'hanno sollevato, da una sua tasca sono caduti un temperino, e poi palline di vario colore, che hanno risuonato su una pietra, correndo da ogni parte.

L'avevo amato per quel suono di ragazzo, in lui rimasto per sempre.

5.

I giorni volano.

Roma sembra volersi far perdonare. Nessuna città ha lo stesso potere, femminile, di inventarsi felicità e diffondere grazia nell'aria, dopo oscurità e infamie. Queste giornate di giugno sono bellissime. Nulla sembra più ostile: la mente si apre come le strade e le piazze. Mi fermo all'improvviso per certi scorci, nei vicoli e sui ponti, che sono pure folgorazioni. "C'est donc ici" si chiede Rilke "que les gens viennent pour vivre?".

Fra una settimana, sarà il mio compleanno.

Procedo bene verso quella data. A colazione, vado da Marianne. Le dico che mai mi sono sentito più sereno. Se ha da fare, mi offro di portar fuori Simone: ci perdiamo con quel senso di piccola avventura con cui si cammina nella neve. Gli ho regalato i matitoni che, sazi delle mie geometrie, ritrovano nelle sue mani una capricciosa fantasia. Segni che gonfiano il foglio come una vela. Scopro che è un bambino pieno di curiosità, non si aspetta che sorprese.

Ho sonni profondi, dopo molto tempo.

Si è perduta l'ansietà dell'indecifrabile, dei salti acrobatici verso l'alto. Non mi interessa la lontananza divina che si installa tra le cose mentre Dio, se c'è, le accosta e le unisce. Dio si crea perché il reale non basta. A me, finalmente, basta. Ogni dramma si è appartato anche dalla memoria e lascia spazio a questa pace interiore, simile a una mano che con pudore cancella le tracce.

Mi accorgo che continuo a ricevere corrispondenza da tutte le parti del mondo. Ieri, una cartolina con gli uliveti di Grecia. La firma è di una donna, ma non sono riuscito a identificarla. Mi ha ricordato le parole di Eurte: a volte si diventa così calmi che si ha un po' paura. Fissavo gli ulivi, con sopra nuvole grigie, di quel grigio vivo che eccita la retina, e capivo che si arriva a un punto dell'esistenza – quando in noi si fa davvero silenzio – come si mette piede in uno dei luoghi sacri della civiltà, guardandosi attorno, tra le fastose rovine, meravigliati della coordinazione con cui gli uomini seppero produrre i loro atti.

Ho immaginato la donna sconosciuta dividere il suo viaggio greco con un compagno. Io non so chi sia, eppure sono certo che si è accompagnata anche con me, in una vacanza, chissà dove.

Spesso, prendo la macchina e vado a caso. Insetti mi corrono contro il parabrezza. Piccole macchie di bellezza, rosse e viola: sangue per distrazione. Presto, ne avrò lo stesso, effimero stupore, per qualche idolo in cui sbatterò. Lungo la strada, inezie mi rallegrano. Un muricciolo in un campo e, sotto, un contadino che dorme. Un davanzale con un gatto. Biciclette dimenticate ai muri delle case.

Mi sembra tardi. Più tardi della concezione del tempo. Ma questo, non meno del resto, mi rincuora.

6.

Marianne ha dato una festa per inaugurare la casa di Via dei Tre Orologi.

Mi ha detto: « Porta chi vuoi ».

Ho portato quelle che, dal sogno dell'inizio, io chiamo *le mie donne dell'improbabile*. Tutto deve essere verificato. Tutto, finora, ho voluto verificare. Era logico che animassi nella realtà la scena onirica che, dopo il primo incontro con Marianne, ha propiziato questa vicenda.

Anche perché – lo ripeto – diffido dei sogni.

Marianne era divertita nel vederle arrivare con regali e facendo auguri. Il campanello squillava in continuazione. Mi abbracciavano e mi baciavano. Ombre e cattivi ricordi svanivano da rapporti e avventure.

In breve, erano tutte presenti.

Ho notato qualche sconosciuta. Sybille si è fatta accompagnare da una francese molto bella, in pantaloni da gaucho che le fasciavano i fianchi: « Un corpo » mi ha insinuato Sybille « di quelli che piacciono a te ». La francese mi fissava e sintomi di seduzione seguivano il mio aggirarmi per casa, mentre aiutavo nei doveri di ospite.

Una volta, questa complicità mi avrebbe procurato piacere e l'avrei presa per un segno di favore nelle metamorfosi dell'imprevisto. Ma ho lasciato agli altri uomini presenti, amici di Marianne, che non conoscevo, il compito di tessere trame, annotare numeri di telefono, pregustando appuntamenti.

Ho visto la *mondina-mondana* dimenticarsi dei suoi *mediatori*. Sybille trovare lo spirito di quando è in vena. La donna dalla bella voce, ha cantato. Ho sollecitato il gioco delle giocatrici: quel gioco che è invenzione, rischio, il risultato di uno scontro tra costrizione e libertà. Ho detto le ultime cose a quelle che si sentono spiriti caduti in un deserto maschile dove manca la possibilità di scambio, e non esistono che fretta, atonia e indifferenza. Ho ascoltato le altre capaci, con intelligenza, di cambiare gli uomini e le situazioni.

Quando hanno cominciato a ballare, mi sono messo da parte. Un ragnetto, dal soffitto, mi è giunto all'orecchio; un ragnetto felice di stare come io non avevo saputo fino a quel momento: appeso solo a me stesso.

Notavo intanto la varietà del disegno che avevo concepito invitando le amiche; un'aria da prima e ultima cena, si traduceva in festosità corporale. Ciascuna aveva scelto il compagno che le piaceva. Anche la francese, dopo aver capito che con me era inutile. Avrebbero avuto a disposizione giorni soddisfacenti. Glielo auguravo.

Le ho chiamate tutte, per anni – convenivo – come il fischiatore di palude, a Po, chiama l'airone. Rammentarne piccole cose, momenti, era un modo di ringraziarle. Il portafortuna che mi tengo in tasca; l'amore fatto in una camera d'albergo e d'improvviso interrotto per aver udito dalla parete altri due che facevano anch'essi l'amore, di là; una bugia detta con un'immaginazione che mi lasciava ammirato; il segreto della piccola tedesca, che mai ha voluto svelarmi; i bei gatti di Jeanne; un tradimento o una frase: « Spingimi a raccontare i miei desideri »...

Alla fine, la mia curiosità era vivissima.

Siamo rimasti soli, con Marianne. L'ho aiutata a fare un po' di ordine. Si stava bene. Si andava e veniva, togliendo i resti e spostando oggetti, e un odore notturno di alberi entrava dalle finestre. Quasi fossimo tornati all'inizio di qualcosa.

Prima che me ne andassi, mi ha chiesto semplicemente: « Durerà? »

Sapevo che alludeva a quel benessere, alla sua curiosità

conquistata. Come sapevo, d'altra parte, di aver fatto un buon lavoro. Perciò le ho risposto, senza incertezze:

« Durerà. »

Marianne resterà per me come una di quelle frasi, in punta di penna, che un tempo mi davano una felice ansia da scriba. Deve avermi letto nello sguardo. L'ho abbracciata. Mi è sembrato che i muri della stanza ci premessero alle spalle.

Sybille era ancora di fronte a casa, con la francese. Parlavano chiuse in macchina con uno. Le ho lanciato un saluto, passando:

« Ciao anche a te, Sybille. »

7.

Finisce un giorno di quelli che si ricordano per la bellezza con cui non accade nulla.

Il sole va spegnendosi dietro i tendaggi del *Re Polacco* che, d'ora in poi, dovrà cambiare nome. Le luci sono già accese tra i fiammanti velluti delle poltrone. I soci non sono ancora arrivati e la statua della Regina, su un piedistallo al centro del salone, manda il suo bagliore d'oro nella solitudine. È l'ora più lenta e silenziosa. La Regina mi guarda con occhi e labbra atteggiati al sarcasmo e alla sensualità. Le dita affusolate della destra stringono il manto. Tutto continua a quadrare. La *Dama dell'ermellino* sembra essersi insinuata in quelle forme auree.

Scendo. È la terza notte che supero la grata del cunicolo di sinistra e mi inoltro nel tunnel.

Guadagno, ogni volta, un tratto.

Avevo sbagliato quando scrutavo insieme a Marzio. Non c'è alcuna minaccia, laggiù. Nessuno cerca di sgomentarmi. Esiste violenza solo quando si vuole l'impossibile. Mi inoltro con un'eco di passi e appena un batticuore. Non compio profanazioni.

Vedo sessi femminili spampanarsi come rose sotto le pance immonde. Ma ciò che colpisce, avanzando in quelle ombre, è la purezza che circonda il turpe. Da ogni corpo chiuso nella sua oscurità oscena, si proietta una zona chiara, di clemenza. La terra, nel suo tunnel, è più dell'inferno e del paradiso, che non hanno mai avuto il privilegio di praticarla. Io non saprò mai nulla degli uomini e delle donne che trafficano con i loro vizi, come con i loro organi genitali. Il significato riposto e universale che ero spinto ad attribuirgli, non gli appartiene.

Quando puntano gli occhi, si capisce che sono soggetti di un desiderio immenso, vere macchine desideranti qualcosa di terribile. Ma basta un po' di accortezza per passare in mezzo a loro senza invadere la cerchia di questo qualcosa. C'è un istinto, anche quaggiù, che consente di procedere.

Ho notato una figura, da un lato, che dà le spalle, e sembra una mano femminile quella che a tratti si alza e graffia la parete con le unghie, per tracciarvi sempre gli stessi segni. Dall'atteggiamento, appare la più conciliante, persino con una sua eleganza. Riesco ad ammirarne la geometria dei gesti. La parete, di fronte a lei, ha un vago chiarore e l'aspetto di una tela su un cavalletto.

Ho la certezza che, stanotte, le arriverò alla distanza giusta. Sono curioso di vedere cosa quei segni esprimano. È la scrittura di un delirio? O invece un nome di donna tracciato come tanti altri per ricordare un tormentoso passaggio? Se così fosse, con la figura potrò scambiare uno sguardo d'intesa e forse parlarci.

Tra poco lo saprò. Tolgo la grata.

C'è, a quest'ora, una barca che dà di cozzo al pontile di Motteggiana. Moretta sente il colpo e sa che comincia la notte. Finora, l'ho tenuta io per una manica dall'assurdo, come da uno dei suoi passeggi insensati sotto la pioggia o la neve, per appostare mio padre. Ma nemmeno con lei si porrà questione di dramma. Tra noi, l'ho detto, l'idea del tempo è diversa. Un giorno, un anno, mille, l'età di *Doradus*, non fa differenza.

Io entrerò dalla porta e lei, alzando appena la mano, indicherà la cena e mi dirà:

« Siediti. È pronto. »

Indice

Bestsellers Oscar
Periodico bisettimanale:
N° 191 del 27/2/1990
Direttore responsabile: Alcide Paolini
Registr. Trib. di Milano n. 406 dell'8/8/1983
Spedizione abbonamento postale a T.E.
Aut. n. 15411/2/LL del 29-2-1978 - Dirpostel Verona

Questo volume è stato ristampato
presso Arnoldo Mondadori Editore S.p.A.
Stabilimento Nuova Stampa Mondadori - Cles (TN)
Stampato in Italia - Printed in Italy